KB132049

배수아 소설

훌

문학동네

차 례

회색 時

아무런 특별한 이유도 없이, 과거의 어느 사소한 순간이 생각날 때가 있다. 과거는 주로 미래의 한순간과 강하게 연결되는데, 예를 들자면 죽음이 떠오르면서 동시에 과거의 어느 한 장면이 자연스럽게, 그러나 아주 당연히 그래야만 한다고 주장하듯이 그 모습을 나타내는 것처럼 말이다. 그런데 모습을 드러낸 과거의 사건은 이미 망각되어버린 것이거나 혹은 너무나 사소하고 무의미해서 미래의 어떤 순간과는 전혀 아무런 연결고리를 갖지 않은 채 독립적으로 존재하듯이 보인다. 그 과거의 사건들은 인생의 비밀을 미리 알려주는 암시였을까. 그것이 암시였기 때문에 어느 날 우리의 의식을 비집고 들어오는 것이 아니라, 우리의 의식이 무심코 갈망한 우연이기 때문에 미래의 어느 날 그것은 암시가 되는 것이리라.

시간이 스스로를 관통하는 방식은 짐작되는 것보다 훨씬 더 임의적이고 즉흥적이어서 우리들의 세계에 보이는 것과 의식하는 것 사이에 거짓의 거울의 벽을 장치해놓은 것과 같다. 그리하여 내가 믿지 않는 것의 리스트 중에는 모든 지나간 일들의 얼굴이 있다. 앞으로 남은 시간에 비해서 지나치게 많은 과거의 시간들을 갖고 있기 때문에, 그래서 노인들이 자주 과거를 회상하거나 그것을 언급한다고 나는 예전에 생각하곤 했었다. 그러나 그것은 옳지 않았다. 시간이 흐를수록 과거의 장면들이 낯설어지고 그 진위가 의심스러워지는 것에 반해서 앞으로의 일들이 점점 더 은밀하게 친숙하고 다정해지며 낯설지 않은 깊은 이야기를 갖게 되었다. 그리고 미래의 일에 대해서 마치 그것이 이미 완료되어 지나가버린 것인 양 과거시제를 사용해서 말하는 것이 어색하지 않았고, 분명히 아직 겪은 것은 아님에도 불구하고 그것들을 전부 다 잘 알고 있는 것처럼 자연스럽게 생각되기도 했다. 간혹 나는 미리 그것들을 용서했으며, 아직 만나지도 못한 것들과 이별하기도 했고 사랑하기도 전에 싫증을 내기도 했다. 말 그대로 나는 때때로 미래의 일을 '기억'하곤 했다. 그에 비해서 과거의 시간들이 상대적으로 훨씬 더 모호해지고 비현실적이 되어가는 것은 이상한 일이다. 잊은 것이 아님에도 불구하고 말이다. 거울의 벽을 통한 미래는 과거의 예언이 되었다. 과거의 장면들은 화상처럼 벽에 달라붙어 있었는데 이 장면과 저 장면의 인과관계가 명확하지 않았기 때문에 그림들을 짜맞추다보면 어느새 실제로 일어났던 일들에 대해서 자신이 얼마나 큰 공포와 혐오를 가지고 있는가 깨닫고 그 예감만으로도 구토감을 느끼기도 한다.

그렇게 예언된 모든 과거가 피할 수 없는 성격의 하나로 일종의 죄의식이 있다. 오랜 시간 나를 괴롭혀오던 시간의 무게는 그것 때문이었다. 아마도 그런 죄의식과 회피가 모든 과거의 시간들을 더욱 비현실적인 것으로 만들어버리는 원인처럼 보인다. 선명한 채로 남아 있다면 너무나 괴로울 테니 말이다. 이런 과정들을 통해서 과거는 어떤 특정하고 기억에 남을 만한 '사건'이 아니라 단지 '시간들'이라고 표현되는 추상의 형태가 되어갔다.

만일 시간이 직선으로만 흐른다면, 그런 과거의 시간에 대해서 글로 쓰는 것은 내키지 않는 일이 될 것이다. 그 이유는 이미 언급한 죄의식과는 별개로, 그리고 그것의 진위와는 또한 별개로, 인간이 항상 경험하고 사고하고 실행하고 예언하고 미래를 여행하고 글을 쓰는 모든 행위가 결국 언제나 이미 과거 안에서만 일어날 수 있는 일이기 때문이다. 이미 관념과 인식의 경계 안에서, 과거 아닌 것은 없으며 어떤 일도 과거 안에서만 진실로 발생할 수 있다. 아마도 그래서 '이야기'와 '역사'를 의미하는 단어는 종종 같은 형태를 띤다. 지금 현재의 순간에 내가 내 행위를 결정하며 이 찰나적인 순간이 내 심상 안에서 형태를 부여받기를 원하면서 머물고 있다고 생각하는 것은 슬프게도 착각이며 아무것도, 이미 거대한 과거 안에 잠식당한 미래처럼, 나의 완전한 수중에서 나를 기다리는 것은 아무것도 없는 것이다. 그것에 대해서 쓰는 것은 회색 바탕 그림 속의 회색 옷을 입은 회색빛 남자를 회색으로 덧칠하는 것과 같은 행위가 된다. 회색빛 옷을 입은 남자가 회색의 담을 따라 걸어가고 있는데 아마도 그해 6월 어느 날 안개가 심하게 낀 이른아침의 일이다…… 이런 식으로 시작되는 글처럼 말이다.

　그러나 도대체 회색빛이란 무엇인가. 예를 들자면 회색 옷을 입은 남자가 회색빛 축축한 아침에 회색빛 담을 따라 회색빛 거리를 지나가는데 그를 뒤따라가 길옆의 회색빛 운하에 슬쩍 밀어넣어버리는 것이다. 아무런 소리도 없이 오직 회색 물방울 몇 개만으로…… 눈에 보이는 것은 달라지는 것이 아무것도 없으나 필연적으로 회색빛 남자는 운하에 밀어

12

넣어졌거나 혹은 밀어넣어지지 않았다. 그 이외의 것은 모두 모순이 된다. 사람들은 그를 모른다. 아무도 그를 모른다. 운하에 밀어넣어졌거나 혹은 밀어넣어지지 않은 회색빛을. 시간 혹은 과거에 대해서 글을 쓰는 것은 그런 그림과 같다. 회색빛 붓으로, 회색빛 남자, 회색빛 담, 회색빛 포도, 회색빛 운하, 회색빛 안개…… 그것은 일상적인 분명한 감각이나 논증할 수 있는 문장이나 고전물리학에 대한 저항에서 시작된다. 글을 쓰고 있으면 과거는 미래보다 더욱 분명히 미지의 것이 되어갔다. 혹은 글을 쓰는 그 순간은 과거나 미래와 전혀 분리되지 못했다.

죄의식에 대해서 잠시 다시 이야기한다. 지나간 시간이 그 내용과 관계없이 결국은 수치이자 죄의식일 수밖에 없다는 것을, 나는 나이들어 늙게 되면서 비로소 깨우쳤다. 그것의 시작은 행복하다고 느껴보지 못했다는 인식에서 출발한다. 행복하지 못하다는 감정이 죄의식과 연결되는 것은 무언지 모를 막연한 자신의 과실로 인해 다시는 돌아오지 않을 어느 순간들을 그대로 헛되게 흘려보냈다는 과도하게 예민한 책임감에서 기인한다. 혹은 행복하지 못하다는 그 소심하게 겁먹은 비굴함의 원인이 바로 자신에게 있으리라는 지레짐작 때문이다. 내가 늙기 전에는 그것이 단지 개인사의 불행의 문제라고만 생각했다. 그러나 시간의 계단을 점점 더 많이 내려오면서 죄의식은 그 자체가 곧 과거의 보편적인 거울이라는 것을 알게 되었다. 심지어 개인적으로 가장 축복받은 어느 순간의 빛나는 기억조차도 그것이 과거의 것이 된 이상 수치나 죄의식일 수밖에 없는 어떤 것으로 변해버린다. 그 수치는 어리석음에 관한 것이고 무지와 경솔함에 대한 도덕적인 수치이며 필연적으로 자신과 세상에 대한 깊은 환멸과 회의로 종결된다. 수치의 쌍둥이이자 더욱 견고하고 지속적인 형태인 죄의식은 개인의 독특하고 개별적인 행위의 내적 결과가 아니다. 그것은 인간의 근원적인 감각기관에서 효소처럼 비밀스럽게 분비되어 배출되는 일 없이 일생 동안 조금씩 쌓이는 매우 비선택적인 물질이다. 그러므로 인간이 일생 동안 어떤 윤리적인 판단의 기로에서 어떤 선택을 했다 할지라도 죄의식, 그것은 피해 갈 수 있는 것이 아니다. 스스로 결백하다고 생각하는 사람들은 단지 그것을 받아들이는 감수성이 둔할 뿐이다. 아무런 외관상의 흠 하나 없는 인생을 살았다 할지라도 영원한 죄의식에 시달리다가 죽어간 사람들을 나는 알고 있는 듯하다. 예를 들자면 가난한 사람들. 어디에나 존재하는 가난하고 힘없는 사람들이 그것을 증명한다. 우리 눈에 보이는 가난한 사람들 말이다. 가난한 사람들을 처음으로 만나던 날을 나는 마치 내가 태어난 날처럼 분명히 기억하고 있다. 당시는 너무나 어려서 자신이 가난한지 그렇지 않은지 혹은 가난이 무엇의 상대적인 개념인지 가난이 종내 의미하는 것은 무엇인지 알지 못했으며 정작 가난한 것은 자신이 아닌가 의심해보지도 못했고 그리고 결정적으로 '가난'이란 단어를 내가 들어보았는지 혹은 알고 있었는지도 불확실한 상황이었다. 처음에 내 안에서 발생한 것은 동정심이 아니었고 나는 그들이 더럽다고 느꼈으며, 나아가서는 아무런 해를 끼치지도 않았는데 그들을 경멸해야겠다는 생각이 문득 떠올랐다. 특히 그들 중에서 현저하게 허름한 옷을 입고 누르스름한 머리카락을 갖고 있는 내 또래의 여자아이들을 말이다. 물론 그것은 생각뿐이었고 곧 무서워진 나는 집안으로 달아나버렸지만 그것이 나에게 떠오른 최초의 생각이었고, 지금까지도 그것에 대해 스스로를 전혀 용서할 수 없으며 자신이 소름 끼친다는 점은 변함이 없다. 단지 고백하는 것으로 마음이 가벼워진다든가 죄악이 사라진다고는 생각하지 않는다. 그런 방법으로는, 커다란 항아리 속에서 메아리가 울려퍼지면서 여기저기로 퉁겨나가며 전달되는 것처럼 더욱 과장되고 부풀려진 채 그 고백이 한층 더 흉측한 모습을 하고 자신에게 다시 돌아올 수 있을 뿐이다. 간혹 사회적 변제의 행위로써 그러한 죄의식을 덜어보려는 시도가 행해짐을 알고 있다. 내가 가진 것은 모두 내던지고 앞으로 남은 시간을 절대적 약자들을 위해 헌신하면서 사는 것이다. 그러나 나는 그 방법을 선택하지 못했다. 나는 의지 이전에 이루어지는 의식意識, 그들을 경멸해야겠다, 는 즉각적이고 반사적인 감정에서 자유로워지지 못할 것이기 때문이었다. 죄의식이란 이렇듯 철저히 이기적이고 개인적인 자아를 위해서 발생하며, 그 자체는 숭고한 이상이나 도덕적 결벽과 아무런 관련이 없고, 그래서 휴머니즘이나 종교적인 헌신과도 무관하고 타인과의 접촉을 통해서 단지 사정없이 증폭될 수 있을 뿐이다.

그런 식의 관점으로는 인간의 육식 습관도 마찬가지이다. 이것에 대해서 깊은 죄의식을 가지고 있는 사람들을 나는 빈번하게 만나곤 했다. 그들은 혀를 즐겁게 하거나 단백질을 얻기 위해서 고기를 먹은 다음에는 죄의식 때문에 우울해지곤 했다. 내가 함께 살고 있는 채식주의자 친구는 만일 실수로라도 고기를 먹었다면 자신을 매질하는 방법을 썼다. 그는 반드시 아무것도 없는 골방에 들어가서 단 한 번의 신음소리도 밖으로 내뱉지 않으려고 애쓰면서 가혹하게 자신을 벌했는데, 자신이 골방으로 들어가기 전에 미리 말러Gustav Mahler

를 크게 틀어놓는 버릇이 있었다. 나는 그를 떠나는 것을 망설였는데, 하느님 맙소사, 지금 계산해보니 벌써 이 년 반도 넘게 망설이고만 있었다. 그는 스무 살 이전까지는 채식주의자가 아니었는데 그것 때문에 언제나 괴로워했다. 즉 과거로 인한 죄의식을 가지고 있었다. 무슨 방법으로도 그는 그런 죄의식에서 자유로워질 수 없었으며 쾌락을 위해서 동물을 도살하고 식용의 가치를 높이기 위해서 살아 있는 순간에도 학대하며 사육하는 인간의 생태를 아무렇지도 않은 마음으로 스쳐지나갈 수는 없었다. 겉으로 드러내지는 않았으나, 그는 인간을, 그러한 생태를 가진 인간 자체를 깊이 혐오하고 있었다. 그러나 혐오 또한 살생과 마찬가지의 악덕이 아닌가. 단순하고 무지한 백성을 일깨우기 위한 현자의 말씀에 따르면, 네 가까운 이웃을 사랑하지 못하면 어찌 다른 것을 사랑할 수 있겠느냐고 했다. 그가 가진 생명에 대한 절대적인 경외심은 그의 종족의 식생과 마찰을 일으켰고 다시 불꽃을 튀기면서 그의 과거의 식욕과 마찰을 일으켰다. 마찰은 증오와 과도한 혐오를 낳았다. 어떤 사람들은 다시 반복해서 말한다. 가까이 있는 존재들을 사랑하지 못하면 천상을 향한 그리움이 다 무엇이더란 말이냐. 맨 처음에 그 말을 한 사람은 아마도 인간은 결코 가까이 있는 존재를 사랑하지 못

할 것임을 잘 알고 있었을 것이다. 그리하여 그 계명은 수행
자들의 발목을 지상에 묶고 출발선에서 단 한 발자국도 더이
상 나아가지 못하게 만들었을 것이다. 가난하고 굶주리며 수
없는 지상의 고통 속에서 신음하는 인간에 대한 연민과 관용
없이 어찌 다른 생명의 절대적 신성함을 의식할 수 있을 것
이냐. 그의 입장은 한때 곤혹스러웠다. 그가 인간을 사랑하
지 않음을 숨기지 않았기 때문에 더욱 그러했다. 그리하여
그의 죄의식은 이중적이었다. 그는 잔인한 종족의 일원이었
고, 그들은 세상에 존재하는 생명을 해치는 것을 고급한 쾌
락으로 생각하는 종족이었다. 미각이나 스포츠, 수집, 상류
계층의 상징이 되는 고급 사치품을 만든다는 명목으로 말이
다. 생명이 얼마나 유일한 것인지에 대해서 의식하지 않고
죽음과 고통과 영원한 소멸에 대한 공포가 그 자신만의 것
이 아니라는 사실을 인정하지 못하는 사람들이었다. 접시 위
의 핏물이 밴 스테이크는 자신의 넓적다리 살을 그대로 베어
놓은 것과 신의 저울 위에서는 하등 다르지 않음을 눈치채지
못하는 무감각한 사람들이었다. 단지 미각에 대한 고급 취
향을 만족시켜준다는 이유로 짐승의 살을 먹을 수 있는 자
는 사람의 살 또한 먹을 수 있으며 더욱 싱싱하고 달콤한 것
을 위해서 돈을 지불하는 자는 다른 것도 기꺼이 지불할 것

이다. 매일매일은 쾌락을 위한 죽임의 향연이며 부유한 자들은 그 피와 살점의 더미 속으로 손가락을 넣어 가장 맛있고 연하며 건강에도 좋은 싱싱한 부위를 골라 찢어내어 입으로 가져간 다음 그 맛을 즐기면서 미소를 지었고 가난한 자들은 그 둘레에 모여들어 찌꺼기라도 얻기 위해 요란하게 헐떡거렸으며 행여나 운이 좋아 자기 몫의 한 점이라도 얻을 수 있다면 부유한 자들을 흉내내어 같은 모양으로 입맛을 다시고 쩝쩝거리는 소리를 커다랗게 합창했다. 고통과 죽음, 그런 것 따위는, 자신의 것이 아니기만 하다면, 혀의 향락 앞에서 아무래도 좋은 것인 양 말이다. 먹이를 사냥하고 그것의 목을 따버리는 행위를 스스로 하지만 않았다면, 인간은 죽음—살해당하는 죽음—에 대해서 아무런 책임이 없다면서 죽음의 축제에서 미쳐 날뛰는 자신을 간단하게 부인할 수 있다. 그러나 그는 그럴 수 없었으며 눈에 보이는 모든 것이, 지상의 모든 축제가, 여자와 아이들의 미소가 추악한 걸신乞神의 그것이었으며—오, 어떻게 나머지를 모두 설명할 수 있으리, 절망적인 죄책감의 구토증이 너무나 심해 사람들을 모아 회합을 열고 연설을 하고 그들이 알아들을 수 있게, 혹은 조금이라도 수긍할 수 있게 고기를 먹는 것이 비효율적이며 건강에 좋을 것이 없다는 식의 설명을 하고(그렇다면 효율적이고 건강에 좋다면 그것을 위한 고통과 죽음이 아무것도 아닌 것이 될 수 있단 말인가?) 팸플릿을 나누어주는 낯간지러운 행위조차도 그는 할 수 없었다. 또한 그가 그런 종족에 의해 태어나고 고기를 먹으면서 성장했으며, 그럼에도 불구하고 마침내 그가 자신의 삶을 스스로 선택할 만큼 성숙해진 다음에는 동족의 잔인성과 자신의 나약함 때문에 분노하고 절망하며, 그러한 동시에 그렇게밖에는 살아갈 수 없다고 고집하는 종족의 무지와 탐욕 앞에 증오심을 갖는 것에 대해서, 자신의 악덕—자신에게 고귀한 생명을 준 존재들이기도 한 가장 가까이 있는 사람들에 대한 관용이 부족한 것—에 대해서 또다른 죄의식을 느꼈다.

언젠가 한번 그는 자신이 느끼는 죄의식에 대해서 길게 이야기해주었는데, 그것이 지극히 개인적인 것이고 세상의 표면에서 결정적인 역할을 하지 않는 것이며 어느 누구도 자신의 그 문제에 대해서 심각하게 생각하지 않고 하등의 영향을 받지 않는 것이기 때문에 더욱 치명적으로 궁지에 몰리는 꼴이라고 설명했다. 만일 그가 잔인하고 비참한 전쟁을 일으키기로 최종 결정한 독재자였거나, 한 도시를 송두리째 몰살시킨 명령을 내린 장군이었거나, 반란한 노예들을 산 채로 불태워 죽인 주인이라고 하면 이처럼 지독하게 근원적인 죄의식에 시달리지는 않으리라는 것이다. 다른 사람의 생사나 운명을 결정하고 한쪽을 불행에 빠뜨리고 다른 한쪽을 선택하는 입장에 서는 것은 어차피 공인된 유죄의 자리이며 역사의 공리성에 관한 문제이므로 단지 그것을 인정하고 받아들이기만 하면 되는 것이다. 극단적으로 말해서 그럴 경우 그는 죄의식을 느끼지 않을 것이다. 그러나 육식의 문제와 그것에 기인한 증오의 문제는 그 자신의 표현에 의하면 '거대한 선험'을 요구하는 일이기 때문에, 수치적 윤리가 아닌 구토증의 윤리이고 존재의 주체가 아닌 존재 자체를 위한 것이며 그것으로 인해서 누구도 그를 법정에 세우지 않을 것이고 심판하지도 않을 것이기에 더욱 그를 두렵게 만드는 것이다. 시간이 지나갈수록 그가 죄의식을 매질하고 죄의식이 그를 매질했다. 그러면서 그는 점점 더 사람들에게서 멀어져갔다.

이십몇 년 전 어느 짧은 시기 동안 나는 나보다 나이가 네 살 정도 많은 한 여자에게 깊이 빠졌는데 그 이름은 수미라고 했다. 당시 나는 에스페란토어를 가르치는 학원에 다니고 있었는데 같은 클래스에 두 명의 미국인 학생이 있었다. 그 중의 한 명이 수미의 남자친구인 얼이었다. 언제부턴가 얼은 수업에 여자친구인 수미를 데리고 왔다. 수미는 내가 몰입할 수 있었던 최초의 사람이었다. 내가 수미에게 빠진 것은 그녀의 외모가 아름다웠기 때문이었다. 그녀는 큰 키였으나 전혀 부피감을 주지 않는 가늘고 버드나무 같은 몸매를 가졌다. 얼굴은 갸름하고 좀 긴 편이었고 머리카락은 몹시 윤기나는 검은빛이었는데 목덜미를 살짝 덮는 길이였다. 피부는 매끈하게 희고 눈은 가늘고 길게 찢어졌다. 그녀의 외모의 첫인상은 여자고등학교의 연극축제에서 남자 주인공 역할을 맡아 하는, 어느 정도 중성적인 표정의 아름답고 흰 얼굴에 키가 크고 팔다리가 길고 날씬한 소녀의 인상이었다. 그녀가 아름답지 않았다면 나는 그녀에 대해서 아무런 기억을 갖고 있지 않았을 것이다. 그때 수업을 같이 들었던 다른 여자들에 대해서는 처음부터 끝까지 거의 아무런 기억도 없으니 말이다. 나는 수미와 직접적으로는 단 한 마디도 대화를 나누어보지 못했다. 수미가 처음 클래스에 나타난 날은 비가 내렸다. 내가 최초로 본 것은 노란 우산 아래 드러난 수미의 뒷모습이었다. 수미는 비가 내림에도 불구하고 허리를 잘록하게 조이는 엷은 천으로 된 길고 풍성한 스커트를 입고 굽이 낮으며 리본이 달린 고전적인 모양의 구두를 신고 있었다. 그리고 수미가 몸을 돌리자 손수건을 쥐고 있는 흰 손이 드러났다. 수미는 다른 한 손으로 얼의 팔을 잡고 있었다. 그들은 우산 아래서 무엇인가 서로 이야기하고 있었고 나는 수미의 얼굴을 볼 수 없었으나 단지 그 뒷모습만으로도 수미에게서 시선을 뗄 수 없었다. 당시 학교에서 아이들에게 숭배의 대상이 되었던 아름다움은 단연코 패션잡지 『논노』에 나오는 일본의 십대 혼혈 모델들이었으며 나는 그 이외의 다른 아름다움에 대해서는 본 바가 없었으나 수미가 가지고 있던 아름다움은 그것들과는 분명히 다른 어떤 것임을 알아차렸다. 이상한 점 한 가지는 클래스의 다른 사람들은 모두 수미의 아름다움에 대해서 상당히 둔감했다는 것이다. 심지어 수미가 전혀 아름답지 않거나 놀랍게도 도리어 못생겼다고 생각하는 사람들까지 있었다. 눈이 가늘고 눈두덩이 너무 두꺼워서 침울하고 심술궂어 보인다거나 입술 양끝이 처졌다거나 허리가 길고 몸매가 빈약하다거나 말을 할 때 발음이 샌다거나 코가 지나치게 뾰족하다든가 하는 이유를 들어서 수미가 아름답다는 내 의견에 동조하지 않았다. 수미는 클래스에서 다른 사람들과 거의 말을 하지 않았기 때문에 무척 도도하게 보인 것이 결정적으로 그녀의 외모에 대해서도 좋지 않은 평가가 내려지게 된 원인일 것이다. 그러나 나는 여전히 수미에게 매혹되어 있었고 수미는 대학생인데다가 그토록 아름다운데 나는 겨우 뻣뻣한 직물로 된 교복이나 입고 다니는 신세였으니 좀 비참한 기분이 들었다. 아마 수미에게 호의를 가지고 있던 사람은 내가 유일했을 것이다. 수미는 영문학을 전공한다고 했으나 얼과 대화를 나누는 것을 보면 연속된 두 단어 이상의 영어를 구사하지도 못했으며 그것을 지켜본 어느 사람이 그 장면은 마치 수화를 나누는 것 같았다고 나중에 우리들에게 들려주었다. 물론 과장된 표현이기는 했으나 그렇게 잠시 동안 수미는 비웃음의 대상이 되기도 했다. 나는 수업시간에 수미의 등이 보이는 곳에 앉았다. 수미가 어떤 옷을 입었는지, 얼과 어떤 식으로 이야기를 나누는지, 어떻게 연필을 돌리는지, 휴식시간에 커피 판매대 앞에서 우연히 마주치게 되면 어떤 얼굴을 하는지, 그런 점들을 남몰래 관찰했다. 그러나 정작 수미가 나와 정면으로 눈이 마주친다든지 하면 나는 당황해서 얼른 눈을 돌려버렸다. 내가 기껏해야 바보처럼 보일 수 있을 뿐이란 확신이 강했기 때문에 나는 수미에게 나 자신을 드러내는 행동을 극도로 삼갔다. 그러나 내 감정은 거기까지였다. 나는 구름 속을 산책하고 있었으며 그것만으로 만족하는 몽상가의 자세를 버리지 않았다. 그러므로 어느 날부터 수미가 클래스에 나타나지 않게 되었을 때 나는 감히 얼에게 그녀의 안부를 물을 엄두조차 내지 못했다.

사실 그녀는 에스페란토어에 별 흥미 없었을 가능성이 많았다. 수업중에 그녀의 태도는 시종일관 심드렁했기 때문이다. 그후 얼마간 시간이 지나고 나는 더이상 그 클래스에 나가지 않았다. 정기적으로 가르치는 교사도 없었고 또 배우겠다는 학생도 몇 명 되지 않았기 때문에 그 클래스는 자연스럽게 곧 해체되었다고 들었다. 이 년 뒤, 나는 대학에 들어갔다. 그리고 대학 졸업을 눈앞에 두었을 즈음 그 에스페란토어 클래스의 한 사람을 우연히 만난 적이 있었다. 그는 당시 명동의 구두 상점에서 근무하는 판매 직원이었는데 집으로 돌아가는 길에 시내에서 우연히 만나 함께 커피를 마시게 된 것이다. 그가 전해준 바에 의하면, 얼의 여자친구였던 '나무 인형처럼 마르고 표정이 없던 대학생'―그는 수미의 이름을 끝까지 기억하지 못했다―이 유명했던 비행기 사고로 죽었다는 것이다. 내가 대학생이 되기 전해에 있었던 소련에 의한 여객기 격추 사고를 말하는 것이었다. 수미가 그 비행기에 타고 있다가 사고를 당했고 얼은 함께 있지 않았다고 했다. 그는 클래스의 또다른 미국인 학생이었던 프랜시스와 그 이후에도 간간이 소식을 주고받았는데 프랜시스가 미국으로 돌아간 다음 프랜시스의 직장 동료를 통해서 그 소식을 전해 들었다고 했다. 그때 이미 나는 수미나 에스페란토어 클래스에 대해서 깡그리 잊고 있었다. 시간이 많이 지나기도 했지만 무엇보다도 나이를 먹었고 스스로 생각하기에 에스페란토어 따위와는 비교도 되지 않을 그럴듯한 책도 읽었고 그리고 어쩌면 졸업을 하고 대학원에 진학하거나 혹은 결혼을 할지도 모르는 입장에 있었던 것이다. 나날이 개선되는 새로운 생활과 매력적인 자극들은 지나간 시절의 일들을 하찮아 보이게 했고 심지어 부끄럽게 만들기도 했다. 그것은 일생을 관통하는 죄의식으로 형상화되기 이전의 일상적인 감상이었다. 그 당시 막연하게 되살려본 수미는 처음의 인상처럼 그다지 아름답지도 않았고 신비스럽지도 않아서 굳이 기억의 대상이 되지도 못했던 것이다. 수미를 독특하게 아름답다고 생각했던 것은 내 경험의 빈곤함과 정신의 미성숙 때문일 거라고 지레짐작하고 있었다. 그렇다고 수미가 전혀 아름답지 않았다고 하는 것은 아마도 거짓이 될 터이나 아름다움이 스스로의 목소리로 그 이름을 불러줄 정도의 존재는 아니었으며 오디세우스를 집으로 돌아오게 하는 시적인 힘이 아니라 기껏해야 혈기 왕성한 동네 젊은 남자들을 몇 번 뒤돌아보게 하는 역할밖에 하지 못하는 그런 종류의 아름다움이라고 평가한 것이다. 왜냐하면 대학에 들어간 이후 나는 간혹 육체와 정신 모두가 놀랄 만큼 매혹적인 여자들과 마주치는 경험을 했기 때문이다. 그런 경험들은 내가 한때 탄복했던 수미의 아름다움이 사실은 그다지 유일한 것은 아니었다는 평가를 내리게 만들었고, 시간이 지나면서 구체적인 수미의 인상은 사라지고 그다지 뛰어나지 못했던 그녀의 지적인 면만이 기억 속에서 부각되었기 때문이다. 나를 사로잡았던 여자들 중에서도 특히 나를 근원적으로 매료시킨 여자들은 모두 내가 개인적으로는 잘 알지 못하거나, 혹은 단지 몇 번 의례적으로 스쳐지나갔을 뿐이며 심지어는 이름조차 알지 못하는 미지의 존재인 경우가 많았다. 그것은 나에게 아름다움이란 친밀과 교제의 대상이 아니라 단지 관조의 대상이며 또한 오직 그렇게 남아 있을 때만이 불변의 가치를 발휘한다는 것을 확실히 알게 해주었다. 그들은 일단 말수가 적다는 공통점을 갖고 있었다. 적어도 나는 불친절하게 보일 정도로 과묵하며, 친밀한 교제를 귀찮게 생각하고, 별다른 취미를 갖고 있지 않고, 일반적인 예상과는 달리 소극적이고 밋밋한 일상을 살고 있으며, 세속적인 인기나 소문에 초연한 듯이 행동하는 여자들에게 몹시 빨려들어갔다. 나 역시 한 번도, 심지어는 절대적으로 외로웠을 때라도 그녀들에게 의도적으로 가까이 다가가려고 한다거나 친해지고 싶은 욕망을 조금이라도 나타낸 적이 없었다. 그녀들은 지나치게 완벽한 것으로 보였으므로 가까이 다가갔을 때 혹시 그 완벽함이 허물어지게 되는 것을 두려워한 까닭이다. 그리고 어쩌면 상당히 현실적이면서도 확실하다고 할 수 있는 이유로는, 거절당할지도 모른다는 두려움 때문이기도 했다. 대개의 경우 그들은 남모르는 추종자들을 거느리고 있는 경우가 많았으며 심지어는 남자친구를 갖고 있기도 했기 때문이다. 그들은 별다른 노력 없이 주변의 관심과 애정을 모으는 것처럼 보였고 스스로 원하지 않았다 할지라도 어쨌든 자연스럽게 모든 경우에서 매우 유리한 입장이 되곤 하는 것을 목격해왔다. 그런 그들이 어느 모로 보나 평범하기 짝이 없는 나를 진지하게 생각하지 않을 것은 분명했기 때문이다. 그러나 만일 설사 나에게 그들과의 교제가 허락되는 꿈같은 일이 일어났다고 해도 내가 과연 기꺼이 그것을 받아들였을지 자신이 없다. 나는 은밀하게 스쳐지나가는 비밀스러운 두근거림을 그런 상태 그대로 놓아두는 편을 택했을 것이다. 마치 처음에 수미에게 매혹당하면서 그랬던 것처럼 말이다.

그렇게 기억 속에서 사라져버린 수미였지만 그녀가 죽었다는 화제는 일상적인 것은 아니었기 때문에 좀 충격적이었다. 나보다 나이가 많기는 했으나 죽기에는 터무니없이 젊은 나이였기 때문이었다. 만일 그러기에 적당한 나이라는 것이 존재한다면 말이다. 그러나 그 충격이라는 것은 말도 안 되는 농담을 들었을 때와 같이 비현실적이었다. 잘 알지 못하는 사람이 죽었다는 기사를 신문에서 읽었을 때와 비슷한 감정으로, 그 감정은 비극적이라기보다는 단지 드라마틱할 뿐이었다. 우리는 그때 수미의 남자친구였던 얼에 대해서도 기억을 되살려 몇 마디 이야기를 나누었는데 나뿐 아니라 그의 생각에도 얼은 무례하고 무신경한 사람이었다. 그것은 얼이 원래 무례하고 무신경한 행동을 의도해서가 아니라 단지 매사에 성의가 없고 대상을 이해하려는 시도를 게을리하는 천성에다가 무엇보다도 타인이 자신과 다를 것이라고 전제하는 부분에서는 항상 경솔해지는 안이함 때문이었다. 얼이 외국인이고 우리들의 문화에 익숙하지 않다는 점을 감안하더라도, 확실히 좀 부족했다. 그래서 당시 우리들 대부분은 수미뿐 아니라 얼도 좋아하지 않았다. 그러나 우리의 대화는 금방 끊어지고 말았다. 우리는 수미를 개인적으로 거의 몰랐으며 이미 죽은 사람에 대해서, 그리고 어쨌든 여자친구가 죽는 비극을 당한 얼에 대해서도 비난하는 투의 말을 늘어놓고 싶지는 않았기 때문이었다. 소문은 잘못되는 경우가 많기 때문에, 나중에 수미가 사실은 죽은 것이 아니라고 알았다 해도 나는 그다지 놀라지 않았을 것이다. 수미는 나에게서 먼 사람이었고 내 피나 살과는 상당한 거리가 있으니 나는 '그녀는 죽었거나 아니면 살아 있으며 그 이외의 것은 모두 다 모순이다' 하고 장난스러운 명제를 만들어낼 수도 있었으리라. 그래서 이십 년도 더 지나서 어느 저녁 어스름에 수미를 다시 만나게 되었을 때 나는 그다지 놀라지는 않았다. 수미가 문제의 그 비행기에 탔다는 것은 세상에 흔한 잘못된 소문이었고, 사실이 아니었다.

이미 나는 수미에게 전혀 애정을 갖고 있지 않았고, 또한 수미 자신도 과거의 시간에서처럼 내게 돋보이는 존재가 아니었기 때문에 모른 척하고 아무런 인사도 없이 그냥 지나치기를 바랐다. 혹은 수미가 이미 이 세상의 수많은 다른 사람들과 너무나 다르지 않았기 때문에, 그들보다 더 나쁜 편도 아니었기 때문에 굳이 의도적으로 모른 척해야 하는 수고를 할 필요가 있을까 생각하기도 했다. 아마도 내가 그 순간 수미를, 그 존재를 처음 만나는 상황이었다면, 오래전처럼 다시 수미에게 관심을 가졌을지도 모르는 일이다. 수미가 아름다우며, 내가 수미를 모르며, 그녀는 말수가 적어 내가 그녀와 대화를 나누어본 적도 없으며, 그녀는 백조같이 우아한 몸매를 가졌고 사물에 대해서 초연한 태도를 취하고 마치 검소하고 단조로운 식탁 같은 표정을 유지하고 있으며, 그것은 미지의 죄의식과 무관하지 않고 취미를 가지고 있지 않고 그녀의 시간은 그녀의 치마 속 다리처럼 드러나지 않으며, 욕망이나 열정을 전혀 가지고 있지 않은 것처럼 행동하며, 혹은 그렇게 보이며, 그녀는 불친절하며, 타인의 행동을 탐색하지 않으며, 질문이 없으며, 관심이 없으며, 그 모든 것이 여전하기 때문에. 하지만 지금 나는 수미에게 애정이 없을 뿐만 아니라 수미라는 존재 자체가 나에게는 이미 충분히 수치스러운 것이었다. 그것은 과거에 하찮은 것에 마음을 빼앗겼다는 가벼운 분노 때문이었는데 그런 성급한 분노를 미리 차용함으로써 나는 수미가 나에게 전혀 관심이 없었다는 사실을 간과해버릴 수 있었다. 나는 아무런 말도 없이 수미를 관찰했다. 수미는 그다지 변하지 않았으며, 사실은 하나도 변하지 않았다고 하는 편이 더 알맞을 듯했다. 수미는 여전히 나에게 말을 걸지 않았고 다른 방향을 보고 앉아 있었다. 처음에 수미는 나를 기억하지 못했다. 수미의 침묵과 외면은 나를 점점 더 당황하게 만들었다. 수미가 나를 기억하지 못한다고 짐작하면서도 나는 조심스럽게 수미의 주변에서 머뭇거렸다. 나는 만일 가능하다면 자존심을 회복하기 위해서, 수미가 나에 대해서 그렇게 느끼는 것과 마찬가지로 나 또한 수미를 별다르지 않게 생각한다는 것을 증명해 보이고 싶었다. 그러면서 동시에 그것이 얼마나 하찮고 천박한 정서인지 스스로 알아차리고는 마음이 창백하게 얼어붙었다.

나는 먼저 수미에게 말을 걸었다. 사실은 그럴 마음이 조금도 없었다. 그리고 수미에게 내가 비밀스럽게 생각하고 있는 일들에 대해서, 내 죄의식에 대해서 가벼운 고백을 했는데, 그것도 사실은 당연하게도 그럴 이유가 조금도 없는 것이며 그럴 마음도 전혀 없던 것이었다. 그리고 의례적인 인사처럼 들리게 수미의 외모를 칭찬했으며—왜 그랬는지는 전혀 알 수 없는 일이다. 단지 유일한 이유가 있다면 그것이 진심이 아니었기 때문이다—굳이 그럴 필요가 없는데 수미가 마신 커피값을 대신 계산해주기도 했다. 나는 그렇게 하도록 강요당하지도 않았고 수미에게 잘 보이려는 마음도 없으며 수미에게 하등의 호감도 가지고 있지 않았는데도 말이다. 도리어 나는 진정으로 그녀를 마음속 깊이 경멸하고 있었으며 덧붙여 말하자면 솔직히 굳이 경멸할 만큼이나 의미 있는 존재라고도 생각하지 않았고 적절하고 멋진 기회가 생긴다면 짧고 애매하게 우롱해주고 싶은 희망 정도를 가지고 있을 뿐이었다. 시간이 흐를수록 처음에 내가 가졌던 당황스러움은 점차 내 안에서 해석 가능한 자신감으로 바뀌었다. 나는 여전히 수미에게 친절하게 대해주고 있고 수미는 그런

말로 품위 없고 경솔한 것이 되어버린다. 나 자신은 일생 동안 사람들의 입소문에서 가십처럼 불리는 것을 몹시 싫어하여 나뿐 아니라 내가 알게 된 타인의 일도 결코 경솔하게 남에게 전달하지 않았다. 더구나 그때 너와 나는 아무런 접촉이 없는 상태였는데도 불구하고 사람들은 그렇게 믿지 않는 눈치였다. 네가 우리에 대해서 과장되게 상상을 심어준 탓이다. 나는 소문의 사실 여부를 떠나 일단 그 대상이 되는 것 자체를 항상 불결하게 느껴왔다. 그래서 마음이 불쾌하여 더이상 그 클래스에 가지 않았다.'

수미의 생각은 완벽한 것이었다. 그러고 나서 수미는 입을 다물고 다시 나와 눈이 마주치지 않는 먼 자세로 되돌아갔다. 나는 그때 수미를 멀고 낯설게 느꼈고 수미 또한 마찬가지였을 것이다. 그러나 수미가 지금보다 더 나에게 낯설지 않았던 적은 한 번도 없는 것이 사실이었다. 그리고 내가 일생 동안 살면서 지금의 수미보다 더 멀지 않게 느낀 사람 또한 한 명도 없으며, 수미 역시 그럴 것이란 생각이 머리에 떠올랐다. 수미는 결국 나를 비난하고 내 오류를 지적하면서 그것으로 인해 자신의 도덕성을 과시할 수 있는 시간을 가지게 되었으나 나는 그러지 못했다. 수미와 마찬가지로, 나 또한 타인들의 소문을 경멸했다. 수미와 다른 점이라면 수미는 자신의 입에서 나오는 말은 그 소문의 영역에서 제외시켰지만 나는 그러지 않았다는 점이다. 수미에게는 자신 이외의 사람들은 모두 타인이었으나 나는 바로 나 자신이 타인일지도 모름을 의심했다. 나는 어디에서나 진심을 말하면 그것이 곧 하찮은 소문이 되어 떠돌 것을 의심했다. 사람의 진심이란 곧 하찮은 소문에 불과했다. 그러므로 하찮은 소문을 위해서, 반드시 진심이어야 할 필요도 없는 것이었다. 지금과 같은 순간에 내가 스스로를 변호하기 위해서 뭔가 해명한다면, 그것은 곧 세계의 실체를 이루는 거대한 소문의 일부가 되어 결코 잡을 수 없는 곳으로 빠르게 사라져갈 것이다. 아무도 그것에 대해서 알지 못하면서, 모든 사람들이 그것에 대해서 말할 것이다. 그리고 다른 면으로 본다면, 이십 년도 더 이전의 과거에 내가 수미에 대해서 사람들에게 말한 것은 전혀 진실이 아니었기 때문에, 그것은 남에게 말해지거나 혹은 비밀로 해야 할 어느 쪽으로도 하등의 가치가 없는 것이었다. 수미의 세계는 세탁소 다림질대 위에서 바싹 눌려 있는 셔츠처럼 단순하고 평이해서 누구에게나 금방 들통나는 것임에도 불구하고 그 고고한 흰빛만을 변함없이 뽐내고 있는 셈이다. 그러나 나는 여전히 대답하지 않고 수미에게 변함없는 감탄의 눈길을 보내고 있었다.

시간이 흐르자 수미는 나에게 아무런 작별의 인사를 건네지도 않은 채 양아들의 손을 잡고 자리에서 일어서서 밖으로 나갔다. 나는 빠른 걸음으로 수미의 뒤를 따라갔다. 수미는 일정한 보폭으로 천천히 걸었고 내가 따라감을 알고 있었으나 뒤돌아보지 않았다. 그 이후로 우리는 어디에서나 함께였다. 내가 수미의 뒤를 따라가지 않으면, 수미가 내 뒤를 따라왔다. 비록 언제나 서너 걸음 정도의 거리를 두고는 있었으나 나는 내 생애 동안 유일하게 진정으로 유쾌한 시간을 보냈다. 내가 남몰래 빠져들어갔던 아름다움을 가진 여자들과 나는 단 한 번도 이렇게 가까이서 지내본 경험이 없었던 것이다. 지금 내가 수미를 예전처럼 그렇게 아름답다고 생각하지 않고 있음은 이 경우 아무런 의미가 없었다. 심지어 지금은 내가 수미를 전혀 사랑하지 않으며, 추하다고까지 생각하는 것조차도 의미가 없었으며 수미가 나를 하찮게 생각한다는 사실에도 관심이 없었다. 나는 기회가 닿으면 기꺼이 수미에게 복종의 자세를 취했다. 어느 순간에는 문장을 선택함에 있어서 내가 수미를 보고 있다, 라고 표현해야 하는지 아니면 수미가 나를 보고 있다, 라고 해야 하는지 반사적으로 어리둥절해지는 것을 경험하기도 했다. 나는 자신에게 그러는 것처럼 수미 또한 물질인 것처럼 인식했다. 수미는 언제나 어린 양아들과 함께 다녔다. 그 아이는 외모가 기형적일 뿐만 아니라 목소리도 내지 못하는 듯했다. 수미는 점점 회색빛으로 변해갔으므로 다리 위에서 갑자기 나타난 수미를 알아보기 위해서는 보통 이상의 주의를 기울여야 할 때가 많았다. 내가 나의 채식주의자 친구와 함께 식사를 하기 위해 식당에 앉아 있을 때면 수미가 나타나 말없이 테이블에 와 앉았다. 이 글을 쓰고 있는 순간 나는 아직 수미를 다시 만나지 못했으나 이 모든 일들을 비행기 격추 사고 소식을 들었던 1983년 가을날의 아침처럼 잘 기억했다. 나는 앞으로 몇 년 뒤 수미를 만나게 되었고 그것에 대해서 쓰게 되었을 터였다.

나와 수미와 채식주의자, 세 명은 한 식탁에 앉아 있었다. 우리들 세 명의 노인은 저녁으로 무엇을 먹을 것인지 이야기를 나누는 중이었다. 식탁에는 격자무늬의 노란 식탁보가 깔려 있었고 빵 바구니는 비어 있었다. 식탁은 창가에 자리잡았고 창문은 활짝 열려서 늦여름의 저녁바람이 불어왔다. 자동차의 무리가 지나가는 소리와 희미한 사이렌 소리가 바람 속에 섞여 돌아다녔다. 우리는 각자 고독하게 늙어갔으며 차가운 천성 때문에 주변에 가까운 사람을 남겨두지 못했다. 아니, 우리는 지금 각자 혼자 있는 것이다. 혹은 우리들, 우리

세 사람 중 누군가 단 한 사람만이 이곳에 앉아 있는 것에 불과할 수도 있다. 그의 기억 속에서 우리의 의식이 노래하고 있으나 그것이 누구인지는 지금은 알 수 없으며 중요하지 않았다. 혹은 그렇지 않다면 이 식탁을 차지하고 있는 것은 비어 있는 빵 바구니와 바람의 영혼뿐이다. 열린 창으로 바람이 불어와 식탁보를 흔들고 주방에서 기름과 마늘 냄새가 풍겨오고 마치 영원히 그러할 것처럼 사이렌 소리와 자동차 소리가 멀리서 지속적으로 나지막하게 땅과 마음을 흔든다. 우리는 지금 자신의 기억 속에서 부유하는 환영을 느낀다. 혹은 그런 표정과 무게감이 없는 그림자들이 지금의 우리 자신을 기억하고 있다. 개인의 역사 중에서 타인이 차지하는 의미는 무엇일까. 타인은 과연 실재적인 것의 이름인가. 만일 그렇다면 그들은 왜 그토록 비밀스럽게 존재하여 모습을 드러내지 않는가. 타인이 존재하며 그들과 함께 이 세상을 살아왔다고 하는 것은 텔레비전 속 광고이거나 종교의 광고문안에 지나지 않을지도 모르는 일이다. 왜냐하면 우리는 모두 그들 타인을 일생 동안 단 한 번도 실제로는 만난 일이 없기 때문이다. 우리는 정녕 타인과 손을 잡고 인사를 했으며 그들과 결혼하고 그들과 가족을 이루고 혹은 그들과 이별한 것인가. 설사 그 모든 것이 소문이 아닌 사실이었다고 해도 타

인이 우리에게 무엇이었나. 그들은 아파도 울지 않고 총알이
뚫고 지나가도 피가 흐르지 않으며 공중에서 폭탄을 맞아도
진정으로 죽음을 경험하지 않고 공기처럼 흘러다니며 밤에
도 잠들지 않는다. 혹은 그들이 피 흘리고 울부짖고 만원 지
하철에서 바로 곁에 선 한여름 돼지처럼 땀을 흘리며 냄새를
풍기는 실제적인 존재라고 해도, 설사 그렇다고 해도, 우리
가 본 것이 단순한 환영이 아니라고 해도, 그들이 이름을 가
질 수 있을까. 타인이 정녕 애증의 대상이기나 한 것일까. 타
인은 회색빛 옷을 입고 기묘한 모습으로 식탁 곁에 서 있으
며 명령을 기다리고 주문을 받아적은 다음 음식을 날라올 것
이다. 나는 허기와는 상관없이 많이 먹을 마음의 준비가 되
어 있었기 때문에 으깬 감자와 야채구이에 세 개의 달걀프라
이가 얹힌 것에 매운 소스로 볶은 국수가 추가된 요리를 주
문했다. 수미는 아무런 추가 주문 없이 빵과 병아리 심장 수
프를 시켰고 채식주의자는 쌀밥과 야채 커리를 먹겠다고 했
다. 그 이후로 얼마나 많은 시간이 지났는지 아무도 몰랐다.
이윽고 사람들은 아주 다른 것에 대해서 말하기 시작했으나
우리들은 아직도 주문한 저녁식사가 날라져올 것을 기다리
며 앉아 있었다.

일요일 저녁 열한시와 다음날 아침 여덟시 삼십분에 텔레비전을 틀었을 때, 무대에서 공연되는 〈보리스 고두노프〉가 방송되고 있었다. 그것을, 중학교 다닐 때 단체 관람한 이후로는 다시 본 적이 없었다. 열시 이십오분에 다시 텔레비전을 틀었을 때도 마찬가지였고, 열한시 십분과 한시 사십분에도 〈보리스 고두노프〉가 계속되고 있었다. 가장 참을 수 없는 것은 연속극, 특히 〈미인에게 청혼하다〉라는 연속극을 보지 못하는 것과 턱수염을 기른 덩치 큰 사람들이 나오는 오페라, 이 두 가지이다. 최악의 기분인 채 직장으로 출근하기 위해서 샤워를 하고 옷을 갈아입었다. 집을 나오기 직전, 즉 두시 이십분에 한번 더 텔레비전 스위치를 넣었으나 믿을 수 없게도 여전히 덩치가 큰 보리스 고두노프가 목과 소매에 자수가 놓인 헐렁한 블라우스를 걸친 채 크렘린궁전에서 노래하고 있었다. 가슴이 터질 듯하다. 그러나 보리스 고두노프 황제처럼 양심의 가책 때문이 아니라 연속극을 보지 못하는 것이 속상해서이다. 직장에 출근하자마자 작업복으로 갈아입기도 전에 교대자인 동료 홀에게 물었다.

"왜 오늘은 〈미인에게 청혼하다〉를 하지 않는 거지? 통신강좌 때문에 어제저녁 재방송분부터 보지 못했잖아. 그런데 도대체 무슨 일이야? 왜 자꾸만 반복해서 거지같은 오페라를 틀어주고 있는 거지? 누가 〈보리스 고두노프〉 따위를 보고 싶어하겠냐고. 방송국이 또 파업이라도 했나? 그들은 월급도 많이 받을 텐데, 도대체 불만이 뭐라는 거야? 대학을 나온 방송국 기술자들이란 모조리 게을러터지고 질 나쁜 놈들뿐이야."

"무슨 소리야? 우리는 커피 시간에 모두 휴게실 주방에 앉아서 다른 날과 마찬가지로 〈미인에게 청혼하다〉를 보았다고. 난 물론 야구시합이 보고 싶었지만 중국 여자들이 짖어대면서 조금도 양보하려 하지 않아서 어쩔 수 없었잖아. 따분하기 짝이 없는데다가 제목이 그게 뭐야? 미인에게 청혼하다, 라니. 미인은 하나도 나오지 않는데 말이지."

그러면서 동료 훌은, 정말 무슨 말을 하느냐는 표정으로
쳐다보았다. '자동차공학에 있어서의 육백 개의 핵심적 단
어'라고 표지에 적혀 있는 책을 가슴에 안고 가던 중국 여자
가 그런 동료 훌을 힐끔 보더니 미간을 찡그렸다. 말을 알아
들은 것이 분명했다. 그런데도 따지고 들지 않는 것이 이상
했다. 아니면 동료 훌을 아예 저질이고 교양이 없는 인간으
로 치부해버리고 무시하는 것으로 자기들끼리 결론을 보았
을지도 몰랐다. 그러나 그런 것은 아무래도 좋다. 분명히 매
일 하는 것처럼 채널을 고정시켜놓고 〈미인에게 청혼하다〉를
보려고 했는데 망할 텔레비전에서는 하루종일 〈보리스 고두
노프〉만 틀어주지 않았던가. 뭔가 실수가 있었나? 그렇지 않
다. 집에 있는 텔레비전은 흔한 리모트컨트롤 방식이 아니라
채널을 손으로 돌려야 하는 구식이고 두 개의 채널밖에 나오
지 않는다. 그중의 하나가 매일 〈미인에게 청혼하다〉를 봐야
하는 연속극 채널이고 다른 하나는 통신강좌 채널이다. 통신
강좌 채널에서는 하루종일 고등학교와 중학교 그리고 초급
대학 과정의 강의가 진행된다. 그곳에서는 연속극이 방송되
지 않고 더구나 〈보리스 고두노프〉 따위는 더더욱 방송되지
않는다. 설사 고전음악이나 러시아어 강좌라 할지라도 말이
다. 그리고 비번인 어제 통신강좌를 들은 다음 저녁을 먹기

위해서 친구 홀을 만나 함께 식당에 갔다가 돌아와 텔레비전을 켜니 통신강좌 채널에서는 에스페란토어 강의가 진행되고 있었다. 그래서 연속극 채널로 돌리니 거기에서 〈보리스 고두노프〉를 상영하고 있었던 것이다. 그것이 끝나기를 기다리면서 잠들기 직전까지 텔레비전 프로그램 잡지에 나온 낱말 맞추기 퀴즈를 풀다가 그대로 잠들었다. 그 이후로는 채널을 바꿀 아무런 이유가 없었다. 통신강좌로 채널을 돌리는 것은 단지 일요일 오후뿐이다. 그때는 세 시간 동안 자동차 구조학과 공업수학을 듣는다. 일요일이 아닐 때는 결코 통신강좌 채널을 틀지 않는다. 그럴 일이 없는 것이다.

"설마, 녹화된 비디오 채널이겠지."

"아니라니까. 분명히 오늘분 방송이었어. 주인공이 말이야, 그 자식 이름이 뭐더라? 빌딩에서 만난 여자가 바로 그 미인이라고 완전히 생각하고 꽃을 사가지고 바보같이 치켜세운 머리를 한 채 미인을 만나러 가는 거야. 그런데 그 바보가 그만 파란 장미를 사버렸지 뭐야. 팔꿈치 뼈가 툭 튀어나올 정도로 깡마른 그 미인은 파란 장미를 질색한다는 것도 생각하지 못한 거지. 언제나처럼 역시 오십분에 시작했어. 그런데 무엇 때문에 연속극을 보지 못한 거지? 매일 빠지지 않고 본다고 자랑했었잖아."

"모르겠어. 아마 텔레비전이 고장났나봐."

"그런 고물 텔레비전은 고장나는 것도 당연하지."

동료 홀은 선언하듯이 엄숙하게 말했다. 그는 그런 식으로 말할 기회를 얻는 것을 즐거워했다.

"새 텔레비전을 산다면 어디서 살 생각이야?"

"아직 생각해보지 못했어."

"중고품을 살 거야? 아니면 새것?"

"만일 산다면, 중고를 사야 해. 여유가 별로 없으니."

"텔레비전이 없거나 프로그램이 별 볼 일 없으면 데이트는 어떻게 하지? 네가 그때 말했잖아. 집으로 데리고 들어와서, 침대에 나란히 눕거나 소파에 앉아 연속극을 보거나 해야 한다고 말이야. 그런데 그런 식으로 채널을 돌리는 구식 텔레비전은 무드를 망치는 것뿐이잖아. 프로그램이 끝나고 광고가 시작될 때마다 일어나서 텔레비전으로 가 채널을 돌려야 하니 말이야."

그러면서 동료 홀은 작업복을 지저분한 쇼핑백 안에 쑤셔넣고는 때가 얼룩진 손톱을 씻기 위해 화장실로 갔다. 일하는 것은 조금도 두렵지 않다. 싫지도 않다. 그러나 이유를 알 수 없는 채 가장 좋아하는 연속극을 볼 기회를 박탈당하고, 그리고 이후에도 여전히 그 이유를 알 수 없는 채 있어야 한다는 것은 길을 걷다가 아무런 상관 없는 사람에게 걸어차인 것처럼 기분 나쁜 일이다. 친구 홀은 연속극 보는 것을 즐기지 않았다. 그는 침대 발치에 누워 연속극이 진행되는 사이에 가판대에서 사가지고 온 신문을 읽었다. 혹은 간혹 그가 좋아하는 요리를 하거나 세제를 터무니없이 듬뿍 넣고 세탁을 하기도 했다. 그러나 대부분의 경우 그는 잠을 자는 것처럼 눈을 감고 누워 있기를 즐겼다. 외형적으로는 아무것도 하지 않고 손가락으로 시계 초침의 박자를 맞추면서 말이다. 게으름뱅이의 전형이다. 게다가 연속극에서 어쩌다가 에로틱한 장면이 나와도 그는 흥분하지 않는 것 같았다. 그러니 사실 친구 홀에게 연속극 채널이 고장난 텔레비전이란 그다지 중요하지 않을 것이다. 게다가 그는 상대가 자리에서 일어나 텔레비전 채널을 바꾸러 가더라도 신경쓰지 않을 것이다. 물론 그 텔레비전은 채널이 두 개밖에 없으니 바꿀 필요도 없지만 말이다. 그러나 동료 홀은 그의 그런 면까지는 자세히 모르니 이상하게 생각하는 것도 당연했다.

일을 마치고 집으로 돌아온 것은 열한시가 조금 넘었을 때였다. 텔레비전의 스위치를 넣기 전에 심호흡을 하고 마음을 진정시켰다. 너무 피곤하다보면 신경질적으로 될 수 있으니 말이다. 그러나 텔레비전을 켰을 때, 여전히 〈보리스 고두노프〉가 나오는 것이 아닌가. 게다가 아직도 1막이었다. 쫓기는 듯 초조한 동작을 하고 있는 거지 수도사들이 누더기를 걸치고 무대를 왔다갔다하고 있었다. 뭔가 잘못된 것이 틀림없었다. 화가 난 나머지 욕을 하고 말았다. 하루종일 힘들게 일했다. 남에게 피해를 주지도 않았고 적어도 아는 한도 내에서는 괴롭히거나 상처를 주지도 않았다. 그런데 어젯밤부터 그토록 좋아하는 연속극을 하나도 보지 못했으니, 분노와 좌절감을 느끼지 않을 수가 없다. 방송국에 전화를 걸어야겠다는 생각이 떠올랐다. '왜 괴롭히는 거지? 너희들은 더 돈이 많고 즐길 거리도 더 많을 것이 분명한데 무엇 때문에 이렇게 괴롭히는 거지? 내 연속극을 돌려줘.' 그러나 일단은 배가 고팠기 때문에 밥을 먹으며 천천히 생각해보려고 했다. 일하는 중에 저녁 여섯시에 커피와 빵을 먹고 아홉시에 참치 샌드위치를 먹었으나 여전히 배가 고팠다. 그러나 집에는 먹을 것이 변변히 없었다. 냉장고에 있는 빵은 오래되어 이상한 냄새가 나면서 차고 딱딱하게 굳었고 달걀은 하나밖에 남지 않았다. 버터와 기름은 충분했지만 야채는 하나도 없었다. 찬장에서 쌀을 꺼내서 밥을 짓기로 했다. 쌀을 씻고 밥을 하는 동안 참치 통조림을 따고 굳은 빵에 그대로 쏟아부은 채 기름이 뚝뚝 흐르는 그것을 주방에 서서 먹기 시작했다. 장을 봐야 하는 것을 잊으면 언제나 이런 식이 되어버리는 것이다. "우유와 싱싱한 야채를 먹어야 해" 하고 친구 홀은 말하곤 했다. 최소한 일주일에 한 번은 신선한 음식을 먹어야 하는 거야. 잊으면 안 돼, 하고. 친구 홀은 완전한 채식주의자는 아니다. 융통성이 있는데다가 도리어 철저한 채식주의자라고 자랑스러워하는 족속들을 경멸하는 편이다. "쇠기름을 전혀 먹지 않을 수는 없어. 쿠키나 비스킷이나 감자튀김에 자연스럽게 포함되어 있을 테니 말이지. 단지 가끔은 생각날 때면 통조림이나 냉동야채가 아닌 싱싱한 야채를 먹으라는 정도지. 너처럼 그런 식으로만 먹다가는 금방 배가 나오고 피가 굳어버릴 텐데." 그가 말했었다. 한편에 치우친 사람이 아니었고 그렇다고 해서 원칙적인 채식주의자를 증오하는 표현을 자주 쓰지도 않았다. 그러나 음식에 대해서 자신만의 신념을 가지고 있는 종류의 사람이었다. 가능한 한 적게 먹고 필요 이상으로 고기를 많이 먹지 않는다는 정도였다. 그가 증오하는 것은 대식가와 미식가, 그리고 개고기를 먹는 사람이었다. 그 이외의 문제에 대해서, 그는 언제나 관대한 편이었다. 급한 허기가 가시고 밥이 부글부글 끓으며 익기 시작하자 방송국에 대한 순간적인 분노도 많이 완화되었다. 아무래도 기계의 이상인 것이 분명해. 이렇게 생각하면서 채널을 통신강좌에 맞춘 다음 텔레비전을 켰다. 역시 아무런 이상 없이 강의가 진행되고 있었다. 르네상스 시기의 미술사에 관한 것이다. 성서 이야기가 지루하게 이어지고 있었다. 혹시, 하는 마음에 연속극 채널로 돌려보았으나 이번에는 화면에 아무런 신호도 오지 않았다. 화면은 침묵하면서 시치미를 떼고 있었다. 파박, 하는 소리를 내면서 파란 광선 하나가 화면을 수평으로 가로지르고 있었다. 역시, 텔레비전이 고장난 것이 확실했다. 수리를 부탁해도 될 테지만 아무래도 너무 고물이니 다시 사는 편이 나을 것이다. 텔레비전을 새로 사기 위해서는 일단 회사의 게시판에 광고를 하는 것이 가장 빠르리라. 직원 중의 누군가 중고 텔레비전을 팔려고 할 수도 있으니까 말이다. 이번에는 리모트컨트롤 기능이 있고 모든 채널이 다 나오는 것이었으면 좋겠는데. 그렇지 않다 해도 최소한 연속극 채널만은 아무런 문제를 일으키지 말았으면 좋겠는데 하는 바람이 있었다. 목요일인 노동절 휴일에는 하루종일 집에 있게 될 텐데, 텔레비전이 없다면 정말 낭패가 아닐 수 없다.

다음날 커피 시간이 지난 직후 직장에 있는 동료 홀에게 전화를 걸었다.

"그래, 텔레비전은 어떻게 됐어? 고쳤나? 아니면 다른 것을 산 거야?"

동료 흘은 커다란 목소리로 전화를 받았다.

"이제 사야지. 고장난 것이 틀림없어. 어젯밤부터는 아주 아무런 신호도 받질 못하는걸."

"그렇다면 그, 뭐지? 이제는 〈보리스 고두노프〉도 나오지 않는다는 거야?"

"그래, 아마 잘못된 신호를 받고 있었나봐. 오래되었으니까."

"오래되었지. 그런 기계니."

"오늘도 연속극을 보았어? 〈미인에게 청혼하다〉 말이야."

"그럼. 중국 여자들 때문에, 휴게실에 있으면 그 연속극을 안 볼 수가 없어."

"어떻게 되었어?"

"뭐가 말이야?"

"그냥. 〈미인에게 청혼하다〉가 어떻게 되었는지 궁금해서. 그렇다고 뭐, 심각하게 궁금한 것은 아냐."

"아아, 그것."

동료 흘은 잠시 말을 멈추었다. 발끝이라도 내려다보고 서 있는지 잠시 웅웅거리는 창고의 물품 운반 레일 소음만 수화기를 통해 들려왔다. 지겨워하고 있는 것이 느껴졌다.

"아직 청혼하지 못했어. 그 뭐냐, 머리가 길다란 여자가, 과거에 사귀었다가 복권 판매상을 따라 달아나버린 그 여자 있잖아. 그녀가 갑자기 나타나서 그들 사이를 방해하지 뭐야. 게다가 말라깽이 여자는 파란 장미 때문에 아직 화가 나 있는 상태고 말이야. 그것 말고는 줄거리에 큰 변화를 줄 사건은 없었어. 아 참, 주인공의 형의 전처가 갑자기 나타났어. 주인공의 형은 그녀에게 거짓말한 것이 탄로날까봐 불안해하고 있거든. 그래서 모든 잘못을 주인공에게 돌리고 있지. 뭐 그런 정도야."

"그래, 고마워. 그런데 그녀는 미인인가?"

"누구 말이야?"

"갑자기 나타난 형의 전처."

"코가 뾰족하고 턱도 뾰족한 게 어떻게 보면 귀엽긴 하지만 대단하지는 않아. 하지만 중국 여자들은 예쁘다고 했어."

"그렇군. 홀, 이제 전화 끊겠어."

"그래. 아 참, 이봐, 그런데 언제 사기로 했어? 텔레비전 말이야."

"일단 오늘 몇 군데 전화해보고, 그리고 회사 게시판에 메모를 붙여놓기로 했어."

"매일처럼 연속극 이야기를 이렇게 물어오면 내가 곤란하잖아."

"알았어. 오늘뿐이야. 그것도 궁금해서 그런 것도 아니고 아무 생각 없이, 그냥 물은 거야. 단지 화제 때문에 말이야. 그런데 뭘 신경쓰고 그래? 그래봤자 연속극일 뿐인데."

"그래, 맞아. 연속극일 뿐이지. 내 말은, 내가 아니라 네가 너무 신경쓸 필요가 없다는 거지."

오후 근무를 하는 여자들이 휴게실에 모여 노동절 휴일에 영화관에 갈 계획에 대해서 이야기하고 있었다. 단지 그중의 한 명만이 게시판에 붙은 메모를 보고 말을 걸어왔을 뿐이다.

"어떤 종류의 텔레비전을 원하는 거지? 우리 어머니가 몇 년 전에 산 텔레비전을 하나 가지고 있는데 최근에 새것이 또 생겼지 뭐야. 물어봐줄 수 있어."

"아무거나 상관없지만, 작동이 잘 되고 너무 무겁지만 않으면 좋겠어."

"그런 건 걱정 마. 오래되지도 않은 거야. 그런데 얼마 정도 줄 수 있어?"

"오만원 이상은 곤란해."

"그렇다면 아마 어머니가 거절할 거야."

"그래도 한번 물어봐줄 수는 있겠지?"

"알았어. 해볼게."

생각나는 곳에 여기저기 전화를 해보자 여동생이 자신의 옆집에 사는 여자가 낡은 텔레비전을 가지고 있을지도 모른다고 했다. 그리고 십 년 전에 통신회사에서 세일즈 일을 할 때부터 알았던 동료가 이제 곧 새 텔레비전을 살 계획이라고 말했다. 조만간 텔레비전을 새로 사게 되면 그의 것을 팔겠다는 것이다. 그러나 언제 새 텔레비전을 사게 될지 구체적인 날짜는 그도 자신 있게 말하지 못했다. 집으로 돌아갔을 때 텔레비전에서는 다시 〈보리스 고두노프〉가 방송되고 있었다. 그러나 이제는 그다지 화가 치밀지도 않았다. 아무래도 노동절 휴일을 침대에서 빠져나오지 않은 채 느긋하게 텔레비전을 보면서 즐기려고 했던 계획은 이루지 못할 것 같았다. 내일까지 다른 텔레비전을 구할 가능성은 없어 보였기 때문이었다. 친구 홀이 그날 집으로 오기로 했다. 우리는 한가로움을 같이 즐기려고 계획했다. 하지만 텔레비전이 없다면 도저히 그 시간을 다 견디지는 못한다. 오후가 되면 아무래도 나가서 산책을 한다든지 극장에 가야 한다. 이번주는 극장에 갈 여유가 없다. 더구나 텔레비전을 사야 하니 말이다. 그렇다면 산책뿐인데, 친구 홀은 산책을 싫어한다. 그는 좀 게으름뱅이에 속한다. 그리고 요리를 하기 위해서는 내일 오전에 장을 봐야 한다.

"세제는 냄새가 좋아야 해. 난 그 냄새가 좋아. 알고 있지?"

전화로 친구 홀은, 새 세제를 사라고 말했다.

"난 내일 장을 볼 거야. 그런데 혹시 노동절 저녁때 공원으로 소풍 갈 생각이 없어?"

"사람이 아주 많을 거야." 홀이 얼굴을 찡그리는 것이 전화기 저편에서 보이는 듯했다. "사람이 많은 곳을 아주 싫어하는 것, 너도 알고 있지?"

"알고 있고말고. 그래, 약속했어. 하지만 지금 내 텔레비전이 고장나서, 이상한 오페라만 계속해서 나오고 있어. 아니, 수리점에는 알아보지 않았어. 그냥 다른 것을 사는 편이 더 나을 거라서. 어차피 수리를 하더라도 그토록 오래된 것이니 비용이 만만치 않을 테니까. 그런데 말이야, 당장 내일까지 구할 수 없을 것 같아. ……무슨 소리야? 충분히 알아보았어. 여기저기 전화도 다 해보고. 그런데 없어. 아니야, 팔겠다는 사람은 좀 있었지만 그 시기가 애매해. 다들 먼 곳에 살고 그리고 결정하는 데 시간이 걸린다는 거야. ……그래, 내일 오전에는 장을 보아야 해. 그러지 않으면 우리는 노동절 하루종일 굶어야 한다고. 이봐 홀, 듣고 있어? 너와의 약속을 하찮게 생각해서, 그래서 내가 휴일을 일부러 망친 것이 아"

니잖아. 게다가 넌 텔레비전을 즐기지 않잖아. 그래도 텔레비전이 없다면, 집안에서 하루종일 뒹구는 것이 지겨울 테니 뭔가 계획을 세워보자는 거야. 그래, 생각해보고 아이디어가 있으면 말해줘."

홀은 밖으로 나가지 않고도 분명히 둘이서 함께 완전하게 릴랙스한 시간을 보낼 수 있을 것이니 굳이 밖으로 나가는 계획은 세울 필요가 없다고 말했다. 홀은 복잡한 군중 사이를 비집고 걷는다거나 주말이나 휴일에 소풍 나온 인파로 북적거리는 거리로 외출하는 것을 혐오했다. 그래서 그는 비록 텔레비전의 프로그램 자체를 즐기지는 않지만, 방안에서 텔레비전을 틀어놓은 채 뒹구는 것을 좋아하는 것이다.

"어떻게 그럴 수 있지? 세균과 냄새, 소음 사이를 걸어다니다니 말이야." 그는 이렇게 불평했다. "너는 나에 대해서 잘 알면서―우리는 함께 사귄 지 일 년도 더 지났잖아―그런데 말이지, 내 취향이라든가 개성에 대해서 아직도 지나칠 정도로 배려하지 않고 있어."

"하지만 텔레비전이 고장날 줄은 나도 몰랐어. 내가 일부러 일을 만든 것이 아니라는 것쯤은 너도 잘 알고 있잖아. 게다가 휴일날은 시민극장 앞에서 강연회도 있고 여배우가 나와서 연설을 하고 가수들이 노래한다는데, 공원에 산책을 갔다가 시민극장 앞으로 가서 커피를 마시면서 그런 것들을 구경해도 좋잖아."

아무 생각 없이 지껄이다가, 친구 홀이 대꾸도 없이 냉담하게 침묵하는 것이 걸려서 말을 끊었다. 식탁 위에는 창고에서 가지고 온 석간신문이 펼쳐져 있고 그 펼쳐진 부분에 노동절 휴일 행사에 관한 광고가 나와 있었던 것이다. 무심코 그것을 그냥 읽은 것에 불과했다.

"그런 것이 싫다면 밤에 불꽃놀이를 구경 가도 좋아. 뭐 그것도 사람이 많아서 싫다면 할 수 없지만 말이야. 그러니까 내 말은, 네가 싫다는데 억지로 밖으로 끌어내려는 것이 아니고, 절대로 아냐, 텔레비전이 없어도 얼마든지 시간을 보낼 수 있다는 것을 예로 든 것뿐이라고. 산책 같은 것을 하면서 말이야."

"이봐, 내가 언제 텔레비전이 없다는 것에 대해서 불평하고 있었어? 텔레비전 따위는 나는 아무래도 좋은 사람이야, 알고 있으면서 그래."

"그럼, 무엇 때문에 그러는 거야?"

"너는 너무 무신경해. 휴일날 밖에 돌아다니는 것, 내가 그런 것을 싫어한다고 여러 번 말했는데, 너는 그것에 대해서 전혀 신경쓰지 않고 있어. 나는 이제 좀 지쳤어. 듣고 있어?

지쳤다고."

"홀, 나는 너에 대해서 언제나 신경쓰고 있어. 정말이야."

"그게 사실이라면, 너는 바보야. 머리가 안 돌아가는 거라고."

이런 식의 말다툼은 드문 일이 아니다. 친구 홀은 까다로운 취향이었다. 거기다가 기억력도 상당히 좋아서, 사소한 것이라도 자존심에 상처를 입거나 무시당했다고 느꼈다면, 잘 잊지 못했다. 그러나 역시, 텔레비전이 아무런 문제를 일으키지 않았다면 이런 바보 같은 말다툼 따위는 없었을지도 몰랐다. 그래도 먼저 사과하는 것이 그를 진정시키는 데 좋았다.

"미안해. 정말로 화나게 할 생각은 없었는데 말이야. 내일 하루 동안 천천히 생각해보면 되지 않을까 하는데. 그리고 혹시 텔레비전은 운이 좋으면 내일 구할 수 있을지도 몰라. 최악의 경우만 아니라면 말이지."

"지금, 난, 텔레비전, 그 얘기를 하고 있는 게, 아냐."

"알았어, 알았다고. 넌 텔레비전을 싫어해. 관심도 없지. 잘 알고 있어."

친구 홀이 긴 팔다리에 헐렁한 작업복을 걸치고 긴 머리칼을 묶지도 않은 채 창고 저 반대편 입구를 통해서 안으로 걸어들어왔을 때, 넘치는 햇빛이 그를 따라 함께 왔다. 친구 홀은 이전에 배우가 되고 싶어했다고 들었다. 동료 홀은 인형극 일을 하면서 극단 주변을 기웃거리던 그를 알게 되었다고 했다. 친구 홀은 한 번도 무대에 서본 적은 없지만 그의 한때 별명이 '지저스'였다는 걸 동료 홀을 통해서 들었다. 그는 정말 외모만으로는 그런 별명을 가질 만했다. 그러나 친구 홀은 진짜 지저스는 물론 아니어서, 남을 가르치려든다든지 감동을 주려 한다든지 심지어는 도움을 주려는 의지도 갖고 있지 않았다. 친구 홀이 두 달 동안 창고에서 일하는 사이, 중국 여자들은 그들의 언어로 그를 단지 '게으름뱅이'라고 불렀을 뿐이다.

다음날, 장을 보고 돌아왔을 때, 여동생에게서 전화를 받았다. 그녀는 기쁜 목소리로, 텔레비전을 원한다면 오늘이라도 가져갈 수 있노라고 말했다. 그녀의 이웃이 낡은 텔레비전을 팔 생각이 있다는 것이다.

"컬러텔레비전에 리모트컨트롤 기능이 있고 안테나도 달려 있어. 게다가 상태는 거의 새것이나 마찬가지야. 그런데, 얼마나 낼 수 있어?"

여동생은 그 문제를 궁금해했다.

"사만원."

오만원을 가지고 있었지만, 조금이라도 돈을 아끼면 좋지 않을까 해서 그렇게 말했다. 친구 훌은 싫다고 했지만, 당장 노동절날 우연찮게 외출할지도 모르는 것이고 그렇게 되면 시민극장 앞의 카페에서 에스프레소를 마시면서 잡지를 사보거나 노점상 구경을 하게 될지도 모르는 일이었다. 그렇게 된다면 어쨌든 돈은 조금이라도 아끼는 것이 좋았다.

"맙소사, 그것밖에 안 된다고?"

여동생은 전화기 저편에서 비명을 질렀다.

"이웃집 여자는 팔만원 이하로는 도저히 팔 수 없다고 했단 말이야, 그것도 나를 봐서 아주 형편없는 가격을 부른 거라면서. 내 생각에도 그 텔레비전은 새것과 다름이 없기 때문에 결코 비싼 가격이 아냐. 이제 어쩌지? 그녀는 다른 사람에게 팔 거라면 그 두 배는 받을 수 있다고 장담했단 말이야. 이제 와서 도저히 돈이 모자라니 거기서도 더 깎아주든지 아니면 없던 일로 하자고 그렇게는 말 못 하겠어. 내 입장이 뭐가 되겠어?"

여동생은 성급하고 빠른 말투로 지껄여대기 시작했다. 그녀가 언제 돈에 대해서 물어본 적이 있었던가? 그러나 여동생은 금방이라도 울 것 같은 목소리로 얼마나 더 낼 수 있어? 도대체 얼마나 더 계산할 수 있는 거야? 하고 물어댔다.

"최대로 한다면 사만오천원이나 오만원. 하지만 어차피 사용하지도 않는 거라면서. 더이상은 돈이 없어. 돈이 없어서 차를 수리하지도 못하고 있는 것 잘 알잖아. 그리고 중고 텔레비전은 어차피 값이 나가지 않아. 누가 그런 것을 돈을 내고 사려고 하겠어? 그러니까 그렇게 큰일났다는 듯이 소란을 떨지 마."

"누가 소란을 떨었다고 그래? 엄마에게 이번달 돈은 보낸 거야? 어떻게 살고 있길래, 그 나이까지 언제나 돈이 없다는 말뿐인지 모르겠어. 창피해, 정말. 고물 텔레비전을 살 팔만원도 없다고? 행여 내가 나머지 돈을 빌려줄 거란 기대는 안하는 게 좋아. 이제 난 그 호기심 많은 잔소리쟁이 노파에게 뭐라고 하면 좋아? 지난겨울에 엄마의 새 외투를 사기 위해 내가 돈을 얼마나 쓴 줄 알기나 해?"

여동생의 말은 완전히 틀린 말도 아니지만 그대로 맞는 말이라고 할 수도 없다. 그녀가 작년 겨울에 엄마의 새 외투를 사준 것은 맞지만, 이 상황에서 왜 그 이야기가 튀어나와야 하는지는 이해하지 못하겠다. 그녀는 늘 그런 식이다. 누군가를 비난할 때, 그녀의 목소리는 순식간에 부르르 떨리면서 어조는 격앙되고 논리는 어느새 비약되는 경향이 있다.

"그만하지 못해? 그 늙은 여자에게는 새 텔레비전을 사기로 했다고 하면 되는 거고, 네 돈은 빌릴 생각 없으니 안심해. 게다가 엄마에게 돈 보내는 것은 매달 잊지 않고 있으니 너 나 잘하면 되잖아."

그렇게 쏘아붙여주었다. 그러나 사실 엄마에게 지난달에는 분명히 돈을 보냈지만 건너뛰는 달이 더 많았다. 추가 수당이 나오지 않은 달, 차가 고장난 달, 새 겨울점퍼를 사야 했던 달, 자전거를 산 달, 친구 홀과 함께 여행을 떠난 달······ 이번달에도 어떻게 될지 불투명하다. 남편과 세 아이가 있는 여동생의 입장도 크게 다르지는 않을 거라는 생각이 든다. 아직 어린 아이들 때문에 방 두 개짜리의 좁아터진 집을 한시도 벗어나지 못하는 여동생은 근처의 혼자 사는 노파나 비슷한 이웃들의 영향을 많이 받고 있는 것처럼 보였다.

그날 출근하니 게시판에 메모가 붙어 있었다. 텔레비전 건에 대한 회신이었다. 즉, 최신형에 가까운 제품이니 최소한 십이만원은 받아야 한다고 그 여자의 어머니가 말했다는 것이다. 오후 다섯시까지는 집에 있을 테니 그 돈을 지불하고 텔레비전을 가져갈 생각이 있으면 전화를 달라는 내용이었다. 다들 창고에 처박아두고 어차피 쓰지도 않을 물건이면서 흥정에서 우선권을 잡고 시작하려 한다. 기회를 만났다 생각한 노파들이 자기들의 관절염 치료비를 몽땅 벌어들이려고 핏발을 세우는 것이다. 그 가격이라면 도저히 살 수 없다. 메모를 쓰레기통에 던져버렸다. 노동절 휴일이 끝나면, 이렇게 조바심쳐지는 마음도 가라앉을 것이고 다시 차분하게 생각할 수 있을 것이다. 화장실에서 나오는 동료 홀을 만났을 때, 그가 말을 걸지 않을 것이라 예상했지만 틀렸다.

"내일은 드디어 노동절 휴일이군그래."

연속극 때문에 핀잔을 주었던 일을 잊고 이제 화해하자는 뜻인 것 같았다. 그러면서 특별한 계획이 없다면 자신과 친구들이 운영하는 인형극 공연을 보러 오라고 했다. 동료 홀은 이 년 전부터 주말이나 휴일이면 인형극을 배우러 다니고 있었다.

"돈을 내지 않고 입장할 수 있는 표를 줄게. 인형극에 대한 성급한 편견을 버리라고. 생각보다 재미있거든. 광장 맞은편에 있는 어린이용 서점을 세냈어. 두시부터 네시까지야."

그러면서 그는 작업복 주머니를 뒤지더니 두 장의 초대권을 내밀었다.

"약속할 수는 없어. 친구가 놀러온다고 했는데, 우리는 그냥 방에서 텔레비전이나 보면서 뒹굴 생각이거든."

"텔레비전은 고장났잖아. 그렇지 않아? 아니면 새것을 샀나?"

그러면서 동료 홀은 의심하듯이 빤히 쳐다보았다.

"아직은 고장난 채로 있어. 하지만 친구가 밖에 나가는 것을 좋아하지 않고, 그건 나도 마찬가지야. 게다가 거리에는 사람들도 가득할 테니 말이야. 먼지에다 세균에 고래고래 소리지르는 소음까지, 정말 지겨운 일이야."

"그래 정말, 지겨운 일이지. 휴일만 아니라면 누가 그런 걸 참을 수 있을지 모르겠군. 그래도 휴일이니까 인파도 용서되는 거지."

동료 홀은 그러면서 조그만 눈을 진하게 깜박이고 다시 한 번 더 확인하듯이 초대권을 눈앞에서 흔들었다.

"그래, 그와 같이 내내 집안에만 있지 않는다면 말이야, 혹시 그렇다면 잠시라도 들러줘. 아이들도 많이 올 텐데, 아무래도 공연이란 사람이 많아야 신나지 않겠어?"

"그래, 알겠어. 만일 외출하게 된다면 말이지."

"내가 진심으로 하는 말인데, 중요한 것을 사십 년이나 걸려서 발견한다는 것은 참 우울한 일이라고 생각해."

동료 홀은 종종 그렇게 말하곤 했다. 그가 인형극 공연을 좋아한다는 것을 알게 되는 데 사십 년이 걸렸다는 뜻이다. 일하지 않는 시간을 소파에 길게 누워 종이봉지에 든 오징어 튀김을 먹으면서 기름이 잔뜩 묻은 손가락으로 텔레비전의 채널이나 돌리면서 그런 식으로 인생을 보내는 것은, 단연코 범죄행위에 근접하는 것이라고 그는 단호한 목소리로 말하곤 했다.

그날 집으로 돌아와 늦은 시간이었지만 세탁을 했다. 매트리스 커버와 이불과 담요와 홑이불과 베개를 모두 빨았다. 세탁기의 소음 때문에 이웃집 사람들이 벽을 두드려댈까봐 걱정했지만 다행히 그런 일은 일어나지 않았다. 건조까지 되는 세탁기를 산 것은 정말 잘한 일이라는 생각이 들었다. 이 많은 것을 욕조에서 빨 엄두를 내지는 못했을 것이다. 욕조에 비눗물을 풀고 이불을 넣은 다음에 발로 밟는 것이다. 그 비눗물을 다 헹구어내기 위해서 얼마나 여러 번 욕조에 물을 채웠다 빼내곤 했는지 모른다. 친구 홀은 향기로운 세제 냄새가 살짝 남아 있는, 새로 세탁한 이불이 아니면 몸에 두르지 않았다. 잠자리에 들기 직전에, 습관적으로 텔레비전의 스위치를 넣었다. 기막히게도 여전히 〈보리스 고두노프〉가 흘러나오고 있었다. 당장 텔레비전을 꺼버리는 대신에 잠시 동안 의자에 앉아서 아리아를 듣고 있었다. 중학생이던 때, 국립극장으로 그 음악을 들으러 가던 날은 폭설이 내린 겨울 날이었다. 집에서 뜬 장갑과 발등을 덮지도 못하는 얇은 고무 밑창의 운동화를 신고 있었다. 오페라는 지루했고 턱없이 길기만 했으며, 팸플릿을 받지 못한 무료입장 중학생들은 내용을 전혀 이해하지 못한 채 혼란스럽게 하품과 꼼지락거림만을 되풀이했다. 자정이 되었다. 노동절이다. 늦게 잠들었다. 처음에는 〈미인에게 청혼하다〉를 생각하다가 마지막에는 친구 홀에 대해서 생각했다. 잠에서 깨어 물을 마시기 위해 일어나서 창밖을 내다보았을 때 불이 밝혀진 공중전화부스에 기대서 있는 사람이 친구 홀이라는 생각이 들었다. 자세히 보이지는 않았지만 긴 머리칼과 휘청거릴 정도로 마르고 큰 키, 그리고 불빛에 짙게 음영이 진 정교한 얼굴의 굴곡 따위가 그와 닮았다. 그리고 흰 셔츠를 걸치고 있었는데 그 모습이 이미 알고 있는 그의 옷차림과 비슷했다. 그러나 그가 이런 한밤중에 그런 곳에 서 있을 이유가 없었다. 도로는 간혹 빠른 속도로 지나가는 차들의 소음만 들릴 뿐, 인기척이 없었다. 매캐한 안개가 낮게 깔려 있었다. 그는 도로를 향해서 서 있었다. 술을 마신 것 같지는 않았다. 시계를 보니 세시 반이 되기 조금 전이었다. 일어나기에는 너무 이른 시간이다. 그리고 거리를 서성이기에는 반대로 너무 늦은 시간이었다. 다시 자러 가기 위해서 창문을 떠나려고 하는데 흰 차 한 대가 느린 속도로 천천히 그에게 다가갔다. 창이 열리고 그가 운전사에게 뭐라고 말을 거는 것 같았다. 아니면 차 안의 운전자가 그에게 먼저 말을 걸었는지도 모르겠다. 길을 물었든가 아니면 뭐 간단한 밤인사였을 것이다. 그러다가 마침내 그는 공중전화부스를 떠났다. 딱히 목적이 있는 발걸음 같지는 않았다. 그가 떠나간 다음에도 흰 차는 출발하지 않고 꽤 오랫동안(이라고 느껴지는 시간 동안) 공중전화부스 곁의 도로에 서 있었다. 희미한 푸르스름한 광선이 안개 사이를 뚫고 규칙적으로 회전하면서 밤거리를 비추고 있었다. 고장난 전광판이나 소방서나 순찰차의 불빛 같았다. 딱, 하고 흰 당구공이 삼층 높이에서 도로로 바로 떨어져 부딪히는 소리가 났다.

친구 홀은 노동절 휴일을 위해서 설탕 바른 도넛과 지하철 매점에서 크로스워드 퍼즐 문제집을 한 권 사가지고 왔다. 그는 좀 더러워진 흰 셔츠를 입고 검은 카우보이 부츠를 신고 있었는데, 일하지 않는 날이면 그가 즐겨 하고 다니는 차림새였다. 그리고 커피를 끓이고 둘 다 속옷만을 걸친 채 퍼실 세제에 세탁해 빨랫줄에서 막 걷어온 홑이불을 덮고 우유를 많이 넣은 커피와 도넛을 먹으면서 크로스워드 퍼즐을 풀었다. 오전에는 텔레비전을 틀지 않아도 그다지 지루한 줄을 몰랐다. 친구 홀은 연속극을 틀어놓지 않는 것을 더 좋아하는 눈치였다. 그는 베개와 홑이불에 코를 박고 냄새를 들이 마시면서 어린아이처럼 즐거워했다. "기억해?" 하고 그가 물었다. "작년 노동절에도 우리는 이렇게 갓 세탁한 이불 사이에서 한 둥지 속의 새처럼 즐거웠잖아, 그렇지?"

"맞아, 그때는 우리가 서로 알게 된 지 그다지 오래되지 않았을 때야. 우리는 두번째 노동절을 같이 보내는 거라고."

작년 노동절에는 하루종일 텔레비전을 보고, 그리고 이상하게 날이 더워서 땀을 흘렸기 때문에 저녁을 먹은 다음 욕조에서 함께 세탁을 했다. 친구 훌은 향기로운 세제와 섬유 탈취제를 듬뿍 탄 물에 두 발을 담그고 어린아이처럼 높은 웃음소리를 냈다. 텔레비전을 욕실 앞으로 가져다놓은 채 크게 틀어놓고 욕조에서 물장난을 하면서 연속극을 보았다. 〈미인에게 청혼하다〉는 아니었을 것이다. 일 년 전의 일이니 말이다. 그때도 한참 연속극에 빠져 있었지만, 당시 무엇을 보고 있었는지는 전혀 기억나지 않는다. 연속극이란 원래 그러한 속성을 가지고 있어서, 쉽게 빠져드는 만큼 쉽게 잊히는 것이다. 그러므로 비슷비슷한 이야기들이 꼬리에 꼬리를 물고 배역을 바꾸어서 끝없이 연결되어도, 전혀 지루함을 느끼지 않고 볼 수 있는 것이다. 그러한 작년에 비하면 올해는 따분하다는 생각이 들 정도로 고요하기만 하다. 재활용품 쓰레기통에 유리병을 던져넣는 소리도 들리지 않는다. 활짝 열어놓은 창으로 흐릿한 클로로포름 냄새가 밀려들어왔다. 하늘은 아침부터 흐리고 공기는 좀 차가우면서도 축축했는데 소리는 없었다. 가만히 귀를 기울이고 있어도 텔레비전 소리가 들려오지 않으니 고독한 기분이 들었다. 그러나 친구 홀은 전혀 신경쓰지 않고 있었다. 그는 몇 번이나, 창밖으로 머리를 내밀고 킁킁거리며 공기의 냄새를 맡았다. 그는 한 소대라도 먹일 수 있을 만큼 많은 커피를 끓여놓았다. 그가 커피를 마시고 싶어서가 아니라, 커피의 냄새를 맡는 것을 즐기기 때문이었다. 오전 내내 크로스워드 퍼즐을 일곱 페이지나 풀었다. 머리를 너무 많이 혹사해서 지쳤다고 주장하면서 친구 홀은 베개에 얼굴을 묻었다. 그러고는 눈을 감았다. 그는 잠을 자고 싶다고 말했다.

"어젯밤에는 잠을 자지 못했단 말이야. 그래서 그래."

그는 희고 길쭉한 팔을 이마에 얹었다.

"멋진 날이야. 한가롭고 아늑한 날. 이 세제의 향기와 커피 냄새, 도시의 봄바람, 밀폐되지 않은 자유로운 공기, 적당한 5월의 안개. 모두 다 내가 좋아하는 것들이야. 이 한가운데서 잠들고 싶어."

"어젯밤에는 왜 잠들지 못했지?"

"처음에는, 그냥 잠이 오지 않았어. 숙소에 있는 대학생

녀석들이 파티를 한다고 시끄럽게 굴기도 했지만, 그런 것과 상관없이 이상하게 숨이 막힐 것만 같았거든. 꽃이 잔뜩핀 과수원 한가운데에 서 있는 것처럼 말이야. 그래서 잠드는 데 도움이 될까 해서 산책을 하기로 했지. 너에게 전화를할까 하고 공중전화를 찾아서 걸었는데, 숙소는 파티 때문에 난장판이었으니까. 그다음은 모르겠어. 숙소를 나와 언덕길을 내려오면서 정신이 혼미할 정도로 가슴이 두근거리면서마음이 진정되지 않았던 것도 같은데, 밤새도록 산책을 계속하고 싶은 마음이었어. 그래서 그렇게 한 거야."

친구 홀은 간이침대와 작은 사물함 하나로 이루어진 독신자 숙소에서 살고 있었는데 그것은 그의 회사가 거의 무료나다름없는 값으로 종업원들에게 임대해주고 있는 곳이었다. 그런 혜택은 그의 회사가 지원하는 지방 출신의 가난한 대학생들이나 장학금을 받는 고등학생들에게도 해당되어서 그의 숙소에는 거의 은퇴할 나이에 이르렀지만 여전히 빈털터리인 직공에서부터 여드름투성이의 고등학생까지 함께 살고있었다.

"그런데 왜 나에게 전화하지 않았어?"

"그러려고 했는데." 친구 홀은 얼굴에서 팔을 내리고 눈을뜨고 빙긋이 웃었다. "집을 나올 때는 그러려고 했는데, 그다음은 무슨 일인지 자세한 것은 생각이 나지 않아. 자정이 조금 넘어서 집을 나왔는데, 그다음은 오늘 아침에 후줄근해진 옷을 입고 숙소 공동 세면장에 서 있는 나를 발견한 거지. 잠을 잔 것 같지는 않은데 아무것도 기억나지 않는다니까. 열병을 크게 앓거나 다치지도 않았는데 이상한 일이야. 그냥 계속해서 걸어다닌 듯해. 온몸이 아프고 피곤하지만 아주 기분이 상쾌했어. 그것이 지금도 계속돼."

"그렇다면, 밤새도록 잠자면서 걸어다녔다는 거야?"

"잠을 잤는지 그건 모르겠지만, 정확히는 아무것도 기억나지 않아. 밤새도록 춤이라도 춘 것 같아. 그래서 사실은 지금 몹시 피곤해."

"혹시 이곳으로 오지 않았어? 걷기에는 너무 먼 거리지만 말이야."

이번에는 그는 눈을 뜨지 않은 채 대답했다.

"기억나지 않아. 정말이야. 그랬을지도 모르지만, 생각나는 것은 아무것도 없어."

"말해줘. 그런 일, 이번이 처음이야?"

"아주 어렸을 때에, 몇 번. 그리고 직업학교 다닐 때도 한번 정도. 그렇지만 널 만난 후로는 처음이야."

그는 정말로 잠시 후 잠이 들었다. 붉은 입술을 반쯤 벌린 채 가볍게 살짝 코를 골았다. 그에게 몽유병이 있는 줄은 몰랐다. 아니면 단지 열이 좀 높았던 것일까? 그의 이마에 손을 가져다대자 확실히 열이 있는 것이 느껴졌다. 그는 지난밤에 혼수상태였을지도 몰랐다. 그렇지 않다면 게으른 그가 산책을 하겠다고 밖으로 나갔을 리가 없다. 그를 방해하지 않기 위해서 잠든 그의 곁에서 그 상태로 움직이지 않고 누워 있었다. 시계의 초침 흐르는 소리가 점점 크게 들려왔다. 잠은 전혀 오지 않았다. 친구 홀의 부드러운 피부를 감싸고 있는 홀이불에서는 기분좋은 냄새가 느껴졌다. 마시다 만 커피가 사기잔에 담겨서 식탁과 바닥에 놓여 있었다. 크로스워드 퍼즐 문제집은 침대 아래로 떨어졌다. 친구 홀은 기다랗고 마른 한 팔을 침대 아래로 쭉 내리고 반쯤 엎드린 채 잠들어 있었는데 그의 손끝이 그것에 가볍게 살짝 닿아 있었다. 아름다운 것을 보면 가슴에 찔리듯이 충격이 온다. 그러나 그는 손으로 다른 사람의 몸을 만지는 것을 좋아하지 않았다. 예를 들자면 악수 같은 것 말이다. 그의 손바닥 피부는 유난한 각질로 뒤덮여 있었다. 십대 시절 그는 학교를 그만둔 뒤 박제사의 조수로 몇 년 동안이나 일했다고 하는데 그때 화학약품과 방부제에 손을 담그다시피 하고 살았다는 것이다. 잠든 그는 깜짝 놀라서 몸을 부르르 떤다거나 딸꾹질을 한다거나 하지 않고 규칙적으로 숨소리를 내고 있었다. 소방차의 사이렌 소리가 들려와서 귀를 기울였다. 갑자기 아래층에서 서툰 피아노 소리와 텔레비전 소리가 들려왔다. 창문을 연 모양이었다. 귀가 반사적으로 움직인 듯이 느껴졌다. 그러나 〈미인에게 청혼하다〉는 아니었다. 쇼 프로그램인 듯했다. 쿵쾅거리는 음악소리가 들려왔으니 말이다. 발가락을 꼼지락거리며 친구 홀이 깨지 않게 침대에서 몸을 일으켰다. 긴장하고 누워 있었던 탓인지 근육이 굳어버린 것 같았다. 설탕 바른 도넛 봉지는 주방에 있었다. 두 개가 남아 있었지만 점심으로는 뭔가 다른 것이 먹고 싶었다. 예를 들자면 뜨거운 국수나 중국집에서 파는 새우볶음밥 같은 것 말이다. 친구 홀이 잠들어 있는 사이에 할일도 없고 하니 식사를 마련해놓는 것이 좋겠다는 생각이 들었다. 냉동된 새우는 있었으나 국수는 없었다. 어제 장을 보면서 국수를 사는 것은 생각하지 못했던 것이다. 그러나 길 건너편에는 휴일에도 문을 여는 상점이 있다. 냄비에 물을 가득 붓고 양파와 다시마를 넣은 다음 가스불을 켰다. 그리고 잠시 나가서 국수를 사오리라 생각했다. 그래서 친구 홀에게 가만히 속삭였다.

"배고프지 않아? 국수와 볶음밥이라면 너도 좋아할 거야. 어때? 잠시 나가서 국수를 사가지고 올게. 이십 분 안으로 돌아올 수 있어."

그러나 그는 전혀 듣지 못하고 깊은 잠에 계속 빠져 있었다. 혹시 그사이에 그가 잠에서 깨면 불안해할지도 모르니 메모를 쓰기로 했다.

"국수를 사가지고 오겠어. 금방 돌아올 거야. 혹시 잠에서 깨면 텔레비전을 틀어봐. 〈보리스 고두노프〉라도 좋아한다면."

그리고 메모지를 그의 얼굴 근처에 놓아두는데 그의 얼굴에 여전히 열이 있는 것이 느껴졌다. 아무래도 해열제가 필요할 것 같았다.

거리의 모습은 보통날과 다르지 않았다. 수가 좀 적긴 했지만 사람들은 평범한 모습으로 돌아다녔고 상점들은 대부분 문을 닫았지만 길 건너편의 상점은 생각했던 대로 문을 열고 있어서 거기서 국수와 흑설탕을 샀다. 친구 홀이 볶음밥에 흑설탕을 넣는 것을 좋아하므로 그렇게 한 것이다. 약국은 한 블록 건너편에 있었다. 그곳으로 가려면 큰길을 건너가야 했다. 짧은 팔 옷을 입고 있으니 축축한 공기가 좀 차갑게 느껴졌다. 서둘러 걸었다. 문득 멀리서 트럼펫 소리를 들은 것도 같았다. 노동절 행사를 알리는 축 늘어진 플래카드가 볼썽사납게 중학교의 담벼락에 걸쳐져 있었다. 자전거를 가지고 올걸 그랬다는 생각을 하며 길을 건넜다. '바람의 메르헨'이라고 적힌 보라색 풍선이 허공을 날아다니다가 길가의 버스 바퀴 근처에 가서 멈추었다. 모임에 가려고 옷을 차려입은 여자들 몇이 버스에서 내리고 있었다. 풍선을 놓친 아이는 보이지 않았다. 약국 앞까지 가서야 약국이 문을 닫은 것을 알았다. 닫힌 문에는, '오늘 영업하지 않습니다. 광장거리에 있는 시민극장약국으로 가세요'라고 적혀 있었다. 광장거리라면 이곳에서 버스를 타면 오 분이지만—물론 버스가 제시간에 온다고 가정해서 하는 말이지만—걷는다면 반시간은 걸리는 거리이다. 그냥 돌아갈까 하다가 기왕 이곳까지 왔는데, 하는 생각이 들었다. 버스를 타고 간다면 힘들이지 않고 다녀올 수 있으니 상관없겠다는 생각이 들었다. 버스정류장에는 공중전화부스가 있었다. 혹시 친구 홀이 잠에서 깨어났을까봐 집으로 전화를 했다. 그러나 신호가 세 번 울릴 때까지 그는 전화를 받지 않았고 그때 마침 버스가 왔으므로 수화기를 내려놓아야만 했다. 버스 안에서 '바람의 메르헨'이라는 풍선을 든 꼬마 여자애들을 두 명 보았다. 그들은 무표정한 얼굴로 정신없이 만화책을 보고 있었다. 광장거리에서 대부분의 승객들이 내렸다. 광장으로 가는 길은 커피를 마시러 나온 사람들로 북적이는 카페들의 거리였다. 점

심을 먹은 다음에 홀이 괜찮다면 이곳으로 함께 산책을 나와
도 좋은 곳이다. 그러나 친구 홀은 늘 말하곤 하지만, 사람들
이 많은 장소를 싫어한다. 먼지와 쥐들이 돌아다니는 극장이
나 하수구와 다를 바 없는 수영장, 불결한 감옥이나 마찬가
지인 학교나 대형 쇼핑센터 들 말이다. 오늘 같은 휴일은 역
시 모든 카페들이 빈자리가 없을 정도로 사람들로 넘치고 있
었다. 그들은 모든 테이블에서 의자를 한 방향으로 향하게
배치해놓았다. 바로 광장의 중앙, 시민극장 쪽이다. 시민극
장 곁에 있는 약국으로 가기 위해 발걸음을 옮기다가 시민극
장 앞에 대형 트럭으로 무대가 설치되어 있고, 거기서 사람
들이 노동절 집회중이라는 것을 알았다. 광장은 사람들로 가
득했다. 그러나 집회에 참가하러 온 사람들이 아니라 단지
산책하거나 구경하기 위해서 어슬렁거리거나 잔디밭에서 맥
주를 마시거나 자전거를 수리하거나 개를 운동시키거나 아
니면 휴일을 집안에서 보내기 싫어 친구들과 커피라도 마실
장소를 찾아 특별한 이유 없이 집을 나온 떠돌이 군중들이
더 많아 보였다. 그런 사람들은 개오줌투성이인 잔디밭에 편
하게 널브러져 있었고 트럭 무대 위에서 마이크를 들고 뭐라
고 떠들고 있는 새파랗게 젊은 애송이들과 턱수염이 난 체격
이 좋은 남자는 열렬한 목소리를 냈지만 윙윙 울리는 마이크

때문에 유감스럽게도 한마디도 제대로 들리지는 않았다. "다시 한번 더," 하고 마이크의 윙윙 울리는 소음 사이사이로 끊어진 문장들이 귀를 찔렀다. "불씨를," 그리고 다시 높고 병적인 웃음소리 같은 비명이—그러나 사실은 단지 무의미한 침묵인—청각을 지배했다. "쓰레기 선동꾼들!" 하고 큰길가를 지나가는 차 안에서 누군가 고래고래 소리를 질러대고 있었다. "여긴 그런 사람 없으니 니네 엄마한테 가서나 알아봐" 하는 야유가 뒤따랐다. 어수선한 걸음으로 행인들이 버스정류장에서, 그리고 버스정류장으로 몰려갔다. 약국으로 가기 위해서는 사람들로 가득찬 잔디밭을 가로질러야 했다. 사람들의 발목을 밟거나 맥주 캔을 넘어뜨리지 않으려고 조심하면서 광장을 가로질러갔다. 시민극장약국은 문을 열고 있었다. 사람들이 줄을 서 있었기에 한참이나 기다려서 해열제와 아스피린을 샀다. 다시 광장을 가로지르는데, 누군가 "홀" 하고 불렀다. 조그맣고 이상하게 높은 톤의 목소리였다. 억지로 다른 사람의 목소리를 모방하고 있는 듯이 부자연스러웠다. 뒤돌아보았으나 아는 얼굴이 없었기에 다시 걸음을 옮기는데 이번에는 더 가까이에서 "홀" 하고 모르는 소리가 들렸다.

"뭐야?"

그 목소리를 알아듣지 못한 것이 당연하다. 이름을 부른 사람은 회사의 잡역부인 중국 여자였다. 얼굴은 알고 있었지만 한 번도 이야기를 나누어본 적이 없다. 아마 그녀는 오전 근무자였을 것이다. 게다가 중국 여자들은 자기들끼리만 몰려다니며 자기들 말로 수다를 떨기 때문에 그들과 어울리고 싶어하는 사람은 거의 없었다. 동료 홀 정도를 제외하면 말이다. 동료 홀은 언제나 중국 여자들과 같이 밥을 먹었다. 어째서인지는 잘 모르겠다. 다른 사람들은, 동료 홀이 중국어를 배우고 싶어하는 것 같다고 생각했다. 그런 방법이 효과가 있을 테니 말이다. 물론 돈도 들지 않는다. 그녀들도 주로 창고에서만 일을 하지만 그녀들과 말해본 기억이 없다. 이런 곳에서 만나다니 좀 의외라는 생각도 들었지만 모른 척할 수는 없었다. 그런데 그녀의 이름 따위는 당연히 몰랐기 때문에 그녀를 뭐라고 불러야 할지 좀 곤란하다는 생각이 들었다. 그녀는 혼자였고 시골 여자들이나 입을 법한 이상한 무늬가 있는 요란한 원피스를 입고 햇빛도 없는데 양산까지 쓰고 잔디밭에 혼자 앉아 있었다.

"알아듣지도 못할 말을 왜 듣고 있는 거야? 모처럼 노는 날에 여기서 말이지."

할 수 없이 말을 걸자 그녀는 순간적으로 기쁜 표정을 지었다. 그리고 자리에서 일어섰는데 키가 작아서 보통 사람들보다 머리 하나는 더 작은 게 아닌가 하는 생각이 들 정도였다. 물론 회사에서도 키가 작았겠지만 가까이 서본 적이 없으니 크게 느끼지 못한 것이다. 게다가 목이 유난히 짧아서 어깨에 머리가 붙어 있는 듯이 느껴졌다. 작업복을 입지 않은 모습을 처음 보는 것 같았다. 나이는 한 서른 살에서 서른다섯 살 정도 되어 보였지만 아무도 중국 여자들의 나이를 제대로 알아맞히는 사람이 없었기에 자신은 없었다.

"완전히 알아듣지는 못해. 하지만 난 누구를 만나러 나왔어. 시간이 좀 남아서, 여기 이러고 있었지 뭐야. 카페는 빈자리도 없어."

"중국에서라면 더 대단하게 할 텐데, 이런 정도의 집회는 시시하겠지, 안 그래? 사람들도 얼마 없고 그나마 조금도 진지하지 않고 모두 제멋대로잖아."

"중국이라고?"

그러더니 그녀는 가늘게 뜬 눈으로 올려다보면서, "난 중국인이 아냐, 몽고 사람인걸" 했다.

"이런, 정말 미안해."

진심으로 사과했다.

"괜찮아. 모두들 처음에는 그렇게 생각해. 그런데 저 여자를 좀 봐. 보여? 저기 왼쪽에서 두번째에 앉은 여자."

그녀가 가리키는 것은 조금 전에 연설을 마친, 트럭 무대에 앉아 있는 네 명 중 하나였다. 그러나 네 명 모두 머리를 마치 해병대 훈련병처럼 짧게 자르고 있어서 누가 여자인지 구별할 수 없었다.

"누구를 말하는 거야? 여자라니? 모두 남자처럼 보이는걸."

"파란 옷을 입고 다리를 꼬고 있는 여자 말야."

"역시 남자처럼 보이는걸."

"구태의연한 인습을 거부하기 위해서 머리를 자른 거야. 그녀는 내 친구야."

구태의연한 인습, 이라고 그녀는 이런 순간을 위해서 오랫동안 연습했을 것이 분명한 단어를 또박또박 발음하면서 유난히 강조해서 친구야, 하고 잘라 말했다. 그녀가 가리킨 여자는 체격이 좀 작고 작업복처럼 보이는 파란 윗도리를 걸치고 있었는데 일부러 남자옷을 입은 것처럼 보였다. 그 여자는 의자에 앉은 채로 마이크를 잡고 뭐라고 지껄인 후 다른 동료에게 마이크를 건네준 뒤였다. 왕왕거리는 마이크 소리 때문에 잘 알아들을 수는 없었지만 체육시설 무료입장에 외국인에 대한 의료 혜택, 그런 문제에 관해서 말하는 것 같앗다. 언제나 있었던 것처럼 따분한 노동절의 정치집회였다. 진심으로 귀를 기울이는 사람은 아무도 없었다. 어제까지만 해도 중국 여자라고 생각하고 있던 그 몽고 여자는 무대 위의 짧은 머리의 여자에게 손을 흔들어댔다. 무대 위의 여자가 그녀를 보았는지는 알 수 없었다. 이편으로 잠시 시선을 돌리기는 했는데, 무의미한 것인지 아니면 그 몽고 여자를 알아본 것인지 구별할 수 없는 시선이었다.

"저 여자가 영화배우인가?"

"그런지는 잘 모르겠어…… 아마 아닌 것 같은데. 하지만 그렇다고 해도 난 놀라지 않아."

"영화배우가 연설을 한다고 들었는데, 가수도 나오고. 그런데 이미 끝난 것인지 아니면 저 여자인지 잘 모르겠군. 저 여자도 몽고 사람이야?"

"아니야, 그녀는 대학생이지. 정말 멋진 여자야."

대학생이라면 몽고 사람이 아니라는 것인지, 그녀는 아리송한 대답만을 던졌다. 잠시 그 자리에 그대로 서서 마이크의 웅 하는 소음 속에 묻혀 나오는 연설을 듣고 있었다. 그러는 사이 절대로 저 사내처럼 짧은 머리의 여자는 영화배우가 아니라는 결론을 내렸다. 한 번도 본 적이 없는 얼굴이었다. 그러자 흥미가 많이 사라졌다. 이제는 잔디밭에 있는 사람들보다 길가의 카페에 자리를 차지하고 앉아 있는 사람들이 더 많아 보였다. 윙윙거리는 소음과 흐린 하늘이 모두의 집중력을 떨어뜨렸다.

"무슨 말을 하는지 도무지 알아듣지 못하겠어."

투덜대자 몽고 여자는 자기도 그렇다고 했다.

"저렇게 분명하지 않은 발음으로, 대상을 분명히 설정하지도 않은 채 투쟁만 하자고 하면 무슨 의미가 있겠어? 하려면 분명히 해야지. 마이크 앞에 서기만을 좋아하는 족속들이란 어디나 같지. 목적도 없고 신념도 없어 보여."

"내가 뭔가 사오려고 하는데, 커피라도 마시겠어?"

몽고 여자는 엉거주춤 움직이며 말했다. 정신을 차리고 보니 주변의 사람들은 모두 무언가 입속에 넣고 먹거나 마시고 있었다. 커피나 맥주, 근처 카페에서 산 샌드위치나 베이글 등이다. 배가 고프다는 생각이 들자 친구 홀 생각이 났다. 그리고 친구 홀이 잠에서 아직 깨어나지 않았다면 집으로 돌아가봤자 텔레비전도 없이 멍하니 앉아 있어야 할 거라는 생각도 동시에 들었다. 조금 초조해졌다. 만일 친구 홀이 잠에서 깨어났다면 그에게 광장으로 놀러 나오라고 말할 수도 있을 것이다. 그러나 그는 절대로 나오지 않을 것이다. 지금 함께 있는 사람이 이런 키 작은 몽고 여자가 아니라 친구 홀이라면 하는 생각이 들었다.

"난 잠시 전화를 해봐야 해. 사실은 물건을 사러 나온 참이어서 시간이 없어. 아니, 곧 집으로 가봐야 할지도 몰라. 그러니 내 커피는 사지 않아도 좋아. 아무것도 마시지 않겠어."

"그래? 그렇다면 전화는 저편에 있어. 하지만 모처럼의 휴일인데 집에서 텔레비전이나 보면서 시간을 죽인단 말야? 이상하잖아. 이런 축제는 모두 나와서 즐기는 거야. 혹시 인형극을 볼 생각은 있어? 회사에서 아는 사람이 인형극을 공연한다던데 거기 가봐도 좋잖아."

"이봐, 노동절은 우리나라에서는 축제가 아니야. 그냥 일하지 않아도 되는 휴일이지. 그리고 인형극이라니, 애들이나 보는 거 말이지? 그런 거 구경하느니 차라리 시위대를 따라가는 게 낫지 뭐야."

공중전화부스는 세 개였는데 두 개는 사용중이었고 나머지 한 개는 수화기가 끊어진 전화기가 선을 축 늘어뜨린 채 방치돼 있었다. 부스가 비기를 기다리면서 무대를 보니 어느새 연설자들은 사라지고 세 명으로 이루어진 랩 가수들이 나와서 팔을 흔들면서 반은 거친 욕설로 이루어진 노래를 부르고 있었다. 그래도 노래가 나오자 잔디밭에 누워 있던 사람들이 반응을 보였다. 시민극장 지붕 위에 사람들의 머리가 몇 나타났다가 사라졌다. 집회를 구경하기 위해서 올라간 사람들인 듯했다. 청바지를 입은 날씬한 몸매의 여자 사진사가 사진기를 들고 붉은 천이 씌워진 무대 위로 기어올라가자 게으르고 나른한 군중들이 휘파람을 불었다. 일 년에 몇 번 없는 기회를 만난 카페들은 테이블과 의자를 인도에까지 내다 놓고 커피를 팔고 있었다. 커피 향기가 광장에 퍼져나갔다. 전화벨이 열두 번이나 울려도 친구 홀은 전화를 받지 않았다. 잠이 깨었다면 반드시 전화를 받았을 것이다. 어젯밤 잠을 자지 못했기 때문에 몹시 피곤할지도 몰랐다. 버스를 타지 않고 걸어서 천천히 집으로 돌아가고 싶었다. 친구 홀이 잠에서 깨어나지 않고 있다면 특별히 서둘러야 할 이유는 없었다. 전화부스 안에는 '바람의 메르헨'이라고 적힌 광고지가 바닥에 떨어져 있었다. 바람의 메르헨, 그 아래에는 조금 작은 글자로 '어른과 어린이를 위한 아름다운 인형극, 노동절 두시 광장서점 이층에서'라고 적혀 있었다.

"이제 생각이 났어. 창고에서 일하는 여자들에게 들었는데 네가 중고 텔레비전을 구한다는 말, 사실이니?"

필요 없다고 말했는데도 몽고 여자는 커피를 사가지고 와서 건넸다.

"그래, 갖고 있는 것이 고장났거든."

"아, 그랬구나. 그래서, 구했니?"

"아니, 아직. 사실은 돈을 많이 지불할 수 없어서."

"그렇다면 텔레비전도 없이 휴일은 집에서 뭘 하지?"

"뭐 잠을 자거나 빨래를 하거나 크로스워드 잡지를 풀기도 해. 내 커피값은 내가 지불하고 싶어. 얼마지?"

"그럴 필요 없어. 내가 사는 거니까."

동료 홀이 한번은 말하기를, 회사에 잡역부로 일하는 여자 중의 한 명이 유난히 헤프다고 했던 것이 기억났다. 남자에게건 여자에게건 먼저 접근하고 부탁하지도 않았는데 옷을 빌려준다거나 자기 나라 전통 빵을 만들어주겠다면서 친하게 굴고 싶어한다는 것이다. 게다가 그런 이유 없는 반갑지 않은 호의 외에도 예를 들자면 텔레비전 뉴스에 나오는 무슨 인권운동가이거나 유명한 외국인 권익보호단체의 사람 등을 잘 알고 있다고 자랑하기도 한다는 것이다. 실제로 그들을 만나본 적이 있으며 밥을 같이 먹은 적도 있고 개인적으로도 친구로 지낸다고 말이다. "물론 그 말을 믿는 사람은 하나도 없지" 하고 그는 덧붙였었다. 그게 누구인지는 알 수 없었다. 동료 홀은 그 이름을 말해주지 않았고 또 동료 홀과는 달리 실제로 직접 그런 일을 만난 적이 없고 회사에서 여자들의 수다에 잘 끼어들지 않기 때문에 그런 식의 소문에 밝지 못하다.

"내가 싸게 살 수 있는 텔레비전을 가진 친구를 알고 있기는 한데."

몽고 여자는 말을 흐렸다.

"얼마에 살 수 있는데?"

"넌 얼마를 낼 수 있는데?"

"사만원이나, 많아야 오만원 정도."

"그 정도면 될 거야."

"정말이야? 상태는 좋아?"

"그럼, 구형이라서 그렇지 고장난 것은 아냐."

"그럼 친구에게 물어봐줄 수 있어?"

"물론이지. 그런데 넌 오후 근무지?"

"그래."

"그렇다면 내가 친구에게 물어볼 테니 내일쯤 나에게 전화해주겠어?"

"좋아. 그런데 정말 그 돈으로 가능하단 말이지?"

"큰 것도 아니고, 친구에게 먼저 물어봐야겠지만, 그 친구는 나와 아주 각별하거든. 그래서 내가 좀 부탁하면 가능할 거라고 생각해. 너무 걱정하지 않아도 될 거야."

"모두들 처음엔 그렇게 말하고서는 나중에는 돈을 많이 달

라고 하더군. 먼지투성이 고물을 말이야. 돈이 사람 변하게
만드는 거 보면 지긋지긋하지."

"정말 그렇게 생각하니?"

"당연하지. 넌 안 그러니?"

몽고 여자는 대답하지 않은 채 자신 없는 애매한 미소를
지었다. 어떤 결정을 내리는 것이 유리할지 아직은 잘 모르
겠다는 식의 교활한 미소였다.

"사실은 난 여자친구와 함께 살아." 몽고 여자는 구두 끝
으로 발밑의 잔디를 문질러댔다. "우리는 둘 다 이른아침부
터 일하니까, 저녁때는 언제나 한가한 편이야. 뭐 언제나 그
런 것은 아니지만. 그러니까 내 말은, 네가 다른 친구를 데리
고 우리집을 방문할 수 있다는 뜻이야. 심심하다면 말이지."

"그래? 어디 사는데?"

"지하철역에서 가까워. 걸어서 오 분도 걸리지 않아."

"네 친구도 우리 회사에서 일하니?"

"아니야, 그애는 빵공장에서 일해. 그애는 세련되고 책도
읽어. 말은 나보다도 못하지만. 그래도 스무 살 난 처녀처럼
보이는 애야."

"그래, 알았어. 그런데 난 말이야, 아무래도 가는 편이 좋
겠어."

"언제 올 거야?"

"뭘 말이야?"

"내 친구를 만나러 올 거라고 하지 않았어?"

"아, 그건 지금은 정확히 모르겠어. 나도 친구에게 물어봐야 하니 말이지. 하지만 뭐 비번날 우연히 들를지도 모르지. 그렇게 되면 연락할게. 텔레비전도 그렇고. 전화번호 있어?"

"그럼, 물론이지."

몽고 여자는 기쁜 표정을 감추지 않고 핸드백에서 볼펜을 꺼내더니 담뱃갑의 은박지를 찢어 번호를 적었다.

"여기 있어. 너와 네 친구만 좋다면 전통 빵과 만두를 만들어줄게. 이래 봬도 요리 솜씨가 좋은 편이라고."

"고마워. 맛있겠는걸."

"그리고 텔레비전이 고장났다니, 안됐구나. 내가 빨리 알아볼게."

돌아서는데 등뒤에서 몽고 여자가 커다란 목소리로 그렇게 외쳤다. 뒤돌아볼까 하다가 그러지 않았다. 뚜렷한 방향도 없이 급한 척하는 걸음으로 한 백 미터쯤 걸어간 다음, 주머니에서 전화번호가 적힌 담뱃갑 종이를 꺼내 바닥에 버렸다. 갑자기 그 몽고 여자가 지켜보고 있을지도 모른다는 생각이 들어 뒤를 돌아보았으나 어깨동무를 하고 신이 나서 발

맞춰 놀이를 하고 있는 십대들의 무리를 볼 수 있을 뿐이었다. 조금도 덥다고 느끼지는 않았으나 땀이 흘렀다. 비정상적으로 축축한 공기와 먼지와 소음 때문인 것 같았다. 버스를 타기 위해서는 몽고 여자가 있던 잔디밭 광장을 지나가야 했으나 다시 그녀를 만나게 될 것이 조금 두려웠다. 조금 더 시간을 끌면 그녀가 가버리지 않을까 하는 생각이 들었다. 아이스크림을 사먹으면서 시간을 끌기 위해서 동료 홀이 한다는 인형극을 구경 갈까 했으나 결국 그러지 않기로 했다. 그곳에 간다면 인형극이 끝날 때까지 꼼짝없이 앉아 있어야 할 것이다. 스무 살 이하의 사람들을 대상으로 하는 모든 일은 좋아하지 않는다. 어린아이들 틈에 달라붙어 혀 짧은 목소리를 들어주고 싶지는 않았다. 어쩌면 그 몽고 여자는 동료 홀이 하는 인형극에 가려고 그렇게 차려입고 나왔는지도 모르는 일이다. 광장에서 다른 사람을 만나서 같이 가기로 약속했을지도 몰랐다. 둘이서 같이 엿이나 먹으라지. 그렇다면 더더욱 그 인형극에는 가기 싫다. 조금 전에는 그 여자에게 무심코 내뱉어버린 말이지만 차라리 시위에 참여하는 편이 더 낫다. 그러나 친구 홀은 잠에서 깨어났을까? 이런 생각이 들자 빨리 집으로 돌아가고 싶어졌다. 먼지와 군중 사이를 방향 없이 서성대는 것이나 텔레비전도 없고—사실은

〈보리스 고두노프〉만 나오는 고장난 것이 있지만―친구 홀은 깊이 잠들어 홀로 버려진 기분이 들게 만드는―인정하고 싶지는 않다. 머리를 쥐어짜면서 그런 생각을 털어버리고 다른 생각을 하려고 애쓴다―집안에서 어둑한 주방의 불빛 아래서 국수를 삶는 것이나 별반 다르지는 않겠지만 말이다. 고독하다는 것에 대해서 일생 동안, 단 한 번도 진지하게 생각해보지 않았다. 그 이유는 두 가지였는데, 그다지 중요한 문제라고 생각하지는 않았고 게다가 굳이 생각해보면 언제나 고독했기 때문이다. 왜 지금 이 순간에 생각이 떠오르는지 알 수 없었다. 아마도 저 끊임없이 울려대는 질 나쁜 선동가들의 음향장치 때문일 것이다. 텔레비전이 고장났지만 친구 홀을 위해서 가진 돈을 헐어 향기 좋은 새 세제와 먹을 것을 샀다.

"이봐요. 이쪽으로는 갈 수 없어요. 차단됐잖아."

멍하니 있다가 어느새 광장을 벗어나는 골목으로 들어섰으나 경찰에 의해서 제지당했다. 도로에 자동차가 들어올 수 없게 바리케이드가 설치되는 중이었다. 시위 때문이라고 했다. 그러면 버스를 타려고 하는데 어느 쪽으로 가야 하나요? 하고 물으니 광장 주변의 도로는 보행자 전용도로만 남기고 모두 통행이 제한된다는 대답을 들었다. 그래서 어디로 가면 버스를 탈 수 있느냐고 다시 물었다.

"버스를 타려면, 지하철을 타고 중앙시장으로 가면 거기서 버스를 탈 수 있을 거요."

경찰은 대답해주었는데 그 자신도 잘 모르는 듯 자신 없는 목소리였다.

"하지만 이 많은 사람들이 있는데, 그들이 모두 버스를 타지 못한다면 큰 소란이 벌어질 텐데요."

"하지만 오늘의 시위는 예고된 거잖아. 그러니 모두들 알고 있어야지. 안 그래? 당신도 알고 있을 텐데."

그러면서 경찰이 색안경 너머 움푹 들어간 눈동자로 쏘아보았기 때문에 그래 알았어, 하는 몸짓으로 두 손을 번쩍 들어 보인 뒤 지하철이 있는 방향이라고 생각되는 쪽을 향해서 걸어가기 시작했다. 간신히 지하철역에 도착했지만 지하철을 타려는 사람들이 많았기 때문에 표를 사기 위해서 지하철 입구에서 한참 기다려야만 했다. 전화를 하기 위해서 전화부스를 찾았으나 역시 그쪽에도 사람들의 줄이 길게 늘어서 있어서 포기했다. 먼지 때문에 재채기가 나왔다. 친구 홀이 옳았다는 생각이 들었다. 만일 텔레비전도 고장나지 않고, 친구 홀이 잠들어버리지만 않았다면, 오늘은 향기롭게 새로 세탁한 이불 속에서 텔레비전을 틀어놓은 채 나직나직하게 이야기를 나누면서 저녁까지 시간을 보낼 수 있었을 것이다. 그가 사온 도넛을 먹고 냉장고를 뒤져 야채를 모두 꺼내 손질한 다음 기름에 볶아서 볶음밥을 만들었을 것이다. 홀이 불과 커피, 그리고 볶음밥 냄새가 기분좋게 온 방에 가득했을 것이다. 잠시 후 시간이 흘러 친구 홀이 흥겨워지거나 기분이 아주 좋아지면 그는 처음 방문한 날처럼 좁은 방안에서 약간 불안정한 자세로 꼿꼿이 선 채 회전을 하는 동작을 보여줄지도 모르는 일이다. 그때, 도대체 그것이 무엇이냐고 물었을 때 그는 피루엣이라고 대답했는데 어린 시절에 잠시 발레를 배운 적이 있다는 것이다. 그러면서 좀 쑥스러운 태도로 말하기를, 너무 오래전에 잠시 배운 것뿐이어서 자신은 단지 흉내만 내는 수준이라는 것이다. 그래서 언젠가 텔레비전에서 보았던 바리시니코프의 그것과 비교하면 네 말이 맞는 것 같기도 하다고 대꾸해주었더니 그는 얼굴을 붉히면서 자존심에 상처를 입은 것 같은 반응을 보였었다. 그 이후로는 친구 홀은 다시는 그런 동작을 하지 않았다. 연속극을 틀어놓은 채 둘이 함께 설거지를 하거나 마당으로 향한 창을 활짝 열고 그 창틀에 둘이 나란히 앉아 커피를 마시는 일. 지난겨울, 눈이 내리는 밤에 그렇게 했다. 창틀이 넓긴 했지만 아차 실수하면 아래로 떨어질 수도 있는 일이었다. 그때 맨발에 차가운 눈송이가 내려와 닿았다. 만일, 그럴 가능성은 낮지만, 친구 홀의 마음이 바뀐다면 먼지와 사람이 많기는 해도 광장으로 산책을 나와도 좋을 것이다. 친구 홀과 함께 걷고 있으면 사람들이 그를 쳐다보았다. 친구 홀은 금욕적이고 동시에 평온하면서 진지한 표정을 지으며 천천히 걸었다. 과거에는 열정 때문에 타락한 성자나 톨스토이였으나 지금은 거룩한 이름이나 부귀를 모두 잊어버리고 오직 겸손하고 지적인 악마와 나란히 하고 싶다는, 그리하여 지금 삶의 영역에 있다는 것이 여러 가지 문제들에 대하여 와글와글 떠들어댈 어떤 이유도 되지 못한다는 분명한 결론을 내린 사람처럼 그는 극도로 조용해지고 무관심해지고 동시에 기묘한 진공상태에 이른 채 광장의 군중 사이를 가로지르는 것이다. 그런 면에서 그는 타고난 배우이기도 했다. 그와 산책하는 것은 항상 남몰래 흥분되는 일이었다. 왜냐하면 사람들의 시선 속에서, 덩달아 몹시 특별해지는 느낌을 받을 수 있기 때문이다.

중앙시장에서 내려 집으로 가는 버스를 타기 위해서 이십 분 이상이나 정류장에서 기다려야 했다. 사실은 상당히 배가 고팠기 때문에 친구 홀도 잠이 깨었다면 배가 고플 텐데 하는 생각으로 불편했다. 시간이 이미 세시가 훨씬 지난 것을 알고 깜짝 놀랐다. 집에 도착한다면 네시가 지나버릴 것이다. 그리고 사실이 그랬다. 횡단보도의 신호등을 기다리고, 좁은 골목을 초조하게 빠른 걸음으로 걸었다. 집 앞에서 다시 한번 더 공중전화부스를 만났지만 전화를 걸지 않고 그냥 들어가기로 했다. 그편이 어쨌든 더 빨리 들어갈 수 있을 테니 말이다. 숨을 헐떡거리면서 집안으로 들어갔는데 침대에 친구 홀은 보이지 않았다. 베개는 단정하게 정돈되어 있고 크로스워드 퍼즐 잡지도 보이지 않았다. 가스불은 꺼져있고—그제야 가스불을 끄지 않고 집을 나갔던 것이 생각났다—커피잔들은 모두 씻겨 찬장에 들어 있고 단정하게 개어진 홑이불에는 이미 온기가 없었다. 친구 홀은, 잠에서 깨어난 뒤, 혼자 남겨졌다고 생각하고, 돌아가버린 것이다. 그렇게밖에는 생각할 수 없었다. 금방 돌아올 생각으로 나간 것처럼 보이지는 않았다. 적어놓은 메모는 처음 그 장소에 그대로 놓여 있었다. 친구 홀이 그것을 읽었는지도 확실하지 않았다. 그랬다면 그가 이렇게 빨리 돌아가버리지는 않았을 것이다. 그가 나간 것이 언제쯤인지 도무지 짐작할 수 없었다. 마지막으로 집으로 전화한 것이 언제였는지 금방 생각이 나지 않았다. 몽고 여자와 함께 있는 중이었던 것 같은데. 그때가 몇시쯤이었을까? 한 시간 전, 두 시간 전? 지하철에서 전화를 할걸 그랬다는 후회가 들었다. 그러나 만일 친구 홀이 돌아갔다면, 그곳은 그의 독신자 숙소일 것이다. 당장 전화를 걸어보았으나 그곳은 아무도 전화를 받지 않았다. 그의 룸메이트나 숙소 내의 다른 사람들이 전화를 받을 수도 있을 테지만, 아무도 받지 않았다. 모두 놀러 나갔거나 자신의 전화가 아니라고 생각해서 침대에 틀어박힌 채 일어나려 하지 않는 것이다. 공동 전화란 언제나 이런 점이 문제이다. 지금으로서는 기다리는 것밖에 할일이 없다. 잊어버리고 있었던 허기가 밀려와서, 일단 국수를 삶기로 하고 다시 가스불을 켜고 솥에 다시 물을 부었다. 볶음밥은 하지 않기로 했다. 어차피 혼자 먹어야 한다면 두 가지 요리나 하는 것은 낭비라는 생각이 들었기 때문이다. 그때 전화벨이 울렸다. 두번째 벨이 울리기도 전에 전화를 받았다.

"홀?"

"나야."

여동생이었다. 그런 줄 알았으면 전화를 받지 않는 건데, 라는 생각이 들었지만 이미 늦었다.

"아직도 그 홀인가 하는 친구를 만나?"

여동생의 목소리에는 빈정거리는 기색이 역력했다. 여동생은 친구 홀을 유난히 싫어했다. 건들거리면서 돌아다니는 바람둥이 불량배라는 것이다. 물론 그 말은 모두 다 틀렸다.

"무슨 일이야?"

"텔레비전 때문에. 그 노파가 육만원으로 값을 내려주었지 뭐야. 다 내가 말을 잘해주었기 때문이잖아. 하지만 직접 와서 가져가야 하는 것 정도는 알고 있지?"

"무슨 말이야? 새 텔레비전을 살 거라고 했잖아. 그리고 난 사만원보다 더 많은 돈은 절대로 낼 수 없어."

"뭐야? 돈도 없으면서 어떻게 새 텔레비전을 사겠다는 거야?"

"지금 당장은 아니지만, 사겠어. 새걸로 말이야."

"그래도 그 노파의 텔레비전도 새것이나 다름없지 뭐야. 내가 확인한 거니까 틀림없어. 어때? 그걸 사는 것이 돈을 많이 절약할 수 있잖아. 안 그래? 새것을 사는 것에 비하면 거저나 다름없지 않아? 정말이라니까. 흠집 하나 없고 돈도 육만원만 있으면 된다고 하니 말이야."

"아, 그건, 그건 좀 생각해봐야 해. 어쨌든 지금은 돈이 없고 또 게다가, 당장 결정해야 하는 거야?"

"뭐 그런 것은 아니지만 빨리 결정해주어야 해. 그 텔레비전을 탐내는 다른 이웃들이 있으니 말이야."

"도대체 그것 팔아주고 너는 얼마나 받게 되는 건데?"

"뭐라고? 무슨 말 하는 거야?"

"너랑 말하기 싫어. 난 지금 전화를 기다리고 있단 말이야. 그런 쓸데없는 소리 들을 시간이 없어."

"왜 나한테 그런 식으로 말하는 거지? 도대체 인정머리가 없어. 거지같이 사는 것도 자랑이라고 으스대는 거야, 뭐야!"

"난 거지 아냐. 화나는데, 하여간 나중에 결정을 알려줄게. 지금은 정말 전화를 기다리고 있어서, 이만."

전화를 끊자, 눅눅한 침묵 속에서 물이 끓는 소리만이 맹렬했다. 배가 고팠으나 식욕이 그다지 없어서 국수를 조금만 삶았다. 파와 간장을 넣고 후루룩 삼켰다. 맛은 전혀 느낄 수 없었다. 마음속에서는, 분명히 친구 훌이 마음이 상해서 화를 낼 텐데, 그러면 뭐라고 이 일을 설명해야 하나 하는 궁리가 가득했다. 잘못했다고 생각하지는 않지만, 그는 납득하지 않을 테니 말이다. 왼쪽 가슴이 뻐근하게 죄어오고 멀미를 할 때처럼 어지러웠다. 불안하면 나타나는 증상이다. 젓가락을 놓자마자 다시 친구 훌의 독신자 숙소로 전화를 걸어보았다. 이번에는 누군가 받아서, 숙소에는 아무도 없으니 밤에 다시 하라고 했다. 그리고 그는 고맙다는 인사가 끝나기도 전에 철컥 하고 전화기를 내려버렸다. 밤에는 어쩐지 마음이 진정되지 않아서 잠들기 전에 버스를 타고 고속도로 입구까지 나갔다. 거기 여행자들을 위한 휴게소가 있었고 텔레비전이 있었기 때문이다. 그러나 그곳 텔레비전은 심야 뉴스에 맞춰져 있었다. 딱히 연속극을 보려고 온 것은 아니었기 때문에 우동을 사먹으면서 뉴스를 들었다. 사람들이 모두 우동을 사먹고 있었다. 노동절 휴일을 교외에서 보낸 사람들의 무리다. 미안해, 라고 말하면 되겠지 하고 생각했다. '미안해' 하고 말하면 이해할 것이다. 사실은 그런 말을 듣고 싶은 것은 이쪽이지만, 납득시킬 방법이 없었다. 잠이 든 것이 그의 탓은 아니지 않은가. 그러나 외출해서 늦게 돌아온 것은 변명의 여지가 별로 없다. 어쩌다보니 그렇게 되었을 뿐이라고 말하는 것은 정말 바보 같은 변명이다.

"선동과 연속극의 공통점은 말이야, 바보들이나 좋아한다는 거야."

탈의실로 들어서자마자, 그런 목소리를 들었다. 말한 사람은 동료 홀이었다. 등을 돌리고 있었지만 분명히 그였다. 그의 말을 알아들은 중국 여자들이 흘낏 쳐다보는 듯하더니 눈이 마주치자 재빠르게 다른 일을 하는 척했다. 사람들은 동료 홀의 말에 아무런 대꾸도 하지 않았다. 아마 내가 들어서는 것을 보았기 때문일 수도 있고 아니면 그런 시시한 험담 따위에 군이 상대할 필요를 느끼지 못해서 그랬을 수도 있었다.

"출근부에 사인은 했어?"

평소에 그다지 말이 없는 젊은 사무원이 새삼스럽게 말을 걸어오자 그럴 필요도 없는데 방안의 모든 사람들의 시선이 집중되었다. 그때 중국 여자들 틈에서 어제 만난 몽고 여자의 얼굴을 보았다. 그녀는 눈이 마주치자 얼굴을 붉히고 얼른 외면했다.

"노동절 휴가는 잘 보냈겠지? 하지만 흐려서 밖에서 보내기에 그다지 좋은 날씨는 아니었어."

이번에는 동료 홀이 말을 걸어왔다.

"이봐, 인형극은 어떻게 되었지? 잠깐 물건을 사러 광장에 갔는데 인형극 광고를 보았거든."

"잘 끝났지 뭐. 좌석이 모자랄 정도로 사람들이 들어차서 보조의자를 가져다놓았지 뭐야. 단원들은 모두 흥분했어. 우리들이 거둔 첫번째 성공적인 공연이라고 할 수 있으니까. 너도 왔더라면 재미있었을 텐데. 그런데 텔레비전도 없이 휴일을 뭐하고 보냈지?"

동료 홀은 좀 상기된 표정이었다. 어제의 일에 대해서 사람들에게 자랑하고 있었음이 분명했다.

"뭐, 집에만 틀어박혀 있었어. 친구 홀이 열이 있어서 약을 사러 광장에 간 것 말고는."

"그가 열이 있었다고? 그는 엄살이 많아 보이긴 했어. 아니 뭐, 그냥 그렇다는 거지 그가 언제나 엄살을 부린다는 뜻은 아니야. 그런데 약을 사러 광장까지 나갈 필요가 있었을까? 약국은 근처에도 많았을 텐데, 사람들이 와글거리는 그곳까지 일부러 갔단 말이야? 사람들이 많은 곳은 싫다고 하지 않았어? 먼지니 세균이니 거창하게 표현하면서 말이야."

"집 근처 약국이 문을 닫았어. 그래서 그렇게 된 거야."

"이상하군. 우리집 옆의 약국은 어제 밤늦게까지 문을 열어놓은 것을 분명히 봤는데."

"우리집 근처 약국은 아니야."

"정말 이상한데. 어제 혹시 누가 약을 사러 갔다가 문 닫은 약국을 본 적 있어?"

동료 홀은 이상할 정도로 이 문제에 흥미를 보였다.

"아냐, 노동절날 약국은 문을 닫지 않아. 나도 어제 치통약을 사러 약국에 갔지만 문을 열고 있었는걸."

이렇게 말한 사람은 어머니의 텔레비전을 팔려고 한 여자였다.

"내가 간 약국은 분명히 문을 닫았어. 그런데 그게 뭐가 중요한 문제라는 거야? 이해할 수 없군."

"그래 맞아, 그건 별로 중요한 문제가 아니지, 약국 따위는. 그런데 이봐, 텔레비전은 어떻게 된 거야? 그건 너에게 중요하잖아."

"아직 새로 사지도 못했고 고치지도 못했어. 왜, 흥미 있나?"

"저런, 텔레비전도 없이 집안에서만 보냈다는 말이야? 광장에 약을 사러 간 것 말고는? 정말 지루했겠는데. 그런데 상당히 피곤해 보이는군그래."

"어젯밤에 잠을 자지 못했어. 뭐 생각할 것이 좀 있어서. 골목에서 개가 짖기도 했고 말이야."

모두들 덤벼들어서 귀찮게 하고 있다는 생각이 들어 좀 약이 올랐다. 사실 그런 것이 동료 홀의 못된 점이기도 했다. 쓸데없이 이죽거리기 좋아하는 점 말이다.

"그랬나? 몰랐는걸. 난 말이야, 네가 또 광장에서 열리는 선동가들의 파티에 간 줄 알았지 뭐야. 실업자나 게으름뱅이 학생들이나 흥미를 갖는 것 말이야. 그게 아무래도 인형극 따위보다 훨씬 더 재미있을 테니까, 안 그래? 인형극은 어린 애들이나 보는 거라고 하지 않았어? 그러면서 시위대의 불타는 칵테일파티가 훨씬 더 신나는 일이라고 생각했겠지?"

"무슨 소리야. 인형극이 애들이나 본다는 건 맞지만 어제

난 광장에 가지 않았어. 시위대에 끼지 않았다고. 그런 애송이들 파티에 애송이들 말고 누가 관심을 갖겠어."

"이거 왜 이래? 금방 광장에 갔다고 하지 않았어? 약국이 문을 닫았느니 어쩌느니 하면서 말이야. 중요한 것은 아니지만."

"그건, 약을 사기 위해서 잠깐, 말했잖아. 약을 사러 간 거지 파티에 간 것이 아니야. 친구가 집에서 기다리고 있었는데 가긴 어딜 가겠어. 그런데 그게 뭐가 중요하다는 거지?"

"그래, 그냥 지나가는 말이지. 중요하지 않다고 내가 분명히 말한 것을 잊었어? 아무래도 좋을 일들이야. 그런데 뭐, 사람들이 좀더 진지하게 집회를 대해야 한다고 말했다면서? 투쟁의 목적과 대상을 분명히 해야 한다고 말이야. 게다가 모두들 돈만 생각하고 있어서 이렇게 타락했다고까지 말했다면서."

동료 훌이 이렇게 말하더니 소리내서 웃었다. 단지 재미있다는 것인지, 아니면 비웃는 것인지 알 수 없었다. 다른 사람들도 잠시 동안 키득거렸는데 몹시 불쾌하게 느껴졌다. 키 작은 몽고 여자가 사람들 틈에 어깨가 끼인 채 앉아 있다가 눈이 마주치자 얼굴이 삶은 오징어처럼 벌겋게 변하면서 다시 한번 더 눈길을 돌렸다. 안절부절못하고 있는 것이 느껴졌다. 분명히 자신이 한 말과 다르거나 과장되게 부풀려서 놀림받고 있는 것은 알지만 나서서 변명해줄 용기는 없다고 말하는 몸짓이었다.

"뭐 아무렇게나 말해도 좋지만, 난 그런 뜻으로 한 말은 아니야."

일을 시작하기 전에 친구 훌의 회사로 전화를 걸었다. 그가 출근했다는 말을 들으니 무겁던 마음이 좀 나아졌다.

"좀더 크게 말할 수 없어? 잘 들리지 않아. 여기는 워낙 시끄러워서 말이야."

친구 훌의 목소리는 평상시와 다르지 않았다. 그의 공장은 직원용 전화가 작업장 안에 있어서, 근무중에는 소음 때문에 불편이 많았다.

"어제 말이야, 어제는 왜 그냥 가버린 거야?"

"뭐야? 좀더 크게 말해주지 않겠어?"

친구 훌은 소리를 질렀다.

"어제, 왜 그냥 가버렸냐고 묻고 있는 거야."

"누가? 내가? 그냥 사라져버린 것은 너잖아."

"금방 돌아왔다고. 그리고 여러 번 전화했어. 네가 깨어났나 해서. 그런데 받지 않더군."

"안 들려!"

"전화했는데, 받지 않았잖아."

"전화는 오지 않았어. 난 두 시간이나 기다렸는데 전화벨은 한 번도 울리지 않았어."

"난 여러 번 전화했었단 말이야. 네가 잠들어서 전화를 받지 않는다고 생각했었어."

"뭐라고? 잘 들리지 않아."

"좋아, 좋아."

"뭐가 좋다는 거야?"

"나중에, 일이 끝나고 전화하겠어. 숙소에 있을 거지?"

"아마도. 하지만 잘 모르겠어. 무슨 일이 있을지도 모르니까."

"하여간 전화하겠어. 그때 얘기해."

전화를 끊고 창고로 돌아오니 누군가 게시판에 메시지가 붙어 있다고 알려주었다. 역시 텔레비전 때문이었다.

'홀, 아까는 말하는 것을 잊었는데, 정말 텔레비전을 살 생각이 없는 거야? 흥정을 해본다면 값을 조정할 수 있을 거야. 연락 줘.'

어머니의 텔레비전을 팔려고 하는 그 여자였다. 이렇게 쓸쓸한 마음일 때, 집으로 돌아갔을 때 텔레비전마저 없다면, 하고 상상하니 아주 최악의 기분일 거라는 생각이 들었다.

값을 조정하더라도 얼마나 싸질 것인지 짐작할 수 없지만 일단 메모를 남겨봐도 좋을 것 같았다. 수첩을 찢고 쓸 것을 찾아 두리번거렸으나 펜이 보이지 않았다. 당직을 서는 놈들이 언제나 게시판에 비치된 펜을 가져가버리는 것이다. 자기들 것을 들고 다니기 귀찮다는 이유로 말이다. 휴게실 안으로 들어가니 옷을 갈아입은 동료 홀이 막 퇴근하려는 참이었다.

"홀, 혹시 펜 가진 것 있어? 메모를 남겨야 하는데 말이지."

"그래? 텔레비전 때문인가? 나도 그걸 보았는데."

동료 홀은 주머니를 뒤져서 볼펜을 꺼내주었다.

"아까 혹시 나 때문에 기분이 상한 것은 아니겠지? 나쁜 뜻이 있었던 것은 아냐. 정말이야, 그냥 좀 재미있으려고 한 말에 불과해. 그 중국 여자가 너에 대해서 막 떠들어댔거든. 다른 사람이 없는 데서 그 사람을 놀리는 말을 늘어놓다니, 정말 나쁜 기질이야. 그런데 난 그 말 믿지 않아. 그 여자 말은 믿을 게 못 돼. 단지 좀 장난친 것뿐이라니까."

"내가 인형극을 보러 가지 않아서 화난 것은 아니란 말이지?"

"당연하지. 내가 그렇게 속이 좁은 인간으로 보이나?"

그러면서 동료 홀은 가슴을 확 펴 보였다.

108

"여러 번 말하지만, 난 단지 장난친 것뿐이었어. 하지만 그 중국 여자, 좋지 않아. 아주 좋지 않아. 남의 말을 그렇게 마구 하고 다니다니. 설사 그것이 사실이라도 말이지."

"그녀와는 잠시 동안, 우연히 만나 잠시 얘기를 나눈 것뿐이야, 뭐 별 얘기를 한 것도 아니지만."

"커피도 같이 마셨다면서."

"그래, 맞아. 하지만 그것뿐이야. 싫다는데도 그녀가 사가지고 오는 바람에 마신 거지."

"그리고 네가 집회의 연사들이 너무 미온적이고 핵심을 찌르지 못한다고 비난했다던데."

"그런 뜻으로 한 말은 아니야. 그녀가 말을 잘못 이해했겠지."

"이런, 큰일낼 여자로군. 그러면 네가 자기 집으로 놀러 오겠다고 졸랐다는 것도 거짓말이겠네. 전화번호도 가르쳐달라고 했다던데? 자기 나라 만두와 빵을 먹어보고 싶다면서 말이야."

"말도 안 되는 소리! 내가 왜 그녀의 집에 가고 싶어하겠어? 난 누구처럼 중국어를 배울 필요가 없다고."

부인하려고 했는데 갑자기 동료 홀의 얼굴이 굳어졌다. 실수한 것 같았다. 동료 홀은 화가 난 듯이 강하게 말했다.

"너도 내가 중국말을 배우려고 그녀들을 따라다닌다고 생각하는 거야? 도대체 무슨 소문을 들은 거야? 왜들 그렇게 남의 말을 하고 싶어하는 거지?"

"아무것도 아냐. 난 그저, 네가 그런 것처럼 그냥 농담으로 한 얘기야. 절대로 신경쓸 필요는 없어."

"신경 같은 것은 쓰지 않아. 쓸데없는 인간들이야 뭐라고 떠들어대건 말건 내가 왜?"

그렇게 말했지만 동료 홀의 표정은 점점 나빠졌다. 그는 계속했다.

"남의 말 하기 좋아하는 인간들은 모두 다 삼류야. 변명의 여지조차 없어. 난 그런 족속들을 경멸해. 경멸하고말고. 내가 그런 인간들과 다르다는 것은 너도 알고 있지?"

"그럼 알지."

사실은 뭐가 다르다는 건지 감을 잡을 수 없었지만 귀찮아서 그냥 그렇게 말했다. 이제는 어제 친구 홀이 왜 그렇게 잠들어버렸는지 이해할 수 있을 것 같았다. 머릿속부터 시작해 몸 전체가 텅 비기 시작하는 기분. 서서히 몸안을 가득 채워버리는 공허함과 세상의 현기증. 새 이불을 덮고 잠들고 싶다는 생각이 간절해진다.

"게다가 그녀가 뭐라고 그런 줄 알아? 인형극을 보러 갈 거냐고 물었더니 네가 친구 핑계를 대면서 집으로 간다고 하고서는 시가행진이 준비되는 쪽으로 걸어가는 걸 봤다는군. 중국에서 열리는 노동절 행사는 더 진지하겠지, 그러면서 말이야. 그녀는 네가 머리보다 손발이 앞서는 과격한 행동주의자라는 말도 했어. 그러나 난 그 말, 믿지 않아. 그녀는 거짓말쟁이가 분명해. 사람들의 관심을 끌려고 지어내는 거짓말 말이야. 그녀는 항상 그러니까. 그래서 말해줬어. 너는 그런 바보가 아니라고. 내가 모두에게 그렇게 확인시켜줬는데, 너는 사람들의 헛소리를 그냥 믿고 나를 중국 여자들이나 따라다니는 놈팡이로 생각하고 있다면, 그럴 리는 없겠지만 말이야, 이제부터 너를 다시 생각할 수밖에 없어. 물론 그렇고말고."

동료 훌은, 자신에 대한 헛소리는 단 한 마디라도 참지 못한다, 그러므로 끝까지 분명히 해야겠다는 듯이 몇 번이고 강조했다.

"난 말이야, 그런 삼류가 아니라고. 너도 알고 있지? 난 공명정대하고 시비가 분명한 사람이야. 난 너에 대해서 한마디도 허투루 떠들고 다닌 적이 없어. 네가 그 친구 훌인가 뭔가 하는 삼류 배우와 붙어다녀도 거기에 대해서 입도 벙긋한 적이 없다는 것 네가 잘 알잖아. 다른 사람에 대해서도 마찬가지야. 그런데 내가 왜 그런 소문의 대상이 되어야 하는지 알다가도 모를 일이야."

"알았으니까 진정해. 그것은 단지 아무 뜻 없는 농담에 불과했어."

"게다가 아무에게나 헤프게 구는 중국 여자와 네가 나에 대해서 경박하게 떠들어대었다는 것은 진저리쳐지는 일이야. 난 그런 사람이 아니라니까."

"그녀와는 너에 대해서 단 한 마디도 떠들어대지 않았어. 단지 그녀가, 네가 인형극을 한다는 것을 알고 있어서, 나는 그녀가 너의 인형극에 가지 않을까 속으로 생각한 것뿐이야. 그게 전부라니까."

"흥, 난 말이야. 내가 이거다, 하고 생각한 사람 이외에는 내 인형극에 부르지 않아. 너도 알면서 그래. 게다가 그녀가 평판이 얼마나 안 좋은데 내가 일부러 부르겠어? 그녀는 토박이 친구를 사귀려고 남자나 여자나 상관없이 여기저기 꼬리치고 다닌단 말이야. 인형극 얘기는 다른 사람들 말을 들은 거겠지. 안 그래?"

"그래, 알았어. 미안해."

"나에 대해서 정확히 알고 있는 게 도대체 뭐야? 그렇게 오래 같은 직장에서 일했으면서 말이야."

"미안하다고 했잖아."

"그 중국 여자는 왜 남에 대해서 그렇게 함부로 말하고 다니는지 알다가도 모르겠군. 내가 처음부터 그럴 줄 알았다니까."

"그녀는 중국 여자가 아니고 몽고에서 왔다고 하던데."

"지금 내가 화내는 것의 본질은 그게 아니잖아. 어디서 왔건 그게 무슨 상관이야? 날 잘 알면서 그래."

지긋지긋한 에고이스트, 라고 그 앞에서 말해주지 않은 것은 너무 피곤해서였다. 그리고 뭐, 동료 홀이 어떻다 해도 그게 지금 무슨 상관이랴 싶었기 때문이기도 했다.

"이봐, 난 피곤해. 그리고 곧 일을 시작해야 한다고."

"그래, 알았어. 수고해. 넌 말이야, 내가 믿고 있는 몇 안 되는 친구니까, 그걸 잊지 마."

동료 홀은 친근하게 보이는 몸짓으로 어깨를 한 번 치고 지나갔다. 메모지에 연락처를 적어 게시판에 붙이고 돌아서는데 퇴근하는 직원 하나가 뒤에서 "이봐, 노동절 시가행진에 참석했다면서? 그런 데는 도대체 왜 끼어드는 거야?" 하고 물어왔다. "그런 게 아니야" 하면서 돌아보니 그는 이미 저멀리로 사라지고 있었다. 저녁 아홉시까지는 그럭저럭 버텼으나 그 이후로는 졸음과 싸우느라 온몸의 근육을 긴장시키고 있어야 했다. 집으로 돌아와 친구 홀에게 전화를 했다. 그가 숙소에 없을 것 같아 불안했으나 그는 있었다.

"얘기 좀 해. 화난 거야?"

"화나지 않았어. 지금은 괜찮아."

"혹시 마음이 상했다면 미안해."

"무슨? 아, 어제 일 때문이라면 상관없어. 지금은 다 잊었으니까."

"원한다면 상황을 다 설명해줄 수 있어."

"상관없다니까. 다 잊었다고 했잖아."

"홀, 왜 그러지? 왜 내게는 네 목소리가 화난 것처럼 들리는 거지?"

"네가 뭔가 잘못한 것이 있으니까 그런 것 아냐? 하지만 난 지금 괜찮아."

"정말 괜찮은 거야?"

"그렇다니까. 걱정하지 마."

전화를 끊은 다음에 심장의 종말을 알리는 듯한 뚜 하는 신호음, 변함없는 창밖의 밤, 냉담하게 외면하는 어둠, 모든 것들이 가슴을 옭죄어오는 불안으로만 느껴졌다. 중학교 때 최초로 돈을 훔친 이래 처음으로 느끼는 크고 냉정한 불안이다. 연속극도 없고 친구 홀도 없다. 텔레비전을 켜고 싶었으

114

나 불안이 너무 크고 강해 도저히 다가갈 수 없었다. 새 이불에서는 희미하기는 했으나 아직도 향긋한 세제 냄새가 풍겼다. '홀, 뭘 어쩌라는 거야?' 혼자서 중얼거렸다. 단지 텔레비전을 보기 위해서 고속도로 휴게실로 나가기에는 너무 시간이 늦었기 때문에 그냥 이불을 뒤집어쓰고 잠자는 편이 좋다고 생각했다.

일요일에 권투시합을 보러 갔다. 텔레비전을 집으로 가지고 온 것은 일요일 아침이었는데, 일요일은 〈미인에게 청혼하다〉를 방송해주지 않았다. 단지 저녁 아홉시 이후에 지난주 분을 재방송해주는 것이다. 텔레비전은 이번에 사만원을 주고, 그리고 다음달에 이만원을 더 준다는 조건이었다. 리모트컨트롤 작동이 되고 크기도 옛날 것보다 훨씬 크고 게다가 볼 수 있는 채널이 여섯 개나 되었다. 그리고 흠집 하나 없이 반들반들 윤이 났다. 이제는 편하게 침대에 누워서 채널을 바꾸어가면서 텔레비전을 즐길 수 있게 되었다. 물론 〈보리스 고두노프〉는 어느 채널에서도 나오지 않았다. 어머니의 텔레비전을 판 여자는 운이 좋은 줄 알라고 몇 번이나 말했다. 그만큼 싼 가격이라는 뜻이다. 친구 홀에게 전화로 이 사실을 알리자 그도 몹시 기뻐하는 눈치였다. 그리고 덧붙이기를 "〈보리스 고두노프〉라도 난 상관없었을 텐데" 했다. 그는 여전히 잠을 자지 못하는 증상이 심해져서 의사에게 가봐야겠다고 했다. 밤에는 전혀 잠을 자지 못하고 낮에 항상 피곤하다는 것이다. 그래서 일요일은 숙소에서 쉬고 싶다고 했다. 그러나 다음주에 의사를 찾아가서 좀 진정이 되면 주말이면 외출할 수 있을 거라고 했다. 그리고 마지막에 "너, 노동절 행사에 참가하고 싶었다면, 왜 사실대로 말하지 않았어? 나는 이해할 수 있었을 텐데" 하고 말했다. 동료 홀을 통해서 뭔가 이상한 말을 들은 것이 틀림없었다. 아니야, 그건 틀린 소문이야, 하고 대답하려 했으나 문득 귀찮아졌다. 모두들 그 일에 대해서 "네가 원했다면, 그것이 무엇이었나 하는 것은 중요하지 않은 일이야"라거나 "사실대로 말했다면 나라면 이해할 수 있었을 텐데" 아니면 "설사 네가 정치적인 성향의 사람이라고 해도, 그런 사람들이 모두 다 바보천치 선동가는 아닐 테니까. 난 그렇게 생각해" 혹은 "난 말이야, 너를 위해서 변명해줄 준비가 언제든지 되어 있으니까"라고 말했다. 모두들 합창하듯이 똑같은 모양으로 입을 벌리고 "난 말이야, 특별한 사람이니까" 하고 말하고 있는 것이다. 몇 달만 지나면 모두들 잊어버릴 일이니까 군이 해명해야 할 이유가 없었다. 월요일부터는 〈미인에게 청혼하다〉를 비롯해서 다른 연속극들을 아무런 장애 없이 볼 수 있을 것이다.

권투경기장에 도착했을 때는 이미 시합이 시작되고 있었
다. 입장권을 구해준 것은 동료 홀이었다. 그는 인형극 연습
이 끝나는 오후 네시경에 도착하겠으니 먼저 가서 경기를 구
경하고 있으라 했다. 경기장은 폐쇄된 옛날 극장을 임시로
쓰고 있었는데 입장료를 산 다음 방음처리 된 두툼한 문을
밀고 들어가자 역겨운 땀냄새가 훅 하고 끼쳤다. 경기장은
생각보다 좁았고 환기시설이 제대로 갖추어지지 않은데다가
사람들로 꽉 찼고 이미 날이 상당히 더워졌는데도 창문 하
나 없이 밀폐된 곳이었다. 튀니지 선수에게 돈을 거는 것이
좋을 거라고 동료 홀이 귀띔해주었었다. 그가 승산이 있다는
것이다. 그러나 돈이 없기도 했지만 별로 도박을 하고 싶지
않은 날이었기 때문에 돈을 걸지는 않았다. 돈을 건 사람들
만이 앞좌석을 차지할 수 있었기 때문에 뒤편에서 선 채 경
기를 보았다. 경기는 3라운드에서 갑자기 활기를 띠었다. 한
데 엉킨 두 선수는 서로 누가 먼저랄 것도 없이 짧고 빠른 훅
을 날리는 것이었다. 뒤편에서는 그 혼란스러운 상황이 정확
히 해석되지도 않는데도 사람들이 비명과 탄성을 지르고 싸
움닭을 몰 때처럼 소리를 질러댔다. 그런가 하면 어쩐지 이
건 조작된 승부 같잖아, 하는 기분도 드는 것이다. 한 선수가
명백히 빈틈을 보이는데도 상대편이 공격하지 못하고 머뭇

홀　117

거린다거나 방어하고 있는 글러브에다 대고 전혀 소용없는
펀치를 과장된 폼으로 날린다거나 하는 것이다. 다음 라운드
부터는 지루한 시간 끌기였다. 네시가 조금 넘을 때까지 승
부는 결정되지 않았다. 저녁때는 텔레비전으로 통신강좌를
들어야 한다. 게다가 당연하게도 그다음에는 재방송되는 연
속극을 볼 생각이다. 지난 주일은 얼마나 힘들었는가. 좀 이
른데다가 아직 동료 홀도 도착하지 않았지만 먼지와 땀냄새
가 가득한 공기가 견디기 힘들어 미리 경기장을 나와서 신선
한 공기를 폐 가득히 들이마셨다. 그때 버스에서 내려 서둘
러 걸어오는 동료 홀을 만났다. 최신 양복을 입고 스카프로
멋을 부리고 있었다. 그가 "어서 들어가지 않고 뭐해?" 하면
서 팔을 잡아당겼으나 뿌리치고 반대편 버스정류장으로 달
리기 시작했다. 마침 집으로 가는 버스가 멈춰 선 것이 보였
기 때문이다. 그가 뒤에서 큰 소리로 불렀다.

"이봐, 홀, 뭐하는 거야? 이제 밤경기가 시작된다고. 본격
적인 게임은 이제부턴데 바보 같으니라고, 도대체 어디 가는
거야?"

고개를 반쯤 돌리고 손을 흔들었다. 그러나 발걸음을 멈
추지는 않았다. 버스가 가버릴까 초조해져서 다른 것은 사실
아무래도 상관없다는 기분이었다. 그래서 서둘러 대답했다.

"집에 가서 텔레비전을 봐야 해. 통신강좌가 있단 말이야."

동료 홀은 그 말을 다 알아듣지 못하고 길 건너편에서 계속 외쳐대고 있었다.

"홀, 돌아와! 돌아오란 말이야!"

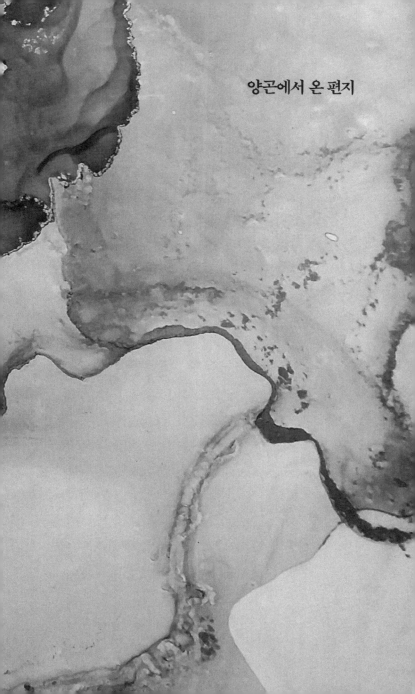

양곤에서 온 편지

그는 이미 먼 곳에 있었으나, 만족하지 못하고 한 번도 가보지 못한 곳으로 떠나려 하였다. 그래서 다카로 가려던 애초의 계획을 변경했다. 그곳에서 기다리고 있던 사람에게 그는 랑가마티호수로 간다고 말했지만 사실은 치타공 산악지대를 거쳐 육로로 중국의 신장까지 가볼 계획을 세웠다. 그러기 위해서는 군인들의 감시망을 피해야 할 뿐 아니라 혹시 남아 있을지도 모르는 산악민족 무장 반군들의 위험과 우기의 날씨에도 불구하고 치타공 국경지대를 안전하게 통과하도록 안내해줄 수 있는 유능한 안내인을 구해야 했다. 게다가 출입금지 구역을 통과하기 위해서는 필수라고 할 수 있는, 비상시에 뇌물로 줄 돈도 따로 준비해야 했는데 왜 반드시 그런 부담을 무릅쓰려고 하는지 그 이유는 그 자신도 몰랐다. 단지 그 길을 그가 한 번도 가보지 않았다는 사실을 제외한다면.

여행을 시작하기 위해 기차에 올라타기 직전, 베이비택시에서 내린 그는 역에서 누군가와 짧은 대화를 나누었다. 사람들이 흔히 작별을 앞두고 하는 의례적인 대화였으나 욱신거리는 두통에 더위와 소음으로 지친 그는 빨리 자리를 잡고 편히 쉬고 싶었기 때문에 대화 자체가 짜증스러웠다. 모기들이 땀에 젖어 끈적거리는 그의 피부를 향해서 극성스럽게 몰려들었다. 그는 한 손으로 몰려드는 모기들을 쫓고 다른 손으로는 거지와 장사치들을 물리쳤다. 무더위에도 불구하고 밤이 되자 현지인들은 온몸을 감싸는 모포처럼 보이는 의상을 입었으나 그는 짧은 팔의 셔츠 차림이었기 때문에 기차에 올라타기까지 저녁 내내 모기들에게 시달려야만 했다. 공기는 숨이 막히고 정체를 알 수 없는 냄새와 커다란 물방울들로 이루어진 짙은 안개로 자욱했다. 땅이 전부 물로 덮여버린다는 몬순 우기가 코앞에 있었다. 하지만 그는 그다지 두렵지 않았다. 방글라데시의 사분의 삼이 물에 떠내려갔다는 1988년과 1993년의 두 번의 대홍수 때도 그는 여행중이었고, 살아남았던 것이다. 이번 여행을 앞두고 그는 이전에 부탁해놓기는 했으나 예상하지는 못했던 송금을 받았으며 그 것 때문에 그나마 기분이 좋았다. 그것은 오래전에 한때 친 구라고 생각했던 사람에게 빌려주었던 돈인데 다시 되돌려 받게 되리라고는 사실 전혀 기대하지 않았기 때문이다. 기차 의 출발을 알리는 짧은 기적소리가 두 번 울렸다. 그는 작별 인사를 고하고 담배를 끈 다음에 기차에 올라탔다. 오랜 동 안의 습관으로, 그는 낯선 장소에 도착하고 낯선 장소에서 생활하고 낯선 장소를 떠나고 그리고 잠시 동안 알고 지냈던 낯선 사람과 서둘러 작별하는 일에 세상의 다른 어떤 일들보 다 더 많이 익숙해져 있었다. 오래전에 그가 아직 젊은이였 을 때는 자신이 언제나 떠나는 입장이 될 수밖에 없음을 내 심 큰 다행으로 생각하고 있었다. 싫증이 나거나, 혹은 조금 이라도 문제가 생기면 앉은 자리를 옮기듯이 그 도시를 떠나 는 것이다. 그런 생활의 형태는 열다섯 살 이후 그가 부족한 책임감과 심리적인 도피라는 성향을 가지게 되는 데 큰 역할 을 했다.

그가 탄 기차는 언제나 그랬듯이 거칠고 가난하며 마치 단 지 생존을 위해서만 생존하는 듯이 보이는 사람들로 가득찬 가장 값이 싼 기차였다. 기차는 저지대의 논과 정글이 번갈 아 나타나는 녹색의 구릉을 따라 달렸다. 그는 육로로 갈 수 있는 한 가장 남쪽으로 내려간 다음, 그곳에서 약속된 안내인과 만나 안내인 자신만이 알고 있다는, 군인들 감시망을 벗어난 우회경로를 따라 산악지대로 들어갈 생각이었다. 하지만 기차에서 내려 택시를 타고 라마 바자르에 도착한 그에게 일어난 다음 일에 대해서는 자세한 소식을 모른다. 국경지대 작은 마을인 라마 바자르에 호텔 따위는 없으므로 그는 초라한 게스트하우스에서 묵었을 것이고 다음날 안내인을 만나 치타공 힐 트랙트가 산악지대 깊숙이 들어갔을 것이다. 정글이 초록빛 유령처럼 그를 빨아들였을 것이다. 그 이후 사람들에게 알려진 분명한 한 가지 사실에 의하면, 그는 여행중에 병에 걸렸다.

처음의 증상은 팔다리의 피부에 돋아난 좁쌀만한 작은 발진과 가려움증이었다. 마치 독충에 물린 것 같기도 했다. 그는 대수롭지 않게 생각했으나 가려움증은 점점 심해지고 쉴새없이 긁어대야 했으며 마침내는 긁은 자국마다 피가 맺혔고 그럴수록 발진과 가려움증은 더욱 미칠 듯이 지독해지기만 했다. 가지고 있던 연고나 나뭇가지 자르는 칼에 베일 때를 대비한 소독약, 혹은 안내인의 지시에 따른 냉찜질 등은 아무런 도움을 주지 못했다. 더구나 그 고장은 세계에서도 유명한 의료 사각지대였다. 아주 작은 병원은커녕 돌팔이 의사나 떠돌이 약사도 찾아볼 수 없었다. 잠자는 중에도 그는 계속해서 너덜너덜해질 정도로 피부를 긁어댔으며 그 상처가 곪아서 고름이 흐르고 딱지가 앉고 다시 곪았다. 그는 밥을 먹거나 지도를 들여다보는 정도의 사소한 일에도 정신을 집중할 수 없었고 지속적인 두통과 불면증에 시달렸으며 긁어서 생기는 상처를 방지하기 위해 붕대로 싸맨 부위는 곧 땀과 고름으로 악취가 진동하게 되었다. 가려움증이 너무 심해 그는 나뭇가지를 꺾어서 붕대 위를 사정없이 쑤셔대곤 했다. 정작 무서운 것은 상처의 헌 부위를 통해서 감염될 수 있는 또다른 세균들이었다. 제대로 된 치료를 받기 위해서 할 수 없이 고집을 꺾고 그는 대도시로 돌아가기로 결심했다. 그러나 귀환하는 중에 몬순성 폭우를 만나 뱀투성이의 흙탕물 강에 빠졌다가 간신히 구출된 그는 열병에 걸렸음을 느꼈다. 이제 그는 자신이 어디로 가는지도 모른 채 열에 들떠 안내인을 따라 기계적인 걸음을 옮기고 있을 뿐이었다. 안내인은 벵골인이기는 했으나 그의 어머니가 미얀마의 고산족 출신이라고 주장했고, 그래서 자신이 아는 국경마을로 가면 치료를 받을 수 있을 거라고 장담했는데, 그러자면 라마 바자르로 가는 방향에서 조금 더 미얀마 쪽으로 돌아가야 한다는

것이다. 그는 아무래도 좋다는 생각에 고통 속에서 단지 고
개를 끄덕거리기만 했다. 발이 푹푹 빠지는 맹그로브 습지대
를 이틀이나 헤맨 다음 그들은 간신히 한 화전민 마을에 도
착할 수 있었다.

그들이 도착한 곳은 제대로 된 집이라고 부를 수 있을지도
의심스러운 움막들로 이루어진 조그만 촌락이었는데, 대나
무숲에 둘러싸인 깊은 산속에 자리잡고 있었다. 그곳의 모든
시설이 너무 허술하고 초라했으므로, 아마도 70년대 정부 군
대의 진입 이후 고향 마을에서 도망쳐온 산악부족 난민들이
모여서 만든, 어떤 관청에도 기록되지 않은 국경지대의 유령
마을일 거라고 그는 짐작했다. 그에게 당장 다급한 문제는
열병이 나을 때까지 쉴 수 있는 거처였기 때문에, 이들이 샨
티 바니히 반군 출신일지도 모른다는 생각은 그다지 심각한
위험으로 느껴지지는 않았다. 방글라데시라면 구석구석 알
고 있다고 생각하던 그지만, 그토록 원시적이고 불결한 환경
에서도 사람들이 살 수 있다는 것에 좀 충격을 받았다.

당시 고열과 피부병에 시달리면서 숨막히게 후덥지근한
날씨와 수천 마리는 족히 될 것 같은 파리떼에 둘러싸인 그
는 자신이 서서히 죽어가고 있다고 확신했던 것이 틀림없다.
상처에 달려드는 파리들을 쫓을 힘도 없이 그는 습기와 곰팡

이에 찌들 대로 찌든 더러운 대나무 움막에 누워 자신의 종말이 차츰 다가오는 환각에 시달렸다. 그 움막은 이전에 돼지를 기르던 장소였다고 했는데 사방에서 곰팡이와 오물 그리고 풀이 썩는 냄새가 고약했다. 그때 자신의 친구 몇 사람에게 편지를 써야겠다는 생각이 그에게 처음으로 떠올랐다. 그는 좀처럼 생각을 일관되게 정리할 수 없었다. 이 생각이 머리에 떠올랐는가 하면 그에 상반되는 다른 생각이 갑작스럽게 기억 저편에서 불쑥 솟아나오고 그다음 꼬리를 물고 그다지 관련이 없어 보이는 전혀 엉뚱한 생각이 떠오르기 일쑤였다. 죽는 것은 그다지 두렵지 않았고 친구들에게, 어쩌면 아직도 그를 기억하고 있을지도 모르는 소수의 친구들에게 소식을 전하고 죽음을 알리는 것만이 지금 당장 자신의 고귀한 의무처럼 느껴졌다. 동시에 그는 평생 동안 혼란하게 엉켜 있기만 했었고, 스스로 내린 모든 결정이 실수나 잘못된 판단인 것처럼으로만 보이며, 한 번도 명쾌하고 자신에 찬 답을 주지 않았던 자신의 일생에 대해서도 마지막으로 한 번 정도는 차분하고 겸손하게 정리할 수 있는 기회를 바란 것처럼 보인다. 그는 실제로 그 폭우와 질병 속에서 몇 통의 편지를 썼다. 그는 심한 열에 들떠 있었으며 자신이 죽으리라고 확신했으나 바로 그렇기 때문에 그 순간에 친구라고 부를 수 있는, 그가 스스로 선택한 몇몇 사람에게 편지를 쓴다는 일에 스스로 과도하게 감격했고 그 계획에 만족했음이 틀림없다. 일단 그럴 마음이 들자마자 마치 그것이 일생의 가장 중대한 일이기나 한 것처럼 그는 육체의 고통도 잊은 채 그것을 하기 위해서 서둘렀다.

평생 동안 그는 업무적인 것이나 메모 이외에는 사적인 편지라고는 거의 써본 적이 없었으며 그만큼 글로 자신을 표현하는 행위에 서툴렀다. 또한 더욱 기묘한 것은 그는 평소에는 언제나 자신이 친구를 한 명도 갖고 있지 않다고 장담했으며, 그것에 대해서 전혀 개의치 않는데다가 친구나 가족을 남기고 죽는 인생에 대해서 경멸에 찬 시선을 보내곤 했다는 점이다. 그는 습기로 눅눅해진 종이에 굳어서 뭉치거나 번져나가는 싸구려 잉크로 짧다고 할 수는 없는 편지들을 썼다. 편지를 쓰는 과정은 불쾌한 질병에 시달리고 있던 그에게 결코 쉬운 것이 아니었다. 게다가 그는 오른손을 심하게 다친 적이 있는데 칼로 베여서 절단된 힘줄이 완전히 회복되지 않은 채 굳어버렸으므로 비록 그 사건으로부터 오랜 시간이 지나기는 했으나 아직도 글자를 쓰는 것이 보통 사람의 배나 힘들었다. 잠들어 있던 그를 칼로 찌른 것은 뒷골목의 좀도둑 겸 양아치 중의 한 명이었는데 잠에서 깨어난 그가 두 눈을 부릅뜨고 노려보자 겁에 질려 칼을 떨어뜨린 채 어린아이처럼 엉엉 울음을 터뜨리고 말았던 것이다. 상처와 곪아가는 피부 때문에 그는 침착하지 못했고 자주 화를 냈으며 열이 높아 기진맥진한 상태에서 자신이 편지를 쓰고 있는 대상을 간혹 혼동하기도 했다. 이 사람에게 전할 말을 다른 편지에 쓰거나 아주 빠뜨리기도 했으며 또다른 친구에게는 그 친구가 알지 못하는 다른 사람과의 사이에서 있었던 일화를 장황하게 회고하거나 혹은 그 친구들 모두가 전혀 알지 못하는, 여행중에 역에서 기차를 기다리다가 잠시 만났으며 그 자신도 이름조차 알지 못하는 여행자와 벌인 완결되지 않은 토론에 대해서 조목조목 반론을 이어나가기도 한 것이다.

그렇게 여러 통의 편지를 마침내 모두 완성했을 때, 그는 그야말로 기력이 완전히 소진해버려 자리에서 일어날 수도 없는 상태였다. 그리고 그는 봉투에 편지를 넣고 주소를 썼는데 그가 그때까지 주소를 정확하게 기억하는 친구들은 많지 않았다. 게다가 그 과거의 주소가 아직까지 유효한지 누구도 확신할 수 없을 만큼 오랜 시간이 흐른 것이다. 그러나 당시 그가 그런 문제들을 얼마나 고려하고 있었는지는 정확하지 않다. 그는 머릿속에 떠오르는 주소를 생각나는 만큼만 정확하게 적었는데, 극한 상황에 있는 인간의 맹목적인 특성

대로 그 편지들이 비록 시간이 많이 걸리고 국경을 넘나들며 여러 도시와 여러 우체국들을 전전할지라도 결국 수신인을 정확히 찾아가리라고 굳게 믿었을 것이다. 얼마간의 돈과 함께 그는 마을의 한 소녀에게 그 편지들을 부쳐달라고 맡겼다. 그 소녀는, 비록 호칭상 할 수 없이 소녀라고 불리기는 하나, 새까맣게 타고 화덕을 쑤시는 꼬챙이처럼 비쩍 마르고 기껏해야 열 살 정도 되어 보였는데, 사실은 열다섯 살로 그에게 종이와 펜을 빌려준 장본인이기도 했다. 그 소녀는 마을 아이들 중에서 유일하게 멀리 떨어진 곳에 있다는 학교에 다니는 존재였던 것이다. 소녀가 그 편지들을 학교의 교사에게 가져다주면 교사는 이 주일에 한 번씩은 평지의 마을로 나가므로 그것들을 부쳐줄 수 있을 것이다. 혹은 그 마을에서 버스를 타고 하루 거리에 있는 더 큰 마을에 살고 있으며, 이제 곧 수도로 시집갈 예정이라는 교사의 사촌이 그 일을 대신 해줄 수도 있을 것이다. 오한과 식은땀 속에서 그는 몸을 떨다가 갑자기 눈을 부릅뜨고 자신이 말라리아에 걸렸으며 이제 곧 죽을 터이지만 자신은 비록 죽음 앞에서라도 아무것도 겁내지 않으며 절대로 비겁해지지 않는다고 소리치다가, 다시 머리를 움켜쥐고 자신은 일생 동안 한낱 자제력이 부족한 탓이였을 뿐이며 그 이상의 다른 표현으로는 결코 평가될 수 없는 하찮은 존재임을 고백하고 한탄했다. 그러나 그곳에는 아무도 그의 비탄에 찬 독백을 해득할 수 있는 자가 없었고 그는 곧 스스로 죽음이라고 인식한 잠 속으로 빠져들어갔다. 잠이 든 후에도 그는 평화를 얻지 못했다. 허세와 방탕과 도박으로 가진 돈을 모두 다 잃어버린 채, 더 깊은 절망과 절대 가난과 그것으로 인한 어떤 종류의 위안을 찾아 몬순 속으로 들어왔으나 그를 끈질기게 따라다니는 것은 상처에 달라붙는 파리떼와 더욱더 분명해지는 타락한 자신의 모습, 그것뿐으로 다른 것은 찾지 못했다. 그러나 그는 다른 식으로는 살지 못하며, 그것이 분명하지 않은가. 그러므로 언제나 그랬듯이, 차라리 죽어버리는 편이 더 나으리라. 조금이라도 더 늦기 전에 말이다. 그는 잠결에 두 팔을 위로 올리고 허공에서 허우적대었으나 열 때문에 곧 의식을 잃고 혼수상태에 빠졌다.

그러다가 이틀이 지나 그가 다시 깨어났을 때는 비가 그쳐 있었다. 햇볕이 따갑게 그의 움막과 눈두덩과 밀짚 자리를 내려비추고 있었다. 투명한 공기 중에서 나뭇잎이나 새의 깃털에서 분리된 신선한 물방울들이 무지갯빛으로 반짝이는 포물선을 그리며 대지에 떨어졌다. 그의 집 근처에 있는 공터에는 마을 사람들이 장작불 위의 냄비 속에서 소 껍

질과 부속물을 익히고 있었다. 그들은 뜨거운 물에서 충분히 불린 단지 젤라틴에 불과한 그 덩어리를 칼로 썰어 그에게도 한 점 가져다주었다. 그것은 이상한 냄새가 나고 타이어처럼 질겼으며 아무런 맛도 느껴지지 않았다. 그는 그것을 씹거나 삼킬 수 없었다. 하지만 그의 몸은 이상하게 가벼워졌으며 잠들기 전 무의식 상태에서 가지고 있던 마지막 아스피린을 먹었는데 그 덕분인지는 알 수 없지만 열이 내리고 더이상 식은땀도 흐르지 않는다는 것을 알게 되었다. 게다가 팔다리에 감은 붕대를 풀어보니 더이상의 상처는 없었고 거짓말처럼 가려움증이나 화끈거리는 통증도 가셨다는 것도 알게 되었다. 믿을 수 없게도 그는 병이 나았고, 깨끗한 물에서 목욕도 마쳤고 쌀죽도 두 사발이나 먹었다. 오랜 병 때문에 마르고 쇠약해지기는 했으나 시간이 지난다면 예전과 다름없는 기력을 회복할 것이다. 그는 짐을 꾸리고 자신을 돌봐주었던 마을 사람들과 소녀에게 작별인사를 마쳤다. 그는 방향을 돌렸다. 앓고 있을 때는, 만일 병이 낫는다면 십수 년 만에 집으로 돌아가리라고 맹세했었으나 이제 그래야 할 이유가 없어진 것이다. 게다가 열다섯 살 때 이후로 집 따위는 가져본 적도 없는데, 어째서 그런 엉뚱한 생각이 들었는지, 그런 자신이 우습기도 했다. 그는 원래 생각했던 여행을 계속했다.

무더운 여름날 아침 침대에서 눈을 뜰 때, 모든 것이 어둡게 보이고 마음이 한없이 무겁다. 그런 날이 있다. 너무 어두웠기 때문에 그는 자신이 시간감각을 잃고 아침이 아닌 저녁에 잠에서 깨어났다고 순간적으로 생각했다. 그는 하룻밤과 그리고 한나절 이상을 계속 잠들었고 중간중간 가위에 눌렸으며 악몽을 꾸었고 그래서 아직도 마음이 무엇에 쫓긴 사람처럼 진정되지 않고 잠 속에서 그의 가슴을 누르던 바위가 아직도 치워지지 않았고 무엇보다도 도저히 극복되지 않는 우울, 그것을 가지고 있다고. 그는 아무것도 할 수 없었다. 시계를 바라보거나 밥을 먹거나 몸을 씻거나 욕설을 내뱉는 것조차도. 하루종일 사나운 짐승에게 구석으로 몰리는 것과 같은, 그런 날이 있다. 그리고 놀랍게도 그는 울고 있었다. 구체적인 슬픔도 없이, 혹은 그것은 모른 채, 어떤 그리움도 없이, 용서받고 싶은 욕망도 없이, 단지 목구멍에서 그르릉거리는 울림만으로. 그는 반듯하게 누워서 소리를 죽이고 어떤 의식을 치르듯이 울음을 멈추지 않았다. 영혼이 몸부림쳤다. 눈물이 쉼없이 솟아 벌겋게 충혈된 그의 눈자위 주위로 흘렀다. 무엇인가…… 오랫동안 그는 심각하게 잊고 있었으며, 치명적으로 잃어버렸으며, 그 무엇인가 그는 돌이킬 수 없으며, 벗어날 수 없으며, 그는 고독하고 무가치했다. 문제는 자신이 그것을 선명하고 예리하게 인식하고 있다는 점이었다. 그는 출구가 없는 깊은 동굴 안에 있었다. 아니, 그것과 다를 바가 없었다. 너무나 어둡고 짓눌린 혼란인 이 어두움은, 일식인가. 그는 일평생 일식을 실제로 본 일이 없으며 그러므로 당연히 그 상황을 판단할 수 없었다. 그러나 적어도 우울의 그림자가 그의 영혼을 뒤덮었으며 일식의 태양 아래서 식물이 절망에 잠기듯 끔찍하게도 앞으로 영원히 그에게서는 아무것도 나오지 않으리라는 것을 알았다. 그는 두 손으로 머리를 감싸쥐고 뒹굴었다. 마치 그의 머리가 감옥의 쇠창살이라도 되는 양 그는 그것을 쥐고 격렬하게 흔들었다.

때는 무더운 여름날 아침, 낡고 질이 좋지 않은 주택이 밀집한 대도시 공단과 근접한 주거지역의 한 귀퉁이였다. 공기에서는 고무와 석탄이 타는 냄새가 났다. 그의 이마와 관자놀이는 깨닫지 못하는 사이에 땀으로 번질거리고 바람이 불지도 않는데 무거운 천막 지붕이 펄럭거리는 듯한 소리가 들려왔다. 자연은 그를 배설하듯 뱉어냈고, 그는 계속해서 살아나가야 하리라. 오랜 시간을 그토록 간절하게 소원했으나 그의 존재는 조금도 정화되지 않았으며 길가에 굴러다니는 오물이나 길거리의 먼지란 먼지는 모조리 뒤집어쓰는 한 송이 들꽃이나 젖은 연기를 머금은 바람과 다를 바가 없었다. 그는 자신을 창조하기를 원했었다. 그에게 자연상태처럼 무가치하고 혐오스러운 생명은 없었던 것이다. 고귀한 지성과 드높은 예술, 혹은 그렇지 않으면 거룩한 양심으로라도 인간은 재창조되어야 하며 영혼을 가지느냐 그렇지 않느냐 하는 문제는 순전히 그 인간 자신이 성취해야 할 문제이기 때문이다. 그러한 고뇌나 여정이 없는 삶이란 단지 고기를 얻기 위해서 사육당하는 돼지와 다를 바가 없었던 것이다. 사람은 영혼을 가지고 태어나는 것이 아니라, 단지 영혼에 대한 잠재력을 가지고 태어나는 것이기 때문이다. (그는 이 구절을 어디선가의 책에서 읽었으나 그 저자에 대해서는 그만 잊고 말았다.) 그러나 그는 자주 무기력과 감각의 마비상태에 이르며 갈팡질팡하고 이 책을 손에 들었다가 내일은 또다른 책을 손에 들고 서성이는 경우가 많았다. 어제까지 확고하게 가졌던 신념은 오늘 춤추는 꼭두각시처럼 역겹게 느껴질 뿐이었다. 그리고, 그리고, 그는 또 무엇을 했던가. 언제나 찾아 헤매고는 있었으나 그가 무엇인가를 가질 수 있었던 적이 한 번이라도 있는가. 돈이나 단순한 욕망을 찾아 헤맨 사람들보다 그는 더욱 비참했다. 그의 추구함이 너무나 이타적이고 드높은 신념이어서 그것을 알아차린 사람들은 그를 비웃고 증오했으며 용서하지도 않았다. 그의 울음이 멎었다.

　그다음에 그는 갑자기 커다랗고 경박하게 느껴지는 웃음을 터뜨렸는데 아무도 그 이유를 몰랐다. 그러나 그것에 대해서 별다른 질문을 받지는 않았다. 그는 빈민가의 천한 말투를 자유롭게 구사했고 간혹 국립도서관에서 단테를 읽었으며 눈물이 흔했고, 그는 시를 낭독했으며 그러면서 구석진 식당의 의자 아래서 무의식중에 다리를 천박하게 보일 정도로 격렬하게 떨었고 사람들은 그의 목소리에 귀기울이고 그 속에서 자신들이 오래전에 잊었거나 버린 것들을 다시 발견할 수 있었다. 그곳은 경건한 분위기였다. 정녕 그랬던가……? 아니다. 그는 시를 낭독했고 그는 잠옷 바람으로 집에 홀로 있었다. 그는 크게 소리내어 시와, 그리고 그가 좋아하는 책과 편지들을 꺼내어 읽었다. 서랍에서 몇 개의 묵은 편지들을 꺼냈고 벽에 붙어 있던 메모나 별생각 없이 갈겨쓴 종이쪽지들을 찾아내었다. 전화번호만 적혀 있거나 혹은 이름만 적혀 있는 그것들을. 사진 뒷면에 함부로 휘갈겨써졌거나 싸구려 잡지를 찢어낸 귀퉁이에 서툰 필체로 남은 그것들을. 돈을 빌려달라거나 혹은 빌린 돈을 빨리 갚으라고 독촉하는 그것들을. 국립도서관의 고전 코너에서 발견한 플라톤을 베껴낸 구절들을. 이윽고 그는 빛을 향해 걸어나왔는데, 그곳은 한 극장의 무대였다. 한가운데에 나무의자가 하나 놓여 있고 조명이 비추지 않는 부분은 컴컴하여 아무것도 보이지 않았다. 그는 그것이 당연히 자신을 위해서 준비됐음을 잘 알고 있는 듯 망설이지 않고 무대 가운데로 당당히 걸어가 의자에 앉았다. 노란 조명이 그를 비추고 있었다. 맨 마룻바닥이 드러난 무대는 걸레질을 꼼꼼히 하지 않아 얼룩이 졌고 의자는 그가 움직일 때마다 요란하게 삐걱거리는 소리가 났으나 그는 신경쓰지 않았다. 그는 청중을 향해서 몸을 돌리고 오노 요코의 시를 낭독했다.

숨어 있으라,
막이 올라갈 때는.
그리고 기다려,
모두가 다 너를 떠나갈 때까지.
그다음에 밖으로 나와
음악을 시작하는 거야.

그다음에 그는 보이지 않는 청중에게 정중히 인사했다. 그는 더이상 건들거리지도 않았고 겁먹은 채 주춤거리지도 않왔다. 단지 좀 슬프고 어쩐지 배가 고파 보이기는 했다. 그는 연극무대에서 배우들이 입는, 중세풍의 깨끗하게 세탁된 소매와 칼라가 풍성한 셔츠를 입고 있었으며 검은색으로 보이는 바지를 입고 있었다. 입술에 침을 바르며 잠시 망설였고, 그러다가 말하기 시작했다.

"존경하는 숙녀 신사 분들, 「협주곡」이라는 시였습니다. 사실 이 시는 내가 너무나 오래전에 외운 것이라, 지금 정확히 낭독했는지 자신은 없지만 아마도 많이 틀리지는 않았을 거라고 말할 수는 있을 듯합니다. 왜냐하면 나는 비교적 머리가 좋은 소년이었으므로, 어느 일정 시기의 일은 아주 잘 기억하고 있으니까요. 놀라울 정도지요. 어쨌든 시가 끝났으니 이제 음악을 시작할까요? 악단을 고용할 돈이 없었기 때문에 나는 단지 내 바이올린 하나만을 들고나왔습니다. 그러나 이렇게 바이올린을 켜고는 있으나 (그는 허공에서 바이올린을 연주하는 시늉을 해 보였다) 사실은 나는 음악에 대해서는 백치입니다. 아, 이러려고 하지는 않았는데. 처음부터 연민을 구걸하거나 동정을 강요하려고 하는 것은 아닙니다. 결코 아닙니다. 차라리 그냥 멸시해주는 편이 좋습니다. (그는 부르르 떨고 도저히 비굴함을 감출 수 없는 타고난 소심한 미소를 지어 보였다.) 그것이 기쁩니다. 스스로의 비참한 재능과 그것으로 이루어지는 남루한 연주를 견딜 수 없어 하는 결벽증이 내가 직접 연주하는 것을 배우지 못하게 막았습니다. 어린 시절에 나는 정직함이야말로, 선善의 시작이라고 믿었으니까요. 단순히 이타적이라는 의미의 선이 아니라 우주의 신념에 합당하게 봉사하는 지고하고 절대적인 가치로서의 선을 말하는 겁니다. 바로 그런 이유로, 천재가 아니기 때문에, 단지 그 이유 때문에 스스로는 단 한 줄의 글도 쓰지 못하고 죽은 사람의 이야기를 알고 있습니다. 누구나 두렵지 않겠습니까, 자신이 바로 스스로가 가장 경멸하는 그 대상, 바로 영원히 남을 곁눈질하고 시비 걸면서 서투른 흉내나 내는 예술가 군중 말입니다. 그것이 된다는 것은 말이죠…… 게다가 이곳은 썩은 나무판자들뿐이고, 내 바이올린을 위해서 피아노를 쳐줄 다니엘 바렌보임이 없군요. 나는 그의 연주를 남부 튀링겐 마이닝엔의 국립극장에서 들은 적이 있습니다. 베토벤의 피아노협주곡과 브람스의 심포니 연주였지요. 날짜도 잘 기억하고 있습니다. 1994년 노동절 저녁이었습니다. 오, 제기랄…… 그의 연주를 듣고 나오면서 눈물이 가슴으로 흘렀는데 그것은 단지 아름다움에 압도당해서가 아니라, 단지 그런 정도의 감정만이 아니라, 거기에 더해서, 내가 이루 말할 수 없이 비천한 존재이며 음악을 배우지 않은 것은 차라리 천만다행한 일이고 지금부터 죽는 날까지 내가 티베트의 영산 카일라시를 돌면서 자신을 정화한다고 해도 도저히 바렌보임, 그 이름조차 감히 부르지도 못할 존재로구나 하는 생각 때문이었습니다. 나는 단지 하찮을 뿐만 아니라 아무것도 하는 일 없이 빈둥거리며 시간을 보냈으며(하물며 옹기장이조차도 될 생각을 하지 못하고 말입니다!) 주머니 속에 고등학생들이 대학 입학시험이나 치르기 위해서 읽어야 하는 그런 책들을 넣고 다니면서 뭔가 그럴듯한 존재가 되어보려고 발버둥친—그렇습니다, 발버둥, 단지 그것이었습니다—얼간이였을 뿐입니다! 그리고 내가 느낀 적의가 있습니다. 음악이란, 그리고 예술이란 그것의 아름다움으로 인해 충격받은 평범한 군중들이 그것의 옷자락 아래 엎드리게 하는 것이 목적이 아니던가요? 군중의 사랑과 숭배를 받는 것이 목적이 아니던가요! 그런데 그날 바렌보임의 연주가 나를 충격받게 해서, 숨을 쉴 수 없을 정도로 그것을 향한 그리움이 넘쳐흘렀는데, 나는 동시에 그것의 주인이라고도 할 수 있었던 그에게 증오와 적의를 느꼈습니다. 왜냐하면…… 나는 완벽히 소외된 자였습니다. 이리저리 둘러보아도 사방에 무수히 많은, 그런 식으로 소외된 자들 중의 하나였습니다. 나는 그들처럼 그의 공간과 환호를 채우기 위해 징집된 존재였습니다. 내 탄생은 예술을 위한 징집이었을 뿐입니다. 문제는 내가 그들, 그런 존재들을 경멸하고 증오한다는 데 있습니다. 나는 지금도 그런 존재들, 단지 환호나 보내고 이리저리 몰려다니며 숭배할 대상이나 찾는, 변덕스럽고 무지하면서도 오만하고 가소로운 군중들을 증오합니다. 차라리 그들이 아무것도 아니라면, 단지 악당이거나 무뢰한이거나 무지렁이라면 그런 그들을 굳이 증오할 필요조차 없겠지요. 그들은 다른 공간에서 우리들과 부딪히는 일 없이 완전히 별개로, 그들만의 쾌락을 추구하면서 살 테니까요. 문제는 예술을 따라다니며 악쓰고 참견하는 예술병정들입니다. 맞습니다! 바로 나를 말하는 것이죠. 나는 극장 앞 광장에서 음악회가 끝나고 사람들이 몰려나오는 가운데서 어쩔 줄 모르고 슬픔에 잠겨 한동안 홀로 서 있었습니다. 그동안 내가 생각하고 있던 예술이나 가치라고 하는 것들, 내가 책에서 읽고 암기하고 다니면서 마치 내 것으로 삼은 듯이 의기양양하던 모든 것이 산산조각났습니다. 그렇게 나는 유죄판결을 받고 즉시 저격당했습니다. 쾅! 납총알이 심장에 박히고 그리고 극장 앞 광장에서의 죽음. 바렌보임이 그것을 나에게 직접 행한 것이나 다름없는데 내가 그를 어찌 증오하지 않을 수 있겠습니까? 그의 연주를 듣지 않았다면, 아마 나는 지금까지도 잘 모르고 말았겠지요. 스스로 세상의 순수한 정직함을 이루었으며, 내가 스스로의 영혼을 만났고 낙원을 거닐 듯이 그렇게 살 수 있었을지도 모릅니다. 그러나 아니었습니다. 부끄럽고 비참함에 눈물이 흐르면서도 그러면서 더욱더 깊이 그를 증오하게 되었습니다. 난 그때 그를 죽이고 싶었습니다. 물론 그런 생각이 있다고 해도 가까이 다가갈 수조차 없는 입장이었으니 실제로는 무엇을 할 수 있었겠습니까. 하지만 나는 그때 사무치게 충격을 받았기 때문에 그 충격에서 헤어나기 전에 마이닝엔의 잡화점에서 부엌칼을 하나 샀습니다. 지금도 어딘가 있을 겁니다. 보여드릴 수도 있어요. 지금도 그 칼을 손에 잡으면 그때의 그 느낌이 아주 생생하게 떠오릅니다. 그리고 귓가에서 속삭이는 소리가 계속해서 들려오죠. '너는 아무것도 할 수 없어, 그렇게 태어났으니까.' 그것은 마치 바렌보임이 저에게 직접 말을 걸고 있는 듯합니다, 내가 그의 목소리를 결코 알지 못하지만 말입니다. '네가 만일 누군가를 찌른다면 그것은 기껏해야 어린애나 여자에 불과하겠지. 넌 너보다 강하고 우월한 자를 결코 해치지 못해. 굳이 내가 깨우쳐주지 않아도 너 스스로 잘 알고 있지 않아? 넌 빈약하고 우물쭈물대면서 픽하니 쓰러지기에나 알맞은 그런 육체를 가지고 있는데다가 망상증

144

이 굉장하니까 말이지. 너는 아무것도 할 수 없어, 그것이 의미 있는 일이라면 말이야. 게다가 너는, 너는 마이닝엔 따위에는 가본 적도 없잖아. 클라우디오 아바도가 지휘하는 걸 봤다고? 헛소리. 거짓말이야. 바렌보임의 연주를 직접 들었다고? 이런 이런, 너는 단지 연주실황이 중계되는 것을 네 친구의 집 거실에서 잠시 훔쳐보았을 뿐이잖아. 네가 마이닝엔에서 샀다고 주장하는 그 칼은 아마도 그 친구의 집 주방에서 훔친 것이 분명해. 심지어는 그때까지도 넌 바렌보임이나 아바도의 이름조차도 들어본 적이 없었을 거야. 그러한 너는, 정말이지 경멸할 가치도 없군.' 그런 속삭임이 귓가에 들러붙다시피 집요하게 들려오면 두려워져서 나는 금방 칼을 떨어뜨려버립니다. 고백하자면 난 행동에 있어서는 겁이 많은 편입니다. 계집아이들처럼요. 그러면 속삭이는 소리가 멈추죠. 나는 어린 시절에 바보는 아니어서(도리어 그 반대에 가까웠습니다. 하지만 그 시기가 너무나 짧게 끝나버린 것이 유감스러울 따름입니다) 그나마 책도 읽었으나 지금은 기억나는 것은 아무것도 없군요. 학교에서 들으셨겠지요? 태초에 고전이 있도다. 태초에 플라톤과 아리스토텔레스가 있도다. 언제나 뒤죽박죽인 이 내 머릿속에 지금 떠오르는 것이라고는, 가엾은 옹기장이 늙은이는 많이 부유해지거나 혹은 심각

한 가난에 빠지게 되면 결국 끔찍하게 타락하는 결과만을 민
나게 되리라, 어쨌든 간에 그 늙은이는 옹기를 더이상 만들
지 못할 테니 말입니다. 뭐 이런 이야기였던 것 같습니다. 쓰
구려지만 포도주를 좀 들겠습니까? 옹기장이 늙은이를 위하
서 건배! 옹기장이 늙은이가 지금 우리들의 문제와 무슨 상
관이 있느냐구요? 물론 아무런 상관이 없습니다. 여러분들
중에도 옹기장이와 관련이 있는 사람은 없을 것입니다. 그런
직업은 거의 사라졌다고 봐도 좋으니까요. 혹 세라믹 회사 영
업사원이라면 있을지도 모르지만 말입니다. 그러나 불평하고
물어뜯는 것보다는 이런 식으로 누군가에게 축배를 올려주는
편이, 비록 아무런 관심이나 이해관계가 없다고 해도 말입니
다, 훨씬 덜 신경쓰이는 모습이 아닐까요? 눈앞에 있다면 어
깨를 툭툭 치거나 별 무리 없는 미소를 지어 보일 수도 있겠
습니다. 형제여, 이런 말까지는 할 필요가 없겠죠. 옹기장이
가 더 가난해지거나 특별히 부유해지지 않도록 건배! 게다가
그 저자가 쓴 책에는 이런 말도 있지요. 정의란 결국 본분을
다하는 것이라고. 그러나 슬프게도 이제 너무 늦었습니다. 이
제 우리는 아무도 자신의 본분을 모릅니다. 신탁도 없고 현인
도 없으니 신성한 목소리는 어디에서도 들려오지 않고 오직
'누가 그것을 결정하는가' 하는 문제만이 남아 있는 것입니

다. 누가 합니까? 바로 군중이지요. 나는 군중의 한 사람으로서, 내 이름으로 행해지고 있는 무지의 잔치에 날마다 참가하는군요. 그리하여 히히, 웃고 있으나 여전히 나는 고통스럽습니다. 내가 연모하는 바로 그것, 그리고 그것을 파괴하는 권력으로 인하여 나는 날마다 더욱 고통스럽습니다."

  그는 자리에서 일어나 팔을 벌리고 정중하게 인사를 했다. 그때 그는 좁아터진 방 한가운데에 있었는데 사방의 벽은 책과 가구와 잡동사니들로 가득차서 몸을 기댈 만한 쥐꼬리만한 여백도 찾을 수 없었다. 방은 길이가 여섯 걸음을 넘지 않았으며 폭은 그다지 신체가 큰 편이 아닌 그가 두 팔을 양옆으로 벌리면 닿을 수 있을 정도의 넓이였다. 그 공간의 한쪽 구석에 주방이 자리잡고 있었다. 주방이 있는 쪽의 벽은 전체가 커다란 유리창으로 되어 있었다. 이 방은 예전에 살기 좋았던 시절 집주인이 온실로 쓰던 곳이었으며 넓은 테라스의 한켠에 자리잡고 있었다. 그가 이곳을 세내서 먹고 자고 하게 되면서 햇볕과 열을 막기 위해서 방수포 천을 유리벽에 걸쳐놓았고 빛이 들어오게 하려면 그것을 걷어내기만 하면 되었다. 그는 조용히 방안에서 산책을 시작했다. 여섯 걸음, 그리고 다시 여섯 걸음. 그 이상 발을 내디디면 그곳은 테라스였는데 그는 절대로 자신의 온실 밖으로는 발을 내딛지 ?
았다. 온실 내부는 가만히 있어도 땀이 주르륵 흐를 만큼 [
웠다. 그는 한참이나 애쓰다가 마침내 성공했다. 그것은 ~
호흡이었다. 아아 심호흡, 도대체 얼마 만인가.

무대의 한가운데에 그가 잠들어 있었다. 옷을 다 벗고 ~
불을 허리에 두른 채 말이다. 그의 몸은 마르고 희고 애처?
울 정도로 연약해 보였다. 잠든 그는 규칙적으로 이를 갈?
다. 그는 슬픔으로 미어지면서 그 광경을 보았다. 무대 위~
있는 그는 아주 젊은 시절의 모습이었기 때문이다. 열아홉
스물? 자신의 젊은 시절을 그는 슬픔 없이는 도저히 회상~
지 못하리라. 바라보고 있는 것만으로도 그는 연민으로 숨~
막혀왔다. 젊은 자신을 쓰다듬고 가슴에 안은 채 위안하~
싶은 충동을 억누를 수 없었다. 그러나 그가 가까이 다가~
서 얼굴을 내려다보았을 때, 잠든 사람이 그 자신이 아님을
알게 되었다. 심지어 비슷하지도 않았다. 머리카락 한 올 없
이 완전히 밀어버린 머리와 권투선수처럼 완강한 어깨와 가
슴, 최근 들어 살이 오르기 시작하는 복부와 허벅지, 곱슬거
리는 털로 덮인 하반신, 진하고 검은 눈썹, 왼쪽 가슴 심장 부
위에 새긴 검은 악마의 문신과 글귀, letum vos liberabit(죽

음이 너희를 자유케 하리라). 울컥 치미는 격렬한 구토감을 느끼고 그는 한 발 뒤로 물러났다. 어째서 그는 또다시 이 남자의 곁에, 다시는 찾아오지 않으리라 결심하면서 떠나간 이 남자의 방으로 되돌아온 것일까 불안한 의혹에 휩싸였다. 그는 종종 이 남자에게서 돈을 받았고 그보다 훨씬 더 자주 푼돈을 훔쳤다. 그는 택시를 기다리고 있다가 스스로 박제기술자라고 주장하는 이 남자를 만난 것이다. 그리고 시간이 흘러갔다. 마치 미래는 아는 것처럼…… 그는 이 세상에 오직 홀로 있었다. 그가 무엇의 이름을 부르면, 그 소리는 지상의 모든 공간을 떠돈 다음 오랜 시간이 지나 아무도 그것을 듣지 못한 채 다시 그에게 되돌아왔다. 그가 이빨 사이에 넣고 남몰래 깨물어 터뜨린 것처럼 어떤 유일한 것이 그의 몸안에서 그의 일부가 되었다. 그는 이상한 존재였다. 세상이 사회라는 것을 그는 이해할 수 없었다. 침묵의 수도원도 아니고 군대나 감옥도 아니며 이상을 실현하는 공동체도 아닌, 오직 각자가 아무도 정해주지 않았는데 제 갈 길로 바쁘게 움직이고 있는. 사람들은 그것을 사회라고 불렀다. 그는 일생 동안 겉으로 드러난 한에는 어떤 직업도 갖지 않았으며 대개 아주 가난했다. 간혹 그는 믿을 수 없을 정도로 큰돈을 얻게 된 적이 있었으나 감정을 주체하지 못하고 흥분에 겨워 흐느끼면

서 단 며칠 만에 돈을 모두 써버리곤 했다. 지하철에서 승객
들에게 돈을 나누어주다가 신고를 받은 경찰에 쫓기기도 했
고 계산에 속임수를 쓰는 것이 분명한 술집에서 시간을 보내
기도 했고 도박에도 손을 댔으며 한번은 어느 절망적인 밤
벽, 공포에 질린 채 돈이 든 봉투를 밤새 영업하는 극장의 좌
석 밑에 놓고 나오기도 했다. 또한 그는 절도죄로 두 번 감옥
에 있었으나 그 기간은 길지 않았다. 사랑에 빠져 있다고 생
각한 동안은…… 어느 순간에는 그들도 행복하던 시절이 있
었다. 그는 혼란에 빠졌다가 다시 깨어나고 야비하게 웃다가
눈물을 글썽이며 용서를 구하곤 했다. 그는 가볍게 코를 골
며 누워 있는 남자를 보면서 또다시 저 밑바닥에서 솟아나는
오래된 혼란에 빠졌다. 남자는 깊이 잠들어 있었다. 그는 새
처럼 가냘프게 몸을 접고 쭈그리고 앉아 남자의 얼굴을 오래
들여다보았다. 마치 책을 읽는 것처럼 그는 남자의 잠든 얼
굴을 읽었다.

　'당신은 그를 압니까?'

　이윽고 객석에서 질문이 나왔다. 그는 놀라서 얼굴을 찡
그린 채 어둠 속을 노려보았으나 객석은 너무나 어두워 아무
것도 보이지 않았다. 그는 아마도 그곳이 텅 비어 있으리라
고 생각하고만 있었던 것이다. 그는 반사적인 몸짓으로 부지

의 의미로 고개를 저으면서 한 걸음 뒤로 물러났다. 그의 몸짓은 팬터마임 배우처럼 가볍고 걸음은 물위를 미끄러지는 백조의 우아한 유영 같았으며 긴 목을 들고 허공에 애원하는 시선을 보냈다. 그는 춤추는 것처럼 무대를 걸었다. 애절한 표정, 과장되면서도 감정이 충만한 아름다운 표정이 그의 얼굴에 나타났다. 그의 우아한 손짓이 스쳐간 허공은 그대로 별빛으로 가득찼다. 그가 격정적으로 소리 없이 입을 벌리고 눈빛을 공허하게 만들면서 두 팔로 가슴을 감싸자 마법처럼 한마리 공작새가 무대 위로 걸어들어왔다. 초록빛과 금빛의 날개가 조명 아래서 커다랗게 펼쳐지면서 마치 노려보는 듯한 눈동자 무늬가 드러났다. 그는 벽에 기대어 물구나무를 섰다. 그리고 아름다운 거미처럼 그 자세를 유지하고 있었다.

'칼로 잠자는 사람을 찌르면 그가 당장 눈을 뜨게 될까? 아니면 그냥 눈을 감은 채로 잠들 듯이 그렇게 죽게 될까? 몇 번을 찔러야 할까? 그리고 어느 부분을 찔러야 할까?' 물구나무서기를 멈춘 그의 손에는 어느새 칼이 들려 있었다. 그가 마이닝엔에서 직접 산 것이다. 칼날은 그의 눈에 무디고 둔하게 보였으며 그런 어설픈 물건이 사람의 피부를 베고 내장을 다치게 한다는 것을 그는 감히 믿을 수 없었다. 그는 누구에게도 폭력을 휘둘러본 적은 없었다. 만일 잠자던 자가

한 번에 죽지 않고 깨어나서 반항한다면 그는 아무□도 할
수 없으리라. 칼의 손잡이를 잡자 온몸을 관통하는 □류 같
은 것이 느껴졌다. 휘둘러라, 휘둘러라, 하고 칼이 □□건 명
령하고 있었다. 그는 눈을 감았다. 무대 위에는 잠□ 남자
와 그, 단둘뿐이었다. 그는 처음에 이 남자를 사랑□으나 나
중에는 경멸했으며 마침내는 죽이고 싶어진 것이다□아니 아
니, 마지막 단계의 그 감정은 정확하지 않다. 그것이□진정 자
신의 절실한 감정이었는지 아니면 단지 여기저기□□모방한
경솔한 표현들 중에서 한번…… 해볼까? 하고 문□ 떠오른
생각을 마치 진정한 자신의 것인 양 가장해버렸는□, 그리
고 그러한 충동에 이런저런 핑곗거리를 얹어 반드□ 그래야
만 할 무슨 당위로 받아들이고 마침내는 자신이 스□로 창조
한 자기발현의 예술인 것처럼 망상하고 있었던 것□□ 도무
지 판단할 자신이 없었다. 그의 무릎이 덜덜 떨렸다□□가 날
까? 얼마나 많이?' 잠든 그 남자의 몸은 강하고 단□해 보였
으므로 그는 자신이 과연 그 몸에 상처를 낼 수 있□□ 의심
스러웠다. 그러나 계속해서 귓가에서 속삭이는 목□□는 멈
추지 않았다. '너는 할 수 없어, 너는 할 수 없어. □□ 바렌
보임을 죽일 수 없어. 가까이 다가갈 수조차 없을 거□. 너는
마이닝엔에 간 적도 없잖아. 1994년 노동절 너는 □□에 있

152

었어. 설사 네가 바렌보임을 죽일 수 있다고 해도 음악을, 예술 자체를 죽일 수는 없는 거야. 가치 있는 아름다움을 조금도 손상할 수도 없는 거야. 스스로 정화되는 모든 것들을, 그리하여 영혼을 가진 것들을, 너는 손대지 못해. 그것에 바쳐진 인간 영혼을 죽일 수는 없는 거야. 단지 모욕당하는 것 말고 너는 아무것도 할 수 없는 거야……' 그러나 이어지는 속삭임이 채 멈추기도 전에 그는 손을 불쑥 내밀어 마치 실수로 뭔가를 떨어뜨리기라도 한 것처럼 부자연스러운 태도로 갑작스럽게 칼로 남자의 손을 찔렀다. 칼은 내리꽂히면서 남자의 손바닥을 관통했다. '만일 이것이 바렌보임의 손이라면……' 그는 아주 짧은 순간 머릿속이 씻겨나가는 것처럼 맑아짐을 느꼈다. '그렇다면 그는 앞으로 연주할 수 없을 것이다. 자신과 같은 패배자들을 모욕하고 지옥으로 밀어넣는 연주를 할 수 없을 것이다.' 문득 이런 생각이 떠올랐을 때에야 그는 비로소 스스로를 패배자로 간주하고 있었다는 것을, 그 단어를 항상 의식하고 있었다는 것을 깨달았다. 그러나 동시에 어리둥절함도 함께 가졌는데, 그가 일생 동안 그 누구와도 경쟁하지 않았고 눈에 보이는 명예나 재물들을 얻으려 하지 않았고 심지어는 세상이나 삶 그 자체에 대해서도 아무런 욕망이 없었는데, 그런 그에게 패배자란 호칭

이 과연 적절한 것인가, 하는 의문 때문이었다. 무[엇에] 패
배한 것이며, 누구에게 패배한 것인가. 그는 단지, [그 자유]
로운 정신만이 산책할 수 있는 그 은밀한 정원의 [그 빛나]
는 파빌리온pavilion, 그 안에서 잠들기를 원했을 [뿐이]다. 그
는 그런 것들을 결코 소유하려고 하지는 않았다. [그 안에서 산책]
하고 그 품에서 잠들기를 원했을 뿐…… 그럼에도 [불구]하고
이런 순간에 심지어 그 자신이 그를 패배자라고 부[르고] 있지
않은가…… 그가 생각에 잠긴 시간은 매우 짧았다[. 그]는 반
사적으로 칼을 빼냈는데 피가 이불에 튀었고 남자[가 눈]을 번
쩍 떴다. 피를 보자마자 그는 구역질이 나서 견딜 [수 없]었다.
내장이 뒤틀리는 것이 뱃속에서 느껴졌다. 그는 칼[을 쥐]었던
지고 울렁거리는 가슴을 안은 채 멍하니 남자를 [보았]다. 죽
지 않았다, 죽지 않았다! 남자는 피가 줄줄 흐르[는 곳]을 다
른 손으로 잡고 눈을 크게 뜬 채 놀라움과 혼돈 속에 빠져 있
는 듯이 보였다. 그와 같은 겁쟁이가 자신을 찔렀다는 사실
을 아직도 완전히 납득하지 못하고 있는 것 같았다. '나는 이
사람에게 무슨 짓을 한 건가? 이것이 원래 내가 원했던 것이
었나? 아아, 그러나 완벽하게 결백한 인간이 어디 있으랴. 이
자도 결국 다른 방식으로 나를 모욕한 존재인 것이다. 그런
존재의 일부인 것이다. 나는 그러므로 정당했던 것이다.'

그는 빠르게 중얼거렸다. 그러나 그의 눈에서는 자신을 배반하는 후회의 눈물이 걷잡을 수 없이 흘러나왔다. 당장 눈앞에 보이는 것은 선명한 붉은색과 그리고 고통의 광경이었다. 그는 이 남자의 고통에 대한 연민 때문에 슬프고 충격을 받았다. 이 남자는 그를 용서하지 않을 것이다. 아마도 영원히. 그러자 고통은 당장 그의 것이 되고 칼은 보이지 않는 비수가 되어 되돌아와 그의 심장에 꽂혔다. '만일 그렇다면, 만일 그렇다면 오오, 나는 죽으리라.' 그는 자신이 무슨 말을 하고 있는지 정확히 알지도 못하면서 열에 들떠 중얼거리고 이리저리 시선을 옮기면서 땀을 흘리고 있었다. 그는 용서를 구하며 뒷걸음치고 손을 앞으로 내밀어 변명의 행위를, 자비를 구하는 몸짓을, 마지막 한 조각의 애정을 구걸하는 비탄을 어떻게든 나타내려고 안간힘 쓰고 있었다. 그때 주인집에서 일하는 가정부가 우편물을 전해주러 왔다. 가정부는 처음에는 저편 으슥한 어둠 속에서부터 무대 한가운데로 망설이지 않고 걸어들어왔으나 곧 좁아터진 그의 온실 속에서 그를 부르고 있었다. 불러도 대답이 없자 가정부가 그의 어깨를 흔들었다.

"뭐하는 거예요? 눈을 뜨고 잠이라도 자는 거예요? 우편물 정도는 스스로 챙겨도 좋잖아요?"

그는 고맙다고 말하려 했으나 그 목소리는 목구멍에서 굳어버린 채 입술 밖으로 나오지 못했다. 가정부는 그가 쓰레기를 공동 쓰레기장에 갖다 버리지 않고 집 앞에 놓아두어서 파리가 꼬이게 한다고 한바탕 잔소리를 했다. '죽지 않았어!' 그러나 그는 다른 것을 생각하고 있었다. '그는 나를 바라보고 있었으며 전혀 죽은 것처럼 보이지도 않았어. 아마 내가 실수로 칼을 떨어뜨렸다고 생각하겠지. 그래, 다행한 일이다. 나는 기뻐해야겠지. 오오, 분명히 사소한 장난이었다고 생각할 거야.' 그는 얼굴 전체로 퍼지는 마술 같은 미소를 지었다. 그 미소는 그의 얼굴 위에 들러붙어 집요하게 그의 내부로 파고들었다. 그리고 사라지지 않았다. 그가 다시 얼굴을 일그러뜨리고 울부짖을 시간이 되면 그것은 아주 괴로운 광경이 되리라. 과장된 미소를 버리지 못한 채 눈물을 흘려야 할 테니 말이다. 그러나 아직은 아니다. 그는 아직 아무것도 알고 있지 못하며, 그 얼굴은 가공된 기쁨이라는 최면 속에서 달콤하게 미소를, 기쁨의 미소를 연주하고 있었다. 오, 그 미소에 대해서 환호하고 칭찬해야 하리. 마침내 패배자가 울음을 그치고 미소를 되찾았도다. 그러나 그것을 본 가정부는 좀 불쾌하고 기분 나쁜 느낌을 받았는데, 그녀가 생각하기에 그런 환희의 미소를 지을 만큼 기쁜 일이란, 보풀이 허옇게 일어난 낡은 얇은 외투를 이불 대신 걸치고 누워 이 한여름에 식은땀을 흘리고 있는 간질병 환자인 그에게는 전혀 없을 것 같았기 때문이다. 바쁜 일이 생각났다는 핑계를 들어 가정부는 그의 침대 곁에 우편물을 두고 서둘러서 나가버렸다. 편지는 양곤 우체국 소인이 찍힌 것이며, 그는 여전히 미소에 사로잡힌 채 그것을 뜯어서 이윽고 읽기 시작했다.

마짠 방향으로

일곱시 사십오분이 되자 갑자기 라디오 소리가 들렸다. 방송 채널의 주파수는 고정되어 있었지만 방송 내용이 언제나 같은 것은 아니었다. 최초로 라디오를 그 채널에 맞춰놓은 사람이 원했던 것은, 그가 누구인지는 알 수 없지만, 그 시간에 시작하는 평범한 아침 뉴스로 밤사이에 있었던 사건들과 날씨와 출근길의 상황 등과 같은 평범한 정보였다. 그러나 시간이 흐르는 사이 그는 집을 떠났고, 방송국의 이런저런 편성 변화에 따라 아침 뉴스가 시작하는 시간이 달라지고, 그 시간에 흘러나오는 방송이 가벼운 음악이나 소프트 팝을 주로 틀어주는 아침의 잡담 프로그램으로 바뀌더니, 지금 들리는 것은 뉴스와 클래식 음악 방송 사이에 있으면서 간간

이 대중음악을 틀어주는 지역 소식 안내방송의 아나운스먼
트이다. 언제나 자동적으로 전원이 켜지고 지지직 하는 짧고
희미한 전파의 떨림 소리가 난 다음, 수선스럽고 발작적으
로 동작을 시작하는 것은 같지만, 더이상 일곱시 사십오분은
아침 뉴스의 시작 시간이 아닌 것이다. 하지만 아무도 라디
오 방송 따위에 신경쓰지는 않는 모양으로 모닝콜 기능을 삭
제하거나 시간을 수정해놓으려는 사람은 없었다. 방송 내용
에 따르자면 지난밤에 내린 눈이 채 녹지 않았다. 아니 습기
가 가득한 잿빛 덩어리로 변해서 지금도 눈치채지 못할 정도
로 조금씩 내리고 있는 것이다. 기온이 낮은 것은 아니지만
거리 전체가 축축한 재색 습기로 가득차버렸다. 만일 걸어야
한다면, 장화를 신고 나가는 것은 어떨까? 물론 장화라는 물
건을 집에 가지고 있다면 말이다. 이것은 유머인가? 아나운
서의 목소리는, 아마도 짧은 시간에 읽어야 할 것이 무척 많
은 듯 몹시 빠르다. 지난밤에는 이곳에서 얼마 떨어지지 않
은 극장에서 불이 났다. 다행히 사람이 없는 시간이어서, 불
은 아무도 다치게 하지 않고, 재빨리 도착한 소방관들에 의
해서 꺼졌다. 라디오는 침대의 머리맡, 엷은 쥐색 커튼이 늘
어진 커다란 창 바로 아래에 있다. 그 방은 침실 겸 거실이었
는데 창이 터무니없이 커서 바람이 심하게 불거나 기온이 낮

은 밤이면 방안에는 바깥과 그다지 다르지 않은 싸늘한 기운
이 감돌았다. 얼음 같은 냉기가 뼛속을 찌르는 그런 바람에
익숙하지 않은 남쪽에서 온 사람들은 이 집에서 오래 버티지
못했다. 창으로 보이는 하늘은 온통 회색이고, 올겨울은 유
난히 날씨가 좋지 않았다. 간혹 빠른 속도로 까마귀가 날아
지나갔다.

그 창에서 내려다보이는 풍경이란, 단지 단조로운 정도가
아니라 극도로 진부한 상상력의 형상화 같은 모습이다. 그것
은 공허할 정도로 커다란 십자로의 한 귀퉁이로, 전차 노선
이 지나가고 있으며, 내려다보이는 거리 맞은편으로는 쌍둥
이처럼 똑같은 모양으로 지어진 사각형 건물이 다섯 개가 나
란히 늘어서 있는데 자세히 관찰해보면 그것은 모두 하나의
건물로서, 움푹 들어간 거대한 유리벽에 의해서 연결되어 있
는 상태라는 것을 알 수 있다. 즉 건축물이라기보다는 거대
한 덩어리라고 부르는 편이 더 나을 것이다. 주차 타워와 사
무실로 지어졌으나 '사무실 세놓음'이라고 되어 있는 안내판
은 몇 개월째 사라지지 않고 있고, 그리고 이해할 수 없게도
펀펀한 건물의 지붕 위에는 모래가 가득 쌓여 있었다. 도무
지 변화라고는 없는 사각형의 콘크리트 건물들이 시선이 닿
는 곳 어디에나 존재한다. 이 지역의 집들은 대부분 70년대

'주택 백만 호 건설운동' 당시 지어진 것들이다. 1978년에는 드디어 백만번째 아파트먼트로 한 노동자 가족이 입주하게 되어 호네커로부터 직접 열쇠를 건네받는 행사가 열리기도 했다. 그러나 지금, 사람들이 원하는 것은 이런 종류의 집이 아니고 깊은 우울만을 불러일으키는 황폐한 콘크리트 아파트먼트들은 점점 빈 곳이 늘어가는 중이다. 이 건물은 대개 오층이나 높아야 칠층 정도의 건물들만 있는 이 거리에서 유일하다고 할 수 있는, 독신자와 젊은이의 주거를 위한 고층 빌딩이다. 반경 몇 킬로미터 이내에 눈앞에 보이는 것이라고는 저멀리 알렉산더광장의 텔레비전 탑을 제외한다면 겨울의 기운을 잔뜩 머금은 무겁디무거운 허공뿐이다. 그 허공은 때때로 도시의 지평선에서 시작된 여명과 함께 거칠 것 없는 붉은 파도처럼 창을 통해 방안을 향해서 숨쉴 여유도 주지 않고 밀려오곤 했다. 냄새도 소리도 통증도 흔적도 갖지 않는 그 공격은 전혀 예상할 수도 없는데다가 매우 압도적이고 치명적이어서 거주자 중의 한 사람이 겨울 내내 하루종일 창밖을 내려다보고 서 있다가 그 자리에서 병에 걸렸다 해도 조금도 이상할 것이 없다. 게다가 내려다보이는 거리는 이해할 수 없을 정도로 언제나, 말 그대로, 텅 비어 있는 것이다. 거리에 내린 폭설이 아무도 밟지 않은 채로 그대로 녹아가는 경우란 흔한 일이었다. 세 대나 네 대의 차량으로 이루어진 전차와 자동차들만이 신호등에 따라 규칙적으로 이곳을 지나다니고 있다. 상점이나 쇼핑센터도 아무것도 없으므로 해가 진 다음에는 불빛 하나 켜지지 않은 채 모든 것이 갑자기 매우 빠른 속도로 어두워진다. 단지 거리 모퉁이 저편에 있는 대형 세차장의 노란 불빛과 맥주 광고판만이 이곳이 완전히 철거된 유령 구역이 아니라는 것을 보여줄 뿐이다.

여덟시 오 분 전이 되었으나 건물의 아무 곳에서도 문이 열리고 닫히는 소리가 들려오지 않는다. 라디오의 아나운서는 빠르게 침을 삼키고 소리내지 않고 목구멍을 잠시 떨었다.

"여러분, 그리고 또하나의 소식은, 월요일 저녁의 음악회를 즐기고 싶은 사람이라면 오늘 기회를 가질 수 있다는 것입니다. 정기 연주회는 아니지만 오늘 오후 여덟시, 도서관에서 피아노 콘서트가 있군요. 장소는 도서관의 정기간행물실과 역사 코너 사이의 열람 공간. 음악학교의 졸업반 학생 세 명이 연주합니다. 곡목은 뢰플러의 〈피아노, 오보에 비올라를 위한 두 개의 랩소디〉와 슈만의 〈로망스〉입니다. 마짠 극장의 화재에 대해서는, 그 원인에 대해서 경찰이 어떠한 설명을 해주지 않고 있습니다. 마짠 러시아박물관에서는 전후 동베를린의 재건을 담당했던 니콜라이 베르사린 사령관의 회고 사진전이 있습니다. 그리고 내일은 날씨가 더 추워질 예정이라는군요. 이른아침의 기온이 마이너스 십사 도가 될 예정입니다. 다음에 나오는 노래는 〈동성애자 소녀〉입니다. 페테스 브롯이 부릅니다. 두두두두두두둥, 라, 라…… 동성애자 소녀, 우리는 동성애자 소녀……"

문을 열고 들어서면(만일 이 빈집의 열쇠를 구할 수만 있다면) 현관을 들어서자마자 가장 먼저 보이는 것은 바로 맞은편에 있는 작은 부엌이다. 이 시간에 집을 방문해서 현관에서 막 코트를 벗고 있는 사람이라면, 누군가가 침실에서 빠른 목소리로 지역 신문을 소리내서 읽고 있다고 생각할 수도 있다. 부엌의 커피 기계에는 타이머가 장치되어 있어서 매일 아침 같은 시간이면, 즉 라디오가 켜지는 시간이면 자동으로 커피가 만들어지게 되어 있었다. 그러나 이제 더는 아니다. 아무도 저녁마다 커피 필터를 바꾸고, 새로운 커피를 담고 수돗물을 기계에 담아두는, 그런 일을 하지 않는 것이다. 그러니 타이머는 아무런 소용이 없게 되었다. 집은 단지 두 개의 방, 그러니까 부엌과 침실 겸 거실로 이루어져 있다. 현관에 들어서면 바로 왼편의 벽에 액자 그림이 걸려 있는데, 그것은 수채화로 '한 마리 붉은 야생 새'라고 그림 아래에 휘갈기듯 적혀 있으나 그림을 아무리 들여다보아도 새는 보이지 않고 대신 야생 난초와 같은 식물이 활짝 피어 있는 것뿐이고 게다가 그림 전체에 붉은색이라고 할 만한 것은 보이지도 않는다. 식물도감을 가지고 있는 사람이라면 혹시 '야생 새'라고 불리는 난초 종류가 있는지 조사해볼 수도 있으리라. 어쨌든 지금 그것은 집안의 유일한 꽃이다. 마주 보이는 벽에는 저장용 음식물이나 허드레 물건을 보관하는 창고가 있었다. 집안에서 가장 따뜻한 장소는 그 현관과 복도였다. 모든 공간은 마치 성격과도 같은, 숙명적인 냄새를 간직한다고 할 수 있는데, 이곳에 스며 있는 냄새는 무엇인가 타고 남은 듯한 연기 냄새, 오븐 바닥에 눌어 있는 감자 냄새, 텅 빈 냉장고에서 얼어붙은 버터 조각, 유리컵 속에서 오래전에 말라붙어버린 쉰 냄새의 맥주 찌꺼기 흔적들로 집안 전체에는 그 흔적의 숨결이 만들어내는 고의적인 표정 같은 것이 느껴지고 있었다. 그것은 바로 침울함, 홀로 보내는 몇번째인지 모르는 기나긴 겨울, 그리고 말하는 법을 잊은 노인, 야간 병실의 간호사, 외국어로 부르는 지하실 호프의 노랫소리, 그림자만 보이는 보험회사 직원. 비록 몇 개월 동안이나 아무도 살지 않았지만 이 공간이 인격적인 기억을 피부에 그대로 친밀하게 간직하고 있는 것은, 아직 세척제와 걸레로 무장한 청소부가 다녀가지 않았기 때문이리라.

최후의 거주자가 집을 나간 지 사 개월이 더 지났다. 집을 빌리겠다고 찾아오는 사람도 없었다. 이상할 것도 없는 것이 이곳은 빈 건물이 더 많을 정도로 공동空洞의 지역인 것이다. 그러는 사이 긴 겨울이 찾아왔다. 대개의 경우 가구 딸린 셋집은 집이 비자마자 관리인이 청소를 하는 것이 상례이지만 이 경우는 좀 달랐다. 담당 청소회사에 문제가 있어 이사 간 집들의 청소가 오랫동안 지연되고 있다가, 그사이에 마침내 임대회사의 소속 청소회사가 바뀌는 일이 일어났는데, 마침 그 바뀌는 시기에 막 비게 되었던 이 집은 그냥 잊혀버리고 만 것이다. 그래서 아마도 이 집을 빌리려는 사람이 나타나기 전까지는 아무도 찾아오지 않을 것이 확실할 듯하다. 침실에는 책상이 하나 있다. 그곳에서 밥을 먹는다면 식탁이 될 수도 있고 일을 한다면 또다른 이름으로 불려도 충분할, 그런 책상이다. 예를 들자면 이곳의 마지막 거주자는 펜으로 글을 쓰는 사람이었다. 기계를 사기에는 그가 가난했을 수도 있지만, 그는 전문가가 아니라 단지 고요한 시간이 되면 홀로 침묵에 잠겨서 바로 그 순간 몇 글자를 종이에 나타내고 싶어하는 사람이었던 것이다. 그는 책상에서 흰 종이를 펼쳐놓고 눈에 보이는 것들, 또한 보이지 않는 것들에 대해서 쓰기를 좋아했다. 그가 마지막 거주자이기도 해서지만, 그는 비교적 많은 흔적을 남겨놓았다. 비닐 소재의 방수포로 된 책상의 커버에는 자세히 들여다보면 그의 펜 자국이 눌려 있는 것을 아직도 볼 수 있다. 그는 글쓰는 일에 익숙지 않은 사람들이 그러듯이 무심코 필요 이상으로 많은 힘을 들여 펜을 종이 위에 누르듯이 한 것이다. 그는 또한 많은 편지를 책상 위에서 썼다. 관청이나 은행에 보내는 것뿐 아니라 개인적인 편지들도 썼다.

아스피린을 세 통 사고, 그리고 남은 돈으로 잡지를 샀습니다…… 돈을 다 써버렸기 때문에 이제는 과연 우표를 살 돈을 구할 수 있을지, 의심스럽습니다. 만일 다음주까지 새 일자리를 구하지 못하면 이곳을 떠나야 합니다. 지금은 모든 것이 불투명합니다. 그러니 혹시 편지를 받게 되더라도 답장을 보내실 필요는 없습니다. 떠나버릴지도 모르는 일이니까요. 당신의 일은 언제나 마음에 걸리는군요. 그러나 건강하다면, 다른 일들이 무슨 소용이겠습니까. 세시…… 나는 다 좋아요. 그동안 살았던 이곳은 마음에 듭니다. 집세는 상당히 비싸다고 생각합니다. 춥기도 합니다. 그러나 새 건물이

지요. 이웃은 아직까지 한 명도 만나지 못했습니다. 혼자 지내기에는 좋은 곳이지요. 고독할 때면 소리내서 중얼중얼 노래를 부릅니다. 세 명의 중국인이 콘트라베이스를 켜네……이런 식이죠. 내 노래 솜씨는 형편없어요. 아, 여기는 공짜로 들을 수 있는 라디오가 있어요. 그렇지만…… (그다음은 너무나 흐려 읽을 수가 없다.)

그의 머리카락은 진한 갈색이 섞인 붉은색이다. 욕실에는 아직 그의 머리카락이 남아 있다. 그는 수줍고 조심스러우며 겸손한 사람이었다. 여자들을 대할 때 그는 지나치게 수줍어하고 필요 이상으로 신중하려 했으므로 심하게 부자연스러웠고 남자들을 대할 때는 그들의 공격성이나 자신만만함을 따라가지 못해 상처를 입었다. 그는 어디에도 어울리지 못하는 사람이었다. 그는 최소한 이곳에 거주하는 동안, 그리고 아마도 추측하건대 그의 전 일생 동안, 남자나 여자친구를 찾지 못했다. 연말 파티에 설사 초대받는다 할지라도 그는 아무에게도 말을 붙이지 못했고 아무도 그에게 말 걸지 않았다. 행여 다른 사람들이 이런 자신의 모습을 동정하거나 이상하게 볼까봐, 즉 그의 이런 모습을 다른 사람들에게 눈치 채일까봐 그는 자신이 결코 신경쓰고 있지 않음을, 비관하거나 초조해하고 있지 않음을 나타내 보이기 위해서 지나치게 신경쓰게 되거나 비관하거나 혹은 초조해했다. 그리하여 그는 점점 더 혼자 있는 것을 좋아하게 되었다.

또다른 거주자는 키가 크며 유쾌하고 명랑해 보이는 젊은 이였다. 그는 날씨나 행선지에 상관없이 언제나 푸른 륙색을 메고 다녔는데 외로움을 몹시 타는 섬세한 성격의 그는 너무도 황량한 이곳을 견딜 수 없어서 사 개월도 안 되어서 좀더 번화한 다른 거리로 도망치듯이 떠나갔다. 그의 외모는 몹시도 인상적이었다. 막 웃음을 터뜨리기 직전의 아기의 모습과 같았다. 양끝이 말려올라가 언제나, 심지어는 슬프거나 화가 나 있을 때에도 웃음 짓고 있는 듯한 모양의 입술을 갖고 있었다. 그의 사진 한 장이 침대와 벽 사이에 아무도 모르게 아직도 끼어 있으므로 잘 알 수 있다. 그는 집을 떠나기 전에 현관 바로 곁에 걸린 액자 그림 〈한 마리 붉은 야생 새〉 뒤에 낙서를—아마도 욕설임이 분명한—적어놓았으나 아무도 그것을 발견한 사람은 없었다. 그는 자전거를 가지고 있었고 매일 수 킬로미터를 달려 일하러 갔고 주말이면 공원으로 산책을 갔고 여자친구가 떠나갔을 때도 그 아름다운 명랑한 표정을 잃지 않았다. 그가 이곳을 떠난 것이 언제인지는 정확히 알 수 없지만 아마 지금도 스무 살을 넘기지는 않았을 듯하다.

젊은 커플이 살았던 적도 있다. 그들은 보조 간호사와 쇼핑센터 모자 코너의 여종업원이었다. 좀 독특한 형태이기는 했으나 그들은 서로 사랑했고 그것이 오래 지속되리라 생각했다. 서로 고유한 이름을 갖고 있기는 했으나 그들은 서로에게 새로운 이름을 선물했고 같이 있는 동안 서로를 그것으로만 불렀다. 이곳은 그들의 첫 보금자리였다. 보조간호사는 소심하고 내성적이면서 고독한 성격이었고 쇼핑센터의 여종업원은 그 반대의 성향이었다. 그들은 서로의 발가락을 간질이기도 하고 작은 침대 속에서 소리내어 책을 읽어주거나 텔레비전의 쇼핑 채널을 보면서 밤을 보냈다. 보조 간호사는 새로운 형식의 머리 세팅롤을 갖고 싶어했고 쇼핑센터의 여종업원은 좀 비싸지만 히말라야의 여행상품권을 탐냈다. 그들은 잡지의 사교란에 실린 광고를 통해서 서로 만나게 되었다. 그리고 만나자마자 함께 살게 되었다. 만일 보조 간호사가 11월 어느 오후에 창을 열고 그 자리에서 어떤 망설임도 없이 그대로 뛰어내리는 사고가 일어나지 않았다면, 그랬다면 그들은 희망대로 나중에 아이를 입양하여 가정을 이루고 살게 되었을지도 모른다. 그러나 보조 간호사는 훨씬 이전부터 심각하게 병들어 있었고 마침내 스스로도 어쩔 수 없게 된 것이다. 그 일이 있은 후, 쇼핑센터의 여종업원은 짐을 꾸려 고향으로 떠났다.

아침이 구름 사이로 창백한 빛을 실어다준다. 아직 거리의 가로등들은 꺼지지 않았지만 날은 완전히 밝았다. 그러나 역시, 언제나와 조금도 다름없이 우울한 날이다. 눈에 보이는 어떠한 것도 마음을 결코 자극하지 않는다는 점에서 그렇다. 이제 눈은 완전히 갈색의 비로 바뀌었다. 아홉시 십오분이 되자 라디오는 흥분되어서 〈베를린 몰락〉의 피날레를 연주하고 있다가 저절로 겸연쩍어진 듯이, 갑작스럽게 멈추어버렸다. 잘못된 순간에 등장해버린 서투른 배우가 도망치듯이 말이다. 하켄크로이츠 낙서가 어지러운 복도의 엘리베이터 곁에서 두 사람이 서서 이야기하고 있다. 둘 다 멀리서 보기에는 같은 종류로 보이는 두터운 갈색 코트와 펠트 모자로 무장하고 있었다. 한 사람은 우산까지 들고 있었다. 발을 구르면서 시계를 들여다보는 그들은 초조해 보였다.

"방 하나짜리 집이군. 단지 침실 하나뿐인 집 말이야."

한 사람이 신음하듯 말하고 쿨럭 기침소리를 냈다. 큰 체구였지만 건강하지 못하고 나이들어 보였고 근심이 가득한 표정을 타고난 듯했다.

"나는 방을 빌릴 건지 아직 결정하지 못했어. 추위를 많이 타는데 말이야, 이곳은 너무 춥구만. 너무 추워. 도무지 어쩌자는 건지. 그리고 난 차도 없는데, 이 근처에는 물건을 살 만한 상점이라고는 하나도 없지 않으냐 말이야."

"그건 네가 생각하기에 달렸지."

다른 한 사람이 좀 성의 없게 대답했다. 조금 왜소해 보이는 그는 비슷한 차림새였으나 값비싸 보이는 가죽가방과 장갑을 가진 점이 달랐다. 교활해 보이기까지 한 진한 눈썹을 전부 가릴 정도로 모자를 깊게 눌러쓰고 있었다.

"방 하나짜리 집이란, 방이 두 개 있는 집보다는 값이 싸고, 그건 당연한 얘기지. 무엇보다도 넌, 조용하고 전망이 좋은 장소를 생각하지 않았는가 말이지. 그걸 생각해야지. 여긴 광장 한가운데에 서 있는 아파트먼트라고. 그걸 생각해야지. 여기서는 아무도, 아무도 널 방해하지 않는다고. 심지어는 널 찾아낼 수조차 없을 거야. 그 점이 중요하니까 말이지."

"그래도 여긴 너무 추워. 마치 얼음장 같구만. 게다가 그런 점을 감안한다면 너무 비싼 것도 같군."

체구가 큰 사나이는 갑작스러운 딸꾹질을 하면서 어깨를 움찔 떨었다.

"불평이나 엄살이 너무 심하면 말이지, 어떤 일도 하지 못한다는 걸 알아야지. 그리고 네 말대로 엄연히 방 하나짜리 가구 딸린 셋집이야. 난민수용소 따위는 아니란 말이지. 그러니 거기에 해당하는 돈을 내야 한단 말이지. 세상일이란 그렇잖아. 그래도 네가 결정하는 문제니까 말이지, 나는 더 이상은 참견하지 않겠어."

엘리베이터가 멈추고 문이 열렸다. 그들은 그 안으로 들어갔다. 문이 닫히고 엘리베이터가 수직으로 내려갔다. 좁은 엘리베이터 안에서 그들은 한 마디도 나누지 않았다. 문이 열리고 그들은 우편함이 있는 로비에서 내렸다.

"자, 이제," 체구가 작은 사나이가 앞서 걸어가며 말했다. "언제까지 결정할 건지 말해주겠어? 아니면 나로서도 곤란하니까 말이지."

"잘 모르겠어. 지금으로서는 다른 방을 좀더 보았으면 하는데."

"그렇다면, 뭐 좋을 대로 하지 그래."

작은 사나이는 포기했다는 표정으로 이렇게 말하고는 자동차를 세워놓은 곳으로 향했다. 그러다가 갑자기 생각난 듯이 큰 사나이를 돌아보았다.

"아, 그리고 내가 지금에야 생각이 났는데 말이지, 난 다른 방향으로 가야 해. 다른 방향, 말이야. 중요한 약속이 있었는데, 그게 다른 방향이지 뭐야, 완전히 반대 방향이지. 그래서 처음에 말한 것을 지킬 수가 없는걸. 미리 말하지 못해서 미안해. 하지만 깜박 잊었다는 말이지. 이런, 시간이 얼마 남지 않았군. 중요한 손님이라서 기다리게 할 수가 없어. 미안해. 그럼 다음에 보자고."

작은 사나이는 자신의 차에 올라타고 시동을 켜고 그러고는 순식간에 마치 홀가분하게 달아나듯이 사라져버렸다. 큰 사나이는 뒤에 남겨졌다. 차가 떠나기 전에 큰 사나이는 팔을 흔들면서 당황해서 소리쳤다.

"뭐라고? 이런, 난 정말 이곳을 잘 몰라. 너도 잘 알잖아, 내가 이 도시가 처음이라는 걸. 어쩔 셈이지? 이렇게 오랜만에 만나서 겨우 차 한 잔도 마시지 않고, 이대로 헤어진단 말이야……?"

그러나 곧 그는 단념하고 휘두르던 팔을 거두어내리고 얌전하게 코트 깃을 여몄다. 그의 시선은 전차 정류장을 향했다. 적어도 전차를 탄다면, 길을 잃지는 않을 것이다. 방을 빌리는 문제는 그다음에 생각해도 늦지 않겠지. 신호등이 바뀌자 그는 서둘러서 횡단보도를 건너기 시작했다. 비가 그치고 구름 사이로 햇살이 비치기 시작했다. 짧고 차가우며 불안한 광선이 서치라이트처럼 거리를 검토하듯이 지나쳐갔다. 그러자 그 순간에는 모든 것이 갑자기 깨끗한 얼음처럼 반짝였다. 텅 빈 상점 건물의 커다란 유리창, 그늘에 쌓인 눈, 그것이 녹아서 물기가 되어 고인 길가의 웅덩이, 촉촉하고 매끈거리는 전차의 선로, 빗물에 젖은 노란색 도로 표지판—다섯 개의 검은 화살표와 한 개의 비행기가 그려진. 사거리를 지나가는 큰 사나이의 갈색 외투가 점점 멀어져간다. 그는 내려다보이는 유일한 '걷는 사람'이다. 단 한 명의 보행인을 제외한다면 이 거리는 여전히 완전히 비어 있는 것이다. 그는 점점 작아지고 있다. 그러다가 이윽고 보이지 않는다. 구름이 다시 옷깃을 여미는 것처럼 하늘을 완전히 먹색으로 닫아버리는 순간, 전차 정류장 근처 어딘가에서 그의 모습이 공기에 흡수되듯이 사라져버렸다. 그리고 더이상 아무것도 반짝이지 않았다.

사람들이 북적거리는 곳으로 가기 위해서는 전차로 최소한 다섯 정류장을 더 가야 한다. 그러면 지하철과 극장이 있는 마짠 쇼핑센터가 나온다. 그동안 전차 안에서 볼 수 있는 것은 오직 길가에 음울하게 서 있는, 텅 빈 건물들뿐이다. 몇 년 동안이나 아무도 입주하지 않은 채로 있는 건물도 많았다. 세놓음, 이라는 커다란 광고판은 이곳에서 흔하게 볼 수 있는, 유일한 메시지이다. 사회주의적 통일성과 효율성을 자

랑하는 똑같은 모양의 텅 빈 건물들이 전차와 같은 속도로
달리고 있다. 일부러 약속한 듯이 일정하게 같은 높이로 지
은, 완벽한 콘크리트의 사각형 건물들, 아직 팔리지 않은 채
풀이 무성한 빈 공터로 남아 있는 선롯가의 건물 부지들, 전
차의 유리창 너머로 계속해서 따라오는 메시지, 세놓음, 세
놓음, 세놓음…… 허공에 가득한 나약한 빛의 먼지들. 주말
저녁이면 이 동네의 젊은이들은 엉덩이가 꼭 끼고 통이 헐렁
한 바지와 짧은 재킷을 입고 쇼핑센터와 극장과 볼링장에 모
인다. 그러나 대개의 경우 쇼핑센터 앞에 있는 지하철의 입
구에는 그 흔한 거지나 개 한 마리도 보이지 않는다. 그것은
낙서로 어지러운, 사나워 보이는 입을 쩍 벌린 채 광장 한가
운데에 있다. 밤에 이 지역은 정직하게 말해서, 혼자라면 좀
기분이 나쁘다.

　삐빅, 하고 망치처럼 공간을 치며 길게 울리는 벨소리가
들렸다. 아래층 입구의 현관문이다. 물론 당연히 잘못 누른
것이 분명하다. 그러나 포기하지 않고 다시 벨이 울린다. 벨
소리가 방의 침묵을 폭력한다. '왜 대답하지 않는 거지?' 아
래층 현관 앞에서는 바이올린 케이스를 든 비쩍 마른 청년이
초조하게 기다리고 있다. 그는 자신이 집을 잘못 찾았다는
것을 알지 못한다. '왜 대답하지 않는 거지?' 그는 반복해서

생각한다. 137번지. 틀리지 않았다. 그런데 왜? 그는 누군가에게 길을 물었다. 그리고 이 건물이라는 대답을 들은 것이다. 건물 입구에는 분명히 번지 표시가 되어 있었다. 137번지 1323호. 그런데 왜? 어쩌면 그 방에 사는 사람은 청년이 오늘 찾아온다는 사실을 잊었는지도 모른다. 그래서 문을 열어주지 않고 있는지도 몰랐다. 다른 사람에게라도 부탁해서 문을 열어달라고 한 다음에 직접 그 방으로 찾아가는 수밖에 없다. 그는 시간이 많지 않은 것이다. 청년은 1324호와 1322호, 1333호, 1313호, 1303호의 벨을 모두 눌러보았으나 역시 아무도 대답하지 않았다. 청년은 한숨을 내쉬었다. 그는 계속해서 아무 방이나 벨을 눌러대었다. 그러다가 마침내 목소리 하나를 얻었다.

"뭐예요?"

중년의 여자 목소리였다.

"죄송하지만 문을 좀 열어주시겠어요? 난 이곳에 중요한 약속이 있는데 집주인이 잊었는지 문을 열어주지 않는군요."

"뭐라고요?"

"문을 좀 열어주시면 고맙겠습니다. 난 바이올린 레슨 부탁을 받았는데 그것은 나에게 아주 중요한 일이라서, 그런데 이곳이 가르쳐준 주소이고 오늘 시간도 맞는데 문을 열어주지 않아서 들어갈 수가 없군요. 그러니, 문을 좀 열어주었으면 해서요."

"도무지 못 알아듣겠네. 그러니까 당신은, 이곳에 찾아온 사람이 맞는데, 당신이 이곳에 들어와야 하는데 그 누군가가 문을 열어주지 않는다는 건가요?"

"네, 맞습니다."

"그래서 나에게 문을 대신 열어달라는 거군요."

"그렇죠."

"찾아갈 방이 몇 호인데요?"

"1323."

"그런데 왜 내가 문을 열어줘야 하는 건지, 별일이네, 참. 이봐요, 난 1105호에 사는데, 그 말은 당신이 벨을 누른 이곳은 지금 1105호란 말이에요. 1105호와 1323호는 비슷하지도 않은 숫자인데, 이상하군요. 왜 그러는 거지요? 그의 이웃에게 부탁해야 당연하다는 생각이 드는데요."

"나도 물론 그러려고 했지만, 아무도 집에 있질 않아요. 아무도 대답하지 않는단 말입니다."

"설마 그럴 리가요. 이런 날씨에는 사람들은 외출을 잘 하지 않는답니다."

"정말이라니까요. 오늘 난 반드시 레슨에 관해서 이야기를 마치고 돈을 받아야 해요. 나로서는 상당히 급한 문제란 말입니다. 그러니 문을 열어주시면,"

"돈? 지금 돈이라고 했어요?"

"네, 레슨비 말입니다. 내가 오늘 선불로 받기로 되어 있는 돈이죠."

"어쨌든, 돈이라고 한 것이죠?"

"레슨비요."

"돈은 돈이죠. 레슨비든 뭐든 결국 다른 것은 아니잖아요."

"그 말은 맞군요. 문을 열어주시겠습니까?"

"내 생각에는, 오늘은 그냥 돌아가고 나중에 다시 방문하는 것이 좋을 것 같군요. 아니면 다른 이웃에게 부탁해보든가요. 나는, 내가 문을 열어주는 것은 그다지 좋은 생각이 아닌 것 같아요. 게다가 돈을 받으러 온 사람에게……"

"아, 당신은 아주 오해하고 있어요. 그런 게 아니란 말입니다. 게다가 단지 문을 열어주는 건데 뭐가 문제라는 건지 잘 모르겠군요."

그러나 여자는 철커덕 소리를 내며 인터폰의 수화기를 내려버렸다. 청년은 힘이 빠져 그 자리에 주저앉았다. 더이상 다른 집의 벨을 누르고 이런 대화를 다시 시작할 의욕은 없다. 그러나 청년은 그 돈을 반드시 오늘 받아야만 하는 것이다. 그는 주머니에서 주소가 적힌 쪽지를 다시 꺼내서 들여다보았다. 아무런 소리도 들리지 않는 시간이 조용히 흘렀다. 청년은 쪽지의 주소를 천천히 다시 읽고 하늘을 한 번 쳐다보고 주변을 둘러보았다. 공중전화까지 가기 위해서는 꽤 먼 거리를 걸어야 했다. 주소의 거리 이름을 그는 천천히 반복해서 읽었다. 그리고 손으로 머리를 감싸고 바닥을 쳐다보며 고개를 숙였다. 그러다가 자리에서 벌떡 일어났다. 그는 걷기 시작했다. 처음에는 마지못해 다리를 질질 끌듯이 하며 걸었지만 서서히 몸을 곧추세우고 걸음을 빨리했다. 그러다가 문득 길 한가운데에서 멈춘 채 잠시 고개를 절레절레 흔들고는 다시 주머니에서 쪽지를 꺼내어 주소를 읽었다. 거리 이름과 번지를 입속에서 굴리듯이 여러 번 발음했다. 저편에서 종소리를 울리면서 전차가 다가오고 있었다. 그는 결심한 듯이 종이처럼 얇은 입술을 꾹 다물고는 그편을 향해서 뛰어가기 시작했다. 뛰면서 그는 웃는 것인지 우는 것인지 알 수 없는, 힉힉, 하는 우스꽝스러운 소리를 내고 있었다.

"뭘 찾고 있는 거냐?"
"내 교과서하고 숙제 노트요."

"교과서와 숙제 노트를 왜 쓰레기 통로에서 찾는 거냐? 방해가 되니 좀 비켜라. 내 쓰레기를 버려야 하니까."

"하지만, 내 숙제 노트를 찾아야 난 숙제를 마칠 수 있는걸요. 그리고 교과서가 없으면 안 돼요. 내일 학교를 가야 하는데."

"내 말은, 도대체 왜 숙제 노트랑 교과서를 이런 데서 찾고 있느냐고!"

"펜이 전부 버려버렸어요."

"뭐라고? 펜이라니, 펜이 누구야?"

"펜은 뚱뚱하고, 앞니 사이가 벌어진 남자예요. 손도 무척 커요."

"그래 내 말은, 도대체 그 남자가 누구란 말이야?"

"엄마의 새 남자친구."

"뭐라고? 정말 재미있는 얘기구나. 네 엄마의 남자친구는 키가 작고 턱에 수염을 기르는 버스 운전사가 아니냐? 그런데 갑자기 무슨 소리야?"

"그는 이제 우리랑 같이 살지 않아요. 이 주일 전에 엄마랑 헤어졌는걸요."

"뭐라고? 까맣게 모르고 있었군. 그래, 그다음에 네 엄마의 남자친구가 된 게 그 뭐라는, 펜이라는 남자냐?"

"네."

"그런데 왜 펜은 네 노트랑 교과서를 버려버린 거냐?"

"그는 술에 취하면 난동을 부리고 엄마를 때리거든요. 그리고 아무거나 다 버리고 부숴버리곤 하죠."

"그럴 리가. 그런데 왜 너의 물건을 버리는 거지? 너는 아무런 상관도 없고 잘못도 없잖아. 그렇지 않아? 그는 단지 너의 엄마의 남자친구일 뿐이잖아. 그렇지 않아?"

"그건 그렇지만."

"그런데 왜 그는 너의 물건을 버리는 거지? 그렇다면 그가 잘못하는 거야."

"네, 맞아요."

"중요한 핵심은, 왜 그가 너의 물건에 손대는 거지? 그는 그럴 권리가 없어. 그는 네 엄마의 남자친구일 뿐이잖아. 도대체 왜, 너의 물건이 그의 손에 닿는 곳에 있는 거지?"

"난 집을 구할 돈을 벌 수가 없어요. 아직 나이도 어리고, 그리고 요즘은 집세도 너무 비싸요."

"그는 그런 문제들을 고려해야만 해. 그 뭐라는, 뭐라더라? 이름이……?"

"펜."

"그래 맞아, 펜. 그는 너의 물건에 손대면 안 돼. 그렇지 않니? 그에게 누군가 말해줘야겠다. 따끔하게 말이야. 예를 들자면 학교 선생님이 그에게 편지를 쓰든가 아니면 너의 엄마라도 말이야."

"엄마는, 내 일에 신경 안 써요. 난 빨리 노트를 찾아야 해요."

"어리석게도 넌, 정말 중요한 일을 생각하지 못하고 있어. 앞으로 또 이런 일이 일어난다면 넌 어떻게 하겠니? 그러니까 먼저 펜이라는 작자와 확실하게 이야기를 해야 해. 네 물건을 건드리지 말라고 말이야. 그렇지 않니? 그러니 네 엄마든 누구든, 그 문제를 분명히 해야 해. 넌 그냥 네 엄마 집에서 같이 살 뿐이지, 펜이 그러고 있는 것처럼 말이야. 펜인가하는 작자와는 아무런 관련도 없잖아, 그렇지?"

"그렇긴 하지만, 지금 당장은, 난 내 노트와 교과서를 찾아야 해요. 숙제를 하지 못하면, 계속 이런 식으로 해서 졸업하지 못하면 난 일자리를 찾지 못하게 될걸요."

"내 말을 계속해서 들어봐. 네 엄마가 아니라면 너라도 직접 말해야 하지 않겠니? 넌 그들과, 즉 그들의 문제와 직접 관련이 없는 인물인데 말이야. 그런데 그가 네 물건을 망가뜨릴 때 너는 어디에 있었니?"

"문밖에 서 있었어요."

"그건 또 왜?"

"문을 열어주지 않아서요."

"그래서 잠은 어디서 잤지?"

"관리인 집에서."

"이런, 그럼 관리인도 전부 다 알고 있겠구나."

"네."

"넌 그에게 말해야 해. 너도 이제 다 크지 않았니? 키도 크고, 겉으로 보기에는 어른처럼 보이는구나. 그러니 넌 말할 수 있어. 네 물건에 손대지 말라고 말이야. 졸업을 하고 일자리를 찾을 때까지만 너는 그 집에 머무는 거잖아. 지금도 물론 조금이라도 돈을 내고 있겠지. 그러니 너는 권리가 있어. 네 물건에 손대지 말라고 말해. 지금 당장이라도 말이야. 그는 지금 집에 있겠지? 어제 곯아떨어졌을 테니까. 지금 당장 가서 그에게 말해. 내 물건은 중요한 거고, 그리고 엄마와는 아무런 상관도 없으니 절대로 손대지 말라고 말이야. 쓰레기통을 뒤지는 일은 그다음에 해도 좋지 않겠니? 내 생각에는 그편이 훨씬 더 합리적이고 앞으로를 생각하면 훨씬 더 현명한 일인 것 같은데. 안 그러니……? 그러니 지금 가서 말하는 편이 좋겠다. 그렇게 뚱한 표정을 짓지 말고 내 말을 들어…… 빨리, 빨리 지금 당장 가란 말이야……"

복도에서 울려퍼지고 있는 것은 텔레비전 소리다. 누군가 텔레비전을 지나치게 크게 틀어놓았다. 아니면 저절로 켜지게 되어 있는 텔레비전일지도 모른다. 텔레비전은 심야영화를 재방송해주고 있다. 등장인물들이 심하게 사투리를 쓰는 영화이다. 두통을 유발하는 바람이 복도의 환기창을 통해 훅 불어왔다. 화약 냄새가 진동하는 바람이다. 화약은 위층에서 터지고 있었다. 위층에 사는 사람은 창문을 열고 연말 파티에서 쓰고 남은 폭죽을 몽땅 터뜨리고 있다. 십오 분마다 한 번씩 터지는 소리가 들렸다. 그리고 코를 찌르는 화약 냄새와 하얀 연기, 종이와 화약 찌꺼기가 허공에 포물선을 그리며 떨어졌다. 창문이 열려 있었다면, 불꽃이 방안으로 들어와 커튼에 불이 붙었을지도 모른다. 창가에는 책상과 의자가 놓여 있었다. 원래는 침대 뒤 벽 쪽에 있던 것이었으나 마지막 거주자가 창 바로 곁으로 가져다놓았다. 시력이 약하기도 했던 그는 광선이 필요했던 것이다. 한낮이 지나가는 시간이었으나 검은 재를 뒤집어쓴 것처럼 모든 것이 어두웠다. 부엌문 앞에서 사람의 그림자가, 그렇게 보이는 것이, 더 자세하게 말하자면 단지 사람의 발처럼 보이는 것이, 사람의 발이 신은 슬리퍼의 모습이 잠시 머뭇거리다가 사라졌다. 슬리퍼 위에 있어야 할 사람의 다리나 목욕타월은 보지 못했다. 바람도 없는데 완전히 닫히지 않은 부엌문이 기묘한 소리를 내었다. 아마도 폭죽이 터지는 진동 때문일지도 몰랐다. 연이어 다시 폭죽 소리가 나면서 바람에 부엌 창문 쪽으로도 조각조각 부서진 폭죽 불꽃이 애처롭게 반짝이면서 빠른 속도로 어둠 속으로 소멸해가는 것을 볼 수 있었다. 그 조그만 불꽃놀이의 관객이 되고 있는 것은 부엌 창문 아래 난방기구 밑에 놓인 짝 잃은 먼지투성이 낡은 슬리퍼 하나뿐이다.

"나는 말이지, 언제나 내 이름이 마음에 들지 않았어. 왜냐하면 너무 흔한 이름이어서 같은 이름을 가진 사람들을 너무나 쉽게 만날 수 있었거든. 내 할머니도 같은 이름을 가지고 있었어. 게다가 가까운 친구 중 한 명의 할머니도 같은 이름을 가지고 있었지 뭐야. 같은 교실에서 수업을 받는 아이들 중에 같은 이름을 가진 아이가 언제나 한 명 이상은 반드시 있었어. 학교를 졸업한 다음에도 거리에서 내 이름을 부르는 소리를 여러 번 들었어. 그래서 뒤돌아보면 나를 부르는 것이 아니야. 심지어는 말이야, 예전에 이렇게 지금 내려다보이는 것처럼 아무도 없는 커다랗고 넓은 거리를 새벽에 걸어가고 있었는데, 누군가 내 이름을 부르는 소리를 들은

적이 있단 말이야⋯⋯ 나는 혼자 걷고 있었고 그곳에서는
아무도 나를 몰라⋯⋯ 당연하지. 여기서 몇천 킬로미터나
떨어진 곳인데. 새벽 세시였어. 그곳은 여름이면 밤에도 해
가 완전히 지지 않아서, 잠에서 잘못 깨어난 저녁과도 같은
빛이 밤 내내 계속되지. 새벽 세시에 나는 그곳을 혼자서 걷
고 있었단 말이야. 아주 커다랗고 비행장처럼 넓은 도로였는
데, 중심가에는 사방에 굴뚝이 달린 공장이 있고 나머지 블
록은 공장 노동자들과 그 가족들의 거주지였는데 빵틀에 찍
어낸 것처럼 똑같은 모양을 한 연립주택들이 끝도 없이 늘어
서 있었지 뭐야. 그때 난 어느 집에선가 분명히 내 이름을 부
르는 목소리를 들었어. 그것도 한 번이 아니고 오랫동안 여
러 번이나 반복해서 들렸어. 새벽 세시였고, 길에는 다른 사
람이 하나도 없었어. 그런데 그 목소리는 분명하게 반복해서
내 이름을 부르고 있었다니깐. 수백, 수천 개나 되는 붉은 벽
돌의 네모난 방들이 하얗게 번쩍이는 해가 걸린 지평선까지
셀 수도 없이 이어지는 거리 한가운데서 누군가가 나를 부르
고 있는 거야. 창문을 열어놓은 방에서 들려오는 목소리 같
았는데, 도무지 어디에서 들려오는지 알 길이 있어야지. 아,
정말이지 너무 얼떨떨해서 그땐 꿈을 꾸고 있는 것만 같았
어. 잘못된 거다, 라고 생각하면서도 나는 같은 장소를 몇 번

이나 빙빙 돌면서 그 목소리가 나오는 집을 찾고 있었던 거야. 이 블록으로 돌아가면 저편에서 들리는 것도 같고, 또 저편으로 가면 다시 이쪽에서 들려오곤 했으니까 말이야. 마침내는 울고 싶어졌어. 이쪽으로 가도 붉고 네모난 벽돌 건물이고 저쪽으로 가도 마찬가지야. 나는 마침내 길을 잃고 말았어. 그리고 그 목소리까지도 잃고 말았어. 아침이 되고 첫 기차가 다니기 시작할 때까지 나는 그 거리를 빠져나오지 못하고 있었던 거야. 지금도 생각나, 그 초콜릿공장이 있던 거리…… 해가 지지 않던 한여름 밤…… 창문을 열어놓은 붉은 방들…… 거기도 분명히 나와 같은 이름을 가진 사람이 살고 있었겠지. 그렇게 생각하지 않아? 왜 아무 말도 하지 않는 거지? 그래, 이름 이야기를 하고 있었지. 나는 내 이름이 싫었어. 그러나 그것 때문에 나 자신까지 싫어하게 되는 것은 바라지 않아, 정말이지……"

"그러나 지금 분명히……"

"너는 어떻게 생각해? 내 이름이 마음에 드니? 말해줘, 부탁이야. 넌 한 번도 그것에 대해서 말해준 적이 없어."

"그것보다도, 지금 분명히 누군가 밖에서 네 이름을 부르고 있는 것 같은데."

"말도 안 되는 소리야. 누가 나를 부른다는 거지? 이 시간에 길거리에서?"

"귀기울여봐. 지금도 들리고 있어."

"안 들리는데. 그냥 바람소리일 뿐이야."

"그렇지 않아. 지금 분명히, 아, 다시 들렸어."

"난 들리지 않아. 그리고 나는 이곳에 아는 사람도 없어. 내가 이곳에 있다는 걸 아는 사람이 없단 말이야."

"누구지……? 널 부르고 있어. 왜 창으로 내다보지 않지?"

"내다보았어, 분명히. 그런데 아무도 보이지 않아. 이런 시간에 밖에서 도대체 누가 사람을 부르고 있겠어? 봐, 거리에는 죽은 개미 한 마리도 없잖아……"

"모퉁이 그늘에 가려서 보이지 않는 걸 거야…… 여기는 어두우니까……"

"왜 이렇게 화가 나지?"

"나 때문에……?"

"그래, 너 때문에. 그리고 내 이름 때문에."

"아, 다시 들린다."

"다른 사람을 부르는 거야. 내가 말했잖아. 내 이름에 대해서. 언제나 이런 일이 너무 많아. 늘 들리고 있지만, 정말로 날 부르는 것은 아냐."

"아냐, 넌 저 목소리를 알고 있는 것이 분명해……"

"그렇지 않아."

"그렇다면 왜 조금 전까지는 들리지 않는다고 부인했지?"

"지금도 들리지 않아. 그래, 들리지 않는 것 같아. 하지만 네가 분명히 들었다면, 그리고 그것이 맞는다면 그건 이름이 같은 다른 사람을 부르는 거야. 언제나 이런 식이야. 이런 일이 너무 많아…… 다 말하지 않았어? 아, 그런데 왜 화가 나지?"

"너를 화나게 하려는 생각은 없었어."

"그렇지만 내가 화가 나는 것은 너 때문도 아니고 나 자신 때문도 아니야. 저 이름처럼, 나를 방해하는 것들이 너무 많아. 그래서 가끔 화가 나서 참을 수 없어."

"제발, 날 사랑하지 않아?"

"사랑해. 그래도 화가 나는 걸 어쩔 수 없어. 그런데 왜 웃는 거지?"

"지금 네가 창밖으로 집어던진 것이 무엇인지 알고 있어?"

"내가 창밖으로 뭘 집어던졌다고……? 그런 일이 있었단 말이야……?"

"그래, 네가 창밖으로 집어던졌어."

192

"무엇을?"

"내 슬리퍼."

"왜 저렇게 커다란 소리로 불러대는 거지?"

"뭘?"

"이름 말이야. 내 것은 아니지만 내 것과 같은 이름을."

"너는 들리지 않는다고 했잖아."

"들리지 않아. 아니, 들리거나 들리지 않는 것은 아무런 상관이 없어. 그것은 어차피 내 이름이 아니기 때문이야. 그러므로 난 결심했어. 지금부터는 조금도 신경쓰지 않을 거야. 그런데 너는 왜 그렇게 신경쓰고 있는 거지? 어차피 진짜 나를 부르는 것도 아닌데."

"나는 신경쓰고 있지 않아. 신경쓰고 있는 것은 바로 너야. 나는 단지 누가 너를 부르지 않을까, 물어보았을 뿐이야."

"그런데 왜 계속해서 웃는 거지?"

"네가 슬리퍼를 집어던졌으니까."

"그게 우스워?"

"그래."

"화가 나서 그랬어. 초콜릿공장 거리를 걷고 있는 것 같았어. 그곳에서는 길을 잃기 아주 쉽거든. 이 골목이 저 골목과 다르지 않고 저 골목은 같은 모양이 수천 개인 이 골목과 나

란히 놓여 있어. 밤은 낮과 같고 낮은 또 밤과 같았어. 생각해
내는 것만으로도 더이상 참을 수 없어. 다시 초콜릿공장 거리
에서 내 이름을 부르는 목소리를 듣게 된다면, 그때는 내가
슬리퍼 말고 다른 뭔가를 던질 수 있다는 것을 보여주겠어."

　잡지를 어디서 사야 하는지 알 수가 없다. 최소한 한눈에
보이는 몇 킬로미터 이내에서는 신문이나 잡지를 살 수 없
음이 분명하다. 그것뿐만이 아니라 공중전화부스나 휴지통
이나 튀긴 국수 한 접시도 먹을 만한 곳이 보이지 않는다. 우
체국이나 교회조차도 없다. 만일 당장 배가 고프다면, 어떻
게 해야 할지 어느 방향으로 가야 할지 조금도 알 수 없다. 축
축한 눈을 뒤집어쓴 거리는 서서히 어둠에 젖어간다. 세차장
은 벌써 불을 환하게 밝혔다. 그러나 노랗게 불이 밝혀진 드
넓은 세차장에는 단지 두세 대의 차들이 세차를 하기 위해
서 멈추어 있을 뿐이다. 어둠이 완전해지자, 잠시 멈추었던
위층의 폭죽이 다시 터지기 시작한다. 이제 남은 폭죽이 얼
마 되지 않는 모양으로, 그 간격은 더욱 멀어져서 잊어버릴
만하면 갑자기 퍽 하는 소리와 함께 타고 남은 불꽃이 공중
에서 화약 냄새와 함께 떨어져내렸다. 방안에도 드디어 불이
켜졌다. 창가의 의자에 앉아 있는 것은 맨발이다. 오직 맨발

만 보인다. 추운 것인지 왼쪽 맨발이 오른쪽 맨발의 발등을 덮고 있다. 그러다가 다시 오른쪽 맨발이 왼쪽 발등을 덮는다. 그리고 맨발은 자리에서 일어나 서성인다. 맨발은 무엇을 찾고 있는지 부엌과 침실을 계속 서성거렸다. 그러는 사이 '아, 이것이 바로 어둠이라는 것이군, 진짜 어둠이 오고 있네' 하는 생각이 머릿속에서 채 끝나기도 전에 빠른 속도로 완전한 어둠이 하늘 전체와 불빛이 비치지 않는 거리의 모든 곳을 점령해버렸다. 이제 시간은 밤이라고 불린다. 이곳에서는 밤이 어떻게 세계를 잡아먹는가 하는 것을 커다란 창문과 막힌 곳 없는 허공을 통해 자세히 관찰할 수 있다. 이제 맨발은 잡지를 찾아들고 읽고 있다. 그것은 한참이나 지나간 잡지로 창고에서 꺼내온 것이다. 맨발은 여전히 창가의 의자 아래에서 발등을 비비고 있고 잡지는 책상 위에 펼쳐져 있다. 손이 움직이지도 않는데, 스윽 하고 잡지의 페이지가 넘어가는 소리가 들린다. 그것은 텔레비전 프로그램이나 가십 기사 위주의 대중잡지였다. 이 주일에 한 번씩 나오는 것으로 사교란의 개인 광고가 유명한 정도였다. 그곳에는 원하기만 하면 자기 사진을 실을 수도 있었다. 그런데 과연 신문 사교란의 광고에 사진을 싣는 것이 현명한 일인지, 맨발은 생각에 잠겼다.

'안녕하세요. 나는 열아홉 살 난 여자입니다. 열아홉 살 생일이 지난 지 얼마 되지 않습니다. 내 소개를 하자면, 좀 내성적인 편이고 수줍음이 많지만 몸이 약하지는 않습니다. 단지 그렇게 보일 뿐이지요.'

복도의 쓰레기 통로의 문이 쾅 소리를 내면서 닫혔다. 찢어진 교과서, 숙제, 학교, 일자리, 집, 그리고 미래를 결정할 중요한 돈……

'나는 유대인 재단의 병원에서 일하는 보조 간호사입니다. 이 일을 한 지는 이 년 되었습니다. 지금은 주로 밤에 일하지요. 키는 맨발로 섰을 때 일 미터 칠십 센티입니다. 몸무게는 비밀이지만 마른 편입니다. 사실은, 친구를 찾고 있습니다. 특별한 여자친구 말입니다. 나이나 다른 조건은 상관없고 서로 마음이 통하고 진정으로 따뜻하게 이해할 수 있는, 그런 친구를 찾고 있습니다. 그런 친구를 만난다면 함께 살고 싶어요. 가능하다면 오래오래 말입니다. 바람둥이는 싫어요. 꿈이 있다면, 그런 여자친구와 함께 숲이 우거진 언저리의 집에서 같이 사는 겁니다. 시간이 흘러서 나이든 후에는,

가능하다면 아이도 입양해서, 그런 집에서 입양한 아이와 그리고 사랑하는 여자친구와 함께 가정을 만들고 사는 거지요. 내 꿈이 너무 평범하게 보이죠……?'

여자 우체부가 오는 요일을 정확히 알지 못한다. 편지를 부쳐야 한다. 사진을 싣지는 않을 테지만 누군가 반드시 소식을 전해올 것을 마음 깊이 바라고 있었다. 만일 친구를 찾을 수 있다면, 이곳을 떠나 가구 딸린 셋집을 얻으리라. 방은 하나뿐이어도 좋다. 젊은이들로 술렁이지 않는 곳이라도 상관없다. 가까운 곳에 전차가 지나가고 조용하다면 아무 곳이나 신경쓰지 않는다. 예를 들자면, 그렇다, 마짠, 마짠 137번지. 책상 위에는 맨발이 보고 있던, 이미 몇 년이나 지난 잡지가 그대로 펼쳐져 있다. 그런데 침실의 불은 꺼진 상태다. 전구가 이미 한참 전에 고장난 것이다. 맨발의 모습도 사라졌다. 그리고 남아 있는 것은 아무도 없이 방치된 공간의 이토록 견고한 오랜 냉기뿐. 137번지의 현관 입구에는 이 지역에서 흔히 볼 수 있듯이 엷은 금속판이 붙어 있고 이렇게 쓰여 있다.

137번지,

이곳에서 사람들은 편안하고 안전하게 살 수 있습니다.

그리고

거주자 규칙

파티와 개와 어린아이는 금지됩니다.

그럼에도 불구하고 위층의 사람은 흔하게 규칙을 어겼다. 그는 파티를 좋아했고 큰 소리로 음악을 틀어놓는 것도 좋아했고 불꽃놀이도 즐겼다. 그러나 지금은, 그런 그의 행동을 불평할 만하게 가까이 살고 있는 이웃이 없다. 그래서 그는 마음껏 즐기고 있는 것이다. 크리스마스라거나 연말, 혹은 생일이라거나 특별한 주말이거나 아니면 가을의 시작이라거나 혹은 컴퓨터를 이용해 개인 음악회를 연다거나 하는 핑계로 그는 요란한 파티를 벌이고는 했다. 그의 얼굴을 본 적은 한 번도 없다. 음악소리와 요란한 쿵쾅거림은 늘 듣고 있지만 말이다. 그의 파티가 열리는 날은 하루종일 가구를 바닥에 질질 끄는 소리와 쿵쿵 뛰는 소리, 그리고 귀를 찢어버릴 듯한 음악소리가 이 집에 들려왔다. 그의 파티가 태풍처럼 한번 휩쓸고 지나갈 때마다 생각하게 된다. 저렇게 요란하게 틀어대다니, 그의 스피커는 이제 더이상 작동할 수 없을 것이다. 혹은 그의 기계들이 이제는 모두 망가져버렸을 거야. 그만큼 굉장한 파티인 것이다. 그러나 그의 기계는 아무런 문제도 없다는 듯 그는 계속해서 요란한 파티를 열었다. 그의 빈번한 파티에도 불구하고 그의 집을 찾아오는 사람이 하나도 없다는 사실만 제외한다면, 심지어 파티가 한창일 때도 열린 그의 창을 통해서 들려오는 것은 오직 음악뿐, 사람들의 목소리는 하나도 없다는 것을 제외한다면, 그런 파티중에 가끔 천장을 울리며 사납게 뛰는 소리가 언제나 오직 한 사람의 것이라는 점만 제외한다면 이제 그의 파티는 이상할 것도 없다. 오늘 저녁에도 역시 그의 파티가 시작되려 한다. 마─짠. 누군가 부르는 소리가 들린다. 그러나 어디서 들려오는지는 정확하지 않다. 거리는 보통 때와 마찬가지로 사람 그림자 하나 없이 조용하다. 마─짠, 마─짠. 젠장(투덜거리면서), 그가 또 파티를 여는군. 똥이나 먹으라지. 손가락으로 유리창을 톡톡 튀기는 듯한 소리가 나고 스피커에서 두 번 절규하는 높은 소리가 나더니 곧 음악이 시작되었다. 두두두두두두둥, 라, 라…… 굉장하다! 최대 볼륨이었다.

　동성애자 소녀
　우리는 동성애자 소녀
　세 명의 동성애자 소녀가 함부르크의 거리를 걸어갈 때

사람들은 말을 멈추고 모두 우리를 쳐다보네
무슨 일이 일어날까 기다리면서……

집돼지 사냥

하늘의 길

기차에서 내리면 철도 분기점의 역이다. 차가운 불꽃이 튈 듯이 따끔거리는 공기다. 12월 한 달 내내 비는커녕 눈도 내리지 않았다. 웅덩이의 물은 얼어붙거나 아니면 말라버렸다. 어느 해, 극동의 겨울은 극심하게 차고 건조한 경우가 있는데 지금이 바로 그런 때였다.

택시를 타고 하늘의 길, 이라고 말한다.

그러면 택시는 나를 그곳으로 데려다준다. 길에는 끈적이는 수액의 흔적이 검은 화석처럼 말라붙은 나무들이 늘어선 가로수가 있고 도로는 질 나쁜 아스팔트로 포장되어 있다.

조금 달리다보면 길가 담벼락에 페인트로 쓰인 글자가 보인다. '하늘의 길 농장, 여기서부터 1.5km'. 어두운 보라색 가지들이 아직 서리를 머금고 있는 이른아침. 길 오른편은 불에 타다 만 빈약한 숲이고 왼편은 도시로 이어지는 낮은 담벼락의 변두리 길이다. 농장은 오래지 않아 나타난다. 그곳에는 구별되지 않는 표정의 건물들이 동 호수를 기록한 노란색 번호를 옆에 매단 채 화난 것처럼 입을 꾹 다물고 있었다. 그곳에서 내가 맨 처음 만난 사람은 12동이라고 쓰인 곳에서 걸어나오는 한 노파였는데 그녀는 너무 나이가 많이 들어 보였기 때문에, 이미 이 세상 사람이 아닌 것 같았다.

여느 농장과 달리 이곳에서는 수탉들이 울지 않는다. 양계장도 축사도 없기 때문이다. 하늘의 길에서는 고기를 생산하지도 먹지도 않는다. 그렇기 때문에 올가가 그곳으로 가겠다고 결심하기가 더 쉬웠을 것이다. 올가의 딸 이밀에게는 더욱 상관이 없었을 것이다. 이밀은 이제 겨우 다섯 살 반이 되었을 뿐이니 올가의 식탁에서 떨어지는 빵 부스러기와 올가가 씹어주는 곡물로 충분할 것이다. 이밀은 서른다섯 살이 넘어 낳게 된 딸이므로 올가는 출산 전부터 뭔가 잘못되는 것이 있지 않을까 염려했다. 다행히 이밀에게는 아무런 이상도 나타나지 않았지만 아이를 낳은 다음 올가의 어금니가 몽땅 빠져버렸다. 올가는 틀니를 해넣어야만 했다. 이밀을 낳기 전 올가와 나는 이 년 동안이나 서로 소식을 주고받지 못했다. 그러다가 올가는 나를 그녀의 집에 들어와 살게 했다. 그때가 이밀이 태어나기 겨우 몇 주 전이다. 이밀이 태어나던 날에도 나는 올가의 집에 있었다. 그즈음 이미 올가는 아마 모종의 결심을 하고 있지 않았나 싶다. 때 이른 진통으로 조산원의 산파가 달려오기를 기다리며 올가는 침대 위에서 불안해하고 있었다. 올가의 손목이 틀 정도로 추위가 계속되던 날이었다. 손목을 잡아주기를 바라는 것일까? 나는 올가의 손을 잡으려고 했지만 올가는 뿌리쳤다.

나는 반년에 한 번 정도 올가와 이밀을 만나러 간다.

면회 신청의 절차는 필요하지만 어디까지나 요식적인 것이다. 올가는 이밀이 가벼운 감기에 걸려 농장 내 진료소에 데리고 갔다고 했다. 나는 웨이팅 룸에서 잠시 기다렸다. 대형 무쇠난로 위에서 찻주전자가 끓고 있었다. 반쯤 열린 화덕 입구를 통해서 시뻘겋게 타는 숯이 보였다. 손을 가까이 가져가면 너무 뜨거웠고 난로 앞에서 조금만 비껴나면 이마와 뺨이 금세 싸늘해졌다. 그것을 반복하는 새에 반시간도 되지 않아서 올가가 나타났다. 두꺼운 울 스카프를 머리에 두르고 팔에는 토시까지 끼고 있었지만 콧물을 홀짝이고 있었다.

"아침식사 메뉴는 소금을 넣은 콩죽과 두부와 호밀빵이야. 배춧국도 나오지. 지금 식당에 가면 먹을 수 있어."

올가는 나에게 식사할 것을 권했지만 나는 거절했다. 세면대만큼 커다란 잔에 가득한 커피가 마시고 싶을 뿐이었다. 발은 얼어서 이미 감각이 없었다. 얼음 구덩이가 있는 축축한 땅을 딛고 농장 입구에서부터 오래도록 걸어왔기 때문이다. 택시는 농장 안으로 들어오지 못했다. 올가는 자신의 방으로 가자고 했다. 올가의 방은 15동에 있었다. 식당과 통해 있는 뒷마당을 지나쳐갔는데 얼린 배추를 넣고 끓인 국 냄새가 향긋했다. 올가는 토시를 여미고 나는 코트의 깃을 올려서 추위와 바람을 피했다. 우리는 서로의 안부를 묻고 또 물었다.

올가의 외모는 젊은 시절에 상당히 강하고 날카로운 인상을 주었다. 그러나 나이가 들면서 흰머리가 생기고 뺨의 곡선이 빠르게 허물어지고 눈가에 주름이 깊어지면서 좀더 그윽하고 여운이 있어 보이는 외모로 변했다. 올가의 왼편 뺨에는 검은 반점이 핀 것이 눈에 띄고 눈 주변은 푸르스름하게 변했는데 지난번 방문했을 때는 몰랐던 점이다. 한때 올가는 내 모든 것이었다. 나는 그녀가 밟고 지나간 흙에 입맞추었다. 그러나 그녀의 한숨과 불평, 표독스러운 말투나 과민함 때문에 내가 얼마나 고통받았는지. 그러나 어느 순간부터 그녀는 달라지기로 결심했고, 도시에서 태어나고 자란 그녀가 이제 화장기 하나 없는 얼굴에 아무런 장식도 없는 거친 섬유의 옷을 입고 흙을 파헤치거나 찬물에 손을 담그는 농장 일을 하고 있다. 오 년 전만 하더라도 감히 상상조차 할 수 없었던 일이다. 그녀의 두번째 남편이 죽고 이밀이 태어난 직후 올가는 변했다. 올가는 패밀리 네임을 버리고 이름을 바꾸고 가진 것을 버렸다. 지금도 여전히 나에게 올가는 소중한 존재이지만, 그것은 11월의 달빛이나 1982년의 의자처럼 거리를 두고 멀리 있을 뿐이다.

이밀의 뜨거운 이마를 만져주었다. 열이 있었다.

"심각하지는 않아. 약을 먹고 잘 쉬면 곧 나아진다는군."

올가가 커피를 끓이면서 말했다.

나는 올가의 커피를 마셨다. 싸구려 커피였지만 맛이 좋았다. 설탕은 흑설탕뿐이고 크림은 없었다. 창밖으로 흐리고 무겁게 축 처진 하늘이 낮게 펼쳐졌다. 전신주들과 까치집과 농장의 배추밭이 보였다. 올가가 고개를 숙이고 나에게 커피를 더 따라주었다. 스카프 사이로 바랜 회색빛 머리칼이 한움큼 스르르 흘러내렸다. 올가의 어깨에 스웨터가 피곤하게 걸려 있었다. 올가는 몸집이 더 풍만해지고 움직임이 느려졌으며 가끔 한숨을 쉬고는 이유 없이 얼굴을 붉혔다. 붉힌 얼굴 위로 일부러 구겨놓은 듯 까칠까칠한 주름이 잡혔다. 창가에 자리잡은 올가의 탁자 위에는 『데리다와 비트겐슈타인』 그리고 비트겐슈타인의 책 『Blue and Brown Books』가 놓여 있었다. 우리가 'BBB'라고 부르던 책이다. 올가는 책을 읽는 것마저 멈춘 것은 아니었다. 지난번에는 올가의 부탁으로 새롭게 번역된 비트겐슈타인의 『철학적 탐구』를 가져다주기도 했다. 이미 올가는 그 책을 독어본 두 종류에다 1998년에 출간된 영어본과 1994년에 번역된 것을 갖고 있을 때였다. 의자가 삐걱삐걱 소리를 냈다. 방이 좁아서 주방의 한편을 커튼으로 막고 거실로 쓰고 있었다. 난방의 온기는 겨우 거실 쪽에만 머물 뿐이었다. 한 시간 후면 급행열차가 출발할 것이다. 나는 한번 더 이밀의 이마를 만졌다. 열이 좀 내린 것 같았다. 이밀은 말끔하게 눈을 뜨고 의심하듯이 나를 보기만 했다. 반년 전에 보았을 때보다 더 마른 듯했다. 광대뼈와 턱이 뾰족하고 슬픈 듯이 엷은 입꼬리가 처지고 신경질적이고 아름다운 얼굴선을 가진, 젊은 시절 올가의 모습을 닮아가고 있다.

"돌아가면 요란에게 안부 전해줘."

두 잔째의 커피를 마시고 나자 올가가 몸을 굽혀 세번째 커피를 따라주면서 말했다. 올가는 지난번에도 내 안부를 차근차근 물었고 싸구려 커피를 끓여주었으며 마지막으로는 요란에게 안부를 전해달라고 했다. 나는 커피를 마시고 올가는 커피 주전자를 손에 든 채 서 있기만 했다. 매번 다른 점은 하나도 없었다.

급행열차를 타러 역에 도착하니 기름을 태우는 악취가 나는 가운데 선로에서 기차들이 연결되는 소음이 들려왔다. 이른아침과는 달리 사람들이 많아져 부산하고 어수선했다. 나는 조간신문을 두 종류 사고 동전을 찾아 농장으로 전화를 했다. 농장에서 전화를 받은 사람은 올가가 체육관 청소를 하러 갔으며 체육관에는 전화가 설치되어 있지 않다고 말했다.

"급한 일인가요?"

하고 농장의 사람은 전화기 저편에서 물었다. 윙윙 울리는 낡은 전화기의 소음이 대화를 방해했다. 나는 수화기를 귀에 바싹 가져다댔다. 하지만 하늘의 길에서 들리는 목소리는 점점 더 멀어지기만 했다.

"급한 일이라면 사람을 체육관으로 보내서 불러오도록 하겠습니다. 혹시 체육관 청소를 마쳤다면 그다음에는 재봉실에서 작업을 하고 있을 테니까 찾기는 어렵지 않아요. 삼십

분 후에 전화를 다시 걸어주시겠습니까?"

수화기 안에서 벌떼가 우는 듯이 윙윙거리는 소리가 발작적으로 가까워졌다가 사라졌다. 하늘의 길에서는 개인전화를 쓰지 않았다. 나는 괜찮다고 말했다. 급한 일 따위는 조금도 없었던 것이다. 역 구내를 조금 서성거리다가 읽지 않은 신문을 쓰레기통에 버렸다. 이미 충분히 커피를 마셨지만 입안이 말라왔다. 급행열차의 개찰이 시작되었다. 나는 기차에 올라탔다. 플랫폼에 서 있는 사람들에게서 하얀 입김이 나왔다. 삐익삐익 하고 메마른 벨이 울렸다. 이윽고 기차가 출발했다. 황폐한 배추밭과 그 사이사이의 물 웅덩이들과 믿을 수 없을 정도로 같은 모양의 정거장과 정거장과 정거장 들이 지나갔다.

Everybody wants to know my story

'내 아버지는 뚜쟁이에 마약 밀매업자였고 어머니는 삼류 나이트클럽의 가수였다. 나는 버스 터미널의 나무의자에서 태어났고 일생을 통틀어 삼 년 동안 학교를 다녔다. 쇼 무대에서 처음 노래를 부른 것은 열다섯 살이 되기 전이고 열여덟

210

살이 되기 전에 사생아를 둔 아버지가 되었다……' 1950년
대의 〈자서전 블루스〉를 부르던 가수라면 이렇게 노래할지도
모른다. 그러나 M의 경우는 많이 달랐다. 무엇보다 1950년
대에 그는 아직 태어나지도 않았거나 모태 속에서 꼬물거리
는 파충류 형태를 띤 반半생명체에 불과했을 것이고 그의 아
버지는 부동산 사무실 운영에서부터 택시 운전까지 일생 동
안 열두 가지도 훨씬 넘는 직업을 전전했기 때문에 뭐라고 규
명하기 어려운 사회적 정체성을 가진 인물이었는데다가 어머
니는 세 명의 노인들과 여섯 명의 어린아이들을 시중드는 일
로 젊음과 건강을 다 망친 채 햇빛도 들지 않는 자선병원의
무료 병동에서 죽어갔다. 냉소하거나 비현실적이거나 반전시
위를 하거나 환각제를 음용하는 아티스트의 기질 같은 것은
그 누구도 갖고 있지 않았다. M은 일전에 신문기자와의 인터
뷰에서 자신의 아버지는 우울하게 한 시대를 마감한 강제 퇴
직 공무원이었고 어머니는 이화여대를 나온 인텔리 여성이었
으나 일생 동안 아버지의 양심적인 청렴으로 인해 고생하신
분으로 소개한 바 있는데 이는 말짱 헛소리 중의 헛소리일 뿐
이다. 그의 아버지가 부정 공무원 축출이 단행될 때 잠시 동
안 임시직으로 시장 공관에 근무하다가 그만둔 것은 사실이
지만 그건 까마귀 날자 배 떨어진 식이 되어버렸을 가능성이

큰 것으로, 뭐 아무래도 상관없는 일이겠지만 어쨌든 M이 블루스 같은 것은 한 번도 들어본 적이 없다는 사실만은 분명하다. 게다가 M이 장담하기로는 자신이 아직 그 어느 누구의 아버지도—물론 그가 아는 범위 내에서—아님이 명백하다는 것이다. M이 처음으로 돈을 모은 것은 시청에서 위탁받은 도축장과 정육도매상점 운영을 통해서였다. 그러나 그는 언제나 자기 자신이 화가나 문필가가 되어야 한다고 생각하고 있었으며 소설을 통해서—『자서전 블루스: 내 이야기를 듣고 싶다고?』—그것을 이루었다. 자기 자신의 입장을 미화하기 위해서겠지만 M은 항상 대중을 상대로 하는 예술가에게는 '직공의 세기'가 있어야 한다고 말했다. 인생과 사회에 대한 인위적인 수련 말이다. 요란은 M을 대학시절에 만났다. 그 이후부터 M은 잊지 않고 요란을 생일파티에 초대했다.

"혼자 올 거라고는 생각지도 못했는데."

문을 열어준 M은 추위와 피곤에 오들오들 떨고 있는 요란의 푸르스름한 입술을 딱하다는 듯이 쳐다보면서 말했다.

"날씨가 많이 추워졌어. 자동차의 히터가 작동이 안 돼. 집은 난방장치가 이상이 있나봐. 이번주는 모든 게 최악이야. 난초가 얼어죽었어. M, 거기 타월 좀 집어줘. 뭐가 어떻게 되는 건지 모르겠어. 난 그냥, 잠깐만 머물다가 갈 거야. 오래 있을 여유가 없어. 정말이야. 집안에서도 털양말을 신고 있어야 하는걸. 고리키의 글에 나오는 것처럼 두터운 털양말이야. 이런, M 너희 집과는 많이 달라. 창틀마다 종이테이프를 붙이고 두꺼운 담요를 벽에 걸고 그래도 목욕탕과 창고에는 벽에 얼음이 얼고 있어."

요란은 M이 건네준 타월로 머리를 닦으면서 빠르게 지껄여댔다. 요란은 말이 많다고는 할 수 없었으나 한번 입을 열면 너무 많은 이야기를 한꺼번에 쏟아내는 경향이 있었다. 그것은 불안해 보이기 일쑤였다.

"이것 봐, 요란. 집안에 난방이 고장났다니, 참 안타까운 일이군. 하지만 난 희태에 대해서 묻고 있는 거야. 분명히 같이 온다고 하지 않았어?"

"난 그렇게 말한 적 없어. 그는 오늘 새벽 기차를 타고 전처를 만나러 갔어. 뜨거운 커피 끓여놓은 것 있어? 미지근한 것 말고 입술이 활활 델 것 같은 그런 커피 말이야. 없다고? 지금 끓이고 있는 중이라고? 그렇다면 기다려야겠지. 아, 그는 전처를 만나러 지방엘 갔어. 오늘 오전 중으로 돌아온다고 했으니 아마 지금쯤은 돌아오고 있는 길이 아닐까 생각해. 그런데 빵이나 뭐 그런 것 없을까? 난 식사가 시작되기 전에 먼저 뭘 좀 먹고 싶어. 접시나 포크 같은 도구 없이 빨리 먹을 수 있는 것 말이야. 배가 몹시 고프거든. 게다가 집안일에 대해서라면 난 여기 서서 한 시간도 넘게 지껄일 수 있을 정도로 할말이 많아. 하지만 지금 일단은 어디 좀 앉았으면 좋겠어."

M은 수다스러운 요란을 데리고 식당으로 갔다. 그곳에는 이미 M의 또다른 초대 손님인 미타와 항, M의 사촌인 마리와 중학교 물리 선생인 오강주가 있었다. 요란은 가장 마지막에 도착한 손님인 셈이었다. 미타는 요란과 오래전부터 잘 아는 사이이고 항과 동거 커플이었다. 항은 현재 실업중이었기 때문에 미타는 두 가지 일을 하고 있었다. 변두리 학원에서 아이들에게 수학을 가르치는 것과 밤에 일하는 스낵바 아르바이트다. 마리는 십이 년 동안의 수녀생활을 청산하고 부모와 함께 살고 있는, 매력이라고는 찾아볼 수 없는 노처녀였다. 오강주는 키가 크고 건방진 웃음소리를 가진 해병대 출신인데 독선적인 프라이드를 지나치게 감추지 않아서 어디서나 미움을 받고 있는 존재였다. 그들은 이미 뜨거운 국그릇을 앞에 두고 있는 참이었다.

"자, 여기 나타난 여자를 보라고. 이른아침부터 먼길을 달려와서 매우 지친 상태야. 게다가 집안에는 문제가 생겨 풀이 죽은 채로군. 남자친구는 전처를 만나러 여행을 갔대. 그래서 오늘 같이 오지 못했어."

214

M은 이미 잘 알고 있는 사이인 그들을 새삼스러운 방식으로 소개했다. 요란이 자리에 앉자 가정부가 새 국그릇과 쌀밥을 가져다주었다.

"생일 축하해, M."

요란은 아직도 얼어붙은 턱을 덜덜 떨듯이 하며 간신히 인사했다. 어쨌든, 오늘은 M의 생일 모임인 것이다.

"새책이 성공하고 있다니 반갑군, M. 우리는 조금 전까지 그 얘길 하고 있었거든. 그리고 요란, 집안의 문제라니 어떤 것이지?"

오강주가 국물을 떠 삼키면서 말했다. 오강주는 M의 책이 언제나 지루하다고 느끼는 편이었지만 칭찬하지 않으면 질투한다고 생각될까봐 신경쓰고 있었다.

"집안의 난방이 잘못됐나봐. 북극처럼 춥다는군."

M이 요란을 대신해서 말했다. 요란은 가정부에게 뜨거운 국 대신 커피가 마시고 싶다고 부탁하고 있는 참이었다. 다른 사람들은 밥과 오이초절임과 생선을 먹고 있었다. 생일이라고 해서 특별한 음식은 나오지 않았다. 그것이 M의 스타일이었다.

"게다가 왜 하필 오늘 같은 날 희태는 전처를 보러 가는 건지. 우리들, 오래전부터 약속하지 않았어? 이른아침이니까 모두 모이기에 아무 지장이 없다고 해서 그래서 결정한 거잖아. 그도 모르지 않을 텐데."

미타가 친구 요란을 위해서 한마디했다. 그리고 오강주가 계속 물었다.

"도대체 희태는 언제 떠난 거야? 지난주에 통화할 때만 해도 그런 말은 듣지 못했는데. 그리고 집안의 난방이 고장났다면 수리업자에게 전화만 하면 될 텐데 뭐가 문제라는 거지?"

가정부가 커피를 가지고 왔다. 정말로 김이 펄펄 나는 커피다. 요란은 아무것도 넣지 않은 채로 마시기 시작했다.

"처음에는 물론 전화했었는데 일이 바쁘다고 오지 않았어. 수리업자 말이야. 두 번이나 전화해서야 간신히 나타났는데, 오자마자 지하실에 문제가 있다는 결론을 내리고 배관공을 불러달라고 했어. 그래서 배관공에게 전화했더니 일당을 두 배로 주지 않으면 예약을 할 수가 없다고 했어. 일이 너무 밀려 있어서 그렇다는군. 게다가 다음날은 블루 마르타 기념일이라서 아무도 일하지 않는다는 거야. 블루 마르타 기념일이라는 것은 나도 처음 들었어. 그날은 배관공이나 벽돌공이나 하수도 수리업자나 보일러공 누구도 일하지 않는대. 그래서 도대체 블루 마르타가 누구냐고 물어봤는데 아무도 모르더군. 그게 중요한 것이 아니고 일하지 않는다는 것이 중요하다는 거야."

"일종의 비밀 노동조합이 아닐까? 예전에 비슷한 말을 들은 적이 있어. 완전히 일하지 않는 것이 아니라 그 조합에 가입한 비밀회원들에게만 노동을 제공하는 거지."

말없이 밥을 먹고 있던 항이 거들었다. 그동안 항은 좀 여윈 것도 같았다. 항이 일자리를 잃었을 때 사람들은 미타와 항이 헤어질 거라고 생각했다. 한 사람의 수입으로 둘이 함께 살기에는 그들은 너무 가난했고 미타의 수입은 보잘것없었기 때문이다. 항은 예민하고 다정한 성격이었지만 고집이 센 것이 흠이었다. 미타는 항을 잃고 나면 이제 다시는 다른 남자를 찾지 못할까봐 두렵다고 요란에게 말한 적이 있다.

"말도 안 되는 소리!"

오강주가 강한 어조로 받아쳤다.

"그런 종류의 기능 노동자들이 조합을 결성할 리는 없어. 고임금에다가 자유직업을 가지고 있는데. 게다가 잘 숙련된 기능공들의 수는 언제나 부족하기만 해서 그들은 언제 어디서든지 일거리를 구할 수 있는데 무엇 때문에 조합 따위를 결성할 필요가 있겠어? 그런 이상한 소문은 나도 들은 적이 있지만 믿을 것이 없어. 농담성 루머일 뿐이야. 뭐, 블루 마르타 기념일이라고? 누군가 장난으로 지어낸 것이 틀림없어."

"왜 배관공들은 조합을 결성하면 안 된다는 거지?"

미타가 끼어들었다.

가정부가 도미구이를 가져다놓았다. 사람들이 이미 가자미구이와 넙치를 다 먹은 뒤였다. 생선은 기름을 발라 구웠기 때문에 사람들의 입술이 불빛에 번들거렸다.

"난 배관공들이 조합을 결성하면 안 된다고 말한 적은 없어."

오강주의 예의 그 전투적인 어조가 미타를 향했다.

"블루 마르타라는 이름이 너무 우스꽝스러워서 누군가 농담으로 지어냈다는 생각이 든 거야. 그 근거를 댈 수 없으니 비밀조합이라는 허풍도 뒤따른 거고. 그러니까 블루 마르타 기념일이라는 것이 비밀조합의 이름일 리는 없다는 것뿐이지. 난 배관공들이 조합을 만들 현실적 필요가 없다는 걸 논증해 보였을 뿐이라고."

"사실 그 이름이 좀 이상한 것은 맞아. 요란, 그렇지?"

M이 분위기를 가볍게 하기 위해서 요란을 보고 동의를 구했다. 요란은 고개를 끄덕였다.

"역사상 비밀결사라고 이름 붙은 것들은 루머로 판명된 것이 대부분이야. 난 그런 사실에 기초해서 추리해본 거지."

오강주가 논쟁의 결말은 반드시 자신이 내려야 한다는 듯

218

이 덧붙였다. 그러나 미타는 입술을 비죽거리며 대꾸했다.

"하지만 로마 시대의 기독교나 일본 식민지 시대의 공산당 운동이나 모두 당시로서는 비밀결사와 다르지 않았어. 그런데 그건 루머가 아니었잖아?"

오강주는 지지 않고 뭔가 말하려고 했으나 M이 그의 어깨를 잡고 다른 이야기를 시작했다.

"날씨가 너무 추워서 요란이 고생이 많을 거야. 그래서, 요란? 말해봐. 우리가 뭘 도와줄 수 있을지도 몰라. 그래서, 블루 마르타 데이라서 난방시설을 손볼 수 없었단 말이지? 가엾은 요란. 아, 이제 고백하지만 사실 난 다음 작품을 구상중이야. 그 작품에 요란 너와 희태의 이야기를 쓰려고 해. 물론 가명을 쓸 거야. 어떤 방법으로 가공할지는 생각중이야. 어때? 굉장하지 않아? 내가 너희들에게 보내는 호의로 받아줘."

커피를 마시던 잠시 동안 요란은 미간을 찌푸렸다. 그런 것은 생각해보지도 못했지만 일단 싫었다. 도무지 책으로 쓸 만한 무엇이 있는 것은 아니었다. 그들은 흔한 커플이었다. 언제나 친절하고 지나칠 정도로 잘해주는 M이지만 이런 제의는 반갑지 않았다.

"정말 멋지지 않니? 요란, 내가 너라면 너무 근사한 기분일 거야."

마리가 열을 올리며 흥분한 어조로 말했다. 마리의 얼굴은 상기되고 눈동자가 빛났다. 마리는 사촌 M을 열렬하게 숭배하고 있었다. 어쩌면 마리는 질투하는 건지도 몰랐다.

"글쎄, 난 잘 모르겠어. 하지만 사생활이 드러나는 것은 좀 어색해."

요란은 머뭇거리며 말했다.

"사생활이라니, 넌 아직 글이 무엇인지 잘 모르고 있어서 그래. 글은 근본적으로 픽션이야. 설사 그것이 사실이라 할지라도 말이지."

"우리 말고 항과 미타의 이야기는 어때?"

아직도 요란은 내키지 않는다는 표정을 지었다. M이 달렸다.

"요란, 왜 그러지? 넌 기록으로 남는 거야. 소극적인 것이 미덕이라고 생각하는 것은 웃기는 유산이지. 그런 태도는 시골에서 막 올라온 바보 같군. 그런 행동은 요란 너답지 않아. 물론 난 너희들이 끝까지 반대한다면 그 계획을 포기하겠지만."

그때 가정부가 조각내서 튀긴 생선과 이름을 알 수 없는 소스를 바른 연어를 가지고 왔다. 사람들은 염치 차리지 않고 배부르게 먹었다. 마지막으로 커피가 나왔다. 요란은 복통으로 속이 뒤집힐 것 같았다. 기름기가 많은 음식을 이른아침부터 먹었기 때문이다.

"요란, 몸이 불편해?"

미타가 걱정했다.

"추운 집안에서 불편하게 잠들어서 그래. 전부 다 그 집돼지 때문이야. 집돼지가 아니었으면 난방을 고칠 수 있었을 텐데."

요란이 투덜거렸다. 사람들은 식사를 마치고 자리에서 일어섰다. M의 식당은 따뜻했지만 밖은 무척 추운 날씨였다.

"돼지라니, 그게 무슨 소리야?"

요란의 코트 입는 것을 도와주던 M이 물었다.

"블루 마르타 기념일이 지나고 나서 배관공이 지하실로 내려갔을 때 집돼지를 발견했지 뭐야. 그래서 모든 일이 꼬여버렸어."

"요란, 지하실에서 애완용 돼지를 기르나보지?"

마리가 담배에 불을 붙이면서 물었다. 그들 중 마리는 유일한 흡연자였다. 불을 붙인 담배를 눈빛까지 번득이며 빨았다.

"애완용 돼지가 아냐. 몸집이 거대한 집돼지를 말하는 거야. 냄새가 고약하고 심술궂고 잔인하게 찢어진 작은 눈에 하루종일 꿀꿀 끼룩 꺼억 하는 트림 소리를 내고 다니는 날카로운 이빨의 처치 곤란한 짐승 말이야. 그걸 한 번 본 배관

공은 다시는 우리집으로 오지 않겠다고 했어. 지하실 배관을
수리할 수가 없다는 거야."

"이상한 일이군."

펠트 모자와 머플러로 무장하면서 오강주가 고개를 갸웃
거렸다.

"돼지가 있는 것이 배관공의 일과 무슨 상관이 있다는 거
지?"

"그게 아냐."

요란은 답답해졌다.

"집돼지는 뱀이 고개를 쳐들듯이 갑자기 나타났다가 들고
양이보다 빠르게 사라져버리거든. 배관공은 기분이 나쁘다
는 거야. 더러운 짐승을 다른 데서 기르라는 거야. 그래서 내
가 대답했지. 이봐요, 난 저 짐승을 기르고 있는 것이 아니에
요. 저 짐승은 그냥 여기서 사는 짐승이죠. 나도 어쩔 수 없어
요. 바퀴벌레나 지네처럼 살충제로 죽는 종류가 아니잖아요.
처음부터 여기 사는 짐승이라고요. 마룻바닥에 사는 개미나
벽에 구멍을 파고 사는 털거미나 카펫의 진드기나 하수관의
시궁쥐나 오래된 서재에 사는 종이벼룩처럼 저 돼지도 이 집
에 사는 거예요. 그러니 신경쓰지 말고 배관을 어떻게 좀 해
줘요. 그랬더니 배관공은 내 말을 믿지 않고 아주 불쾌한 낯

빛을 하더니 공구박스를 챙겨서 그의 트럭을 타고 떠나버렸어. 그다음에는 전화를 해도 예약을 받지 않겠다는 거야."

"그렇다면 아주 쉬운 일이야. 돼지를 쫓아내면 되는 거잖아."

M이 어이없다는 듯이 픽 웃었다.

"걱정할 것 없어. 다음주에 내가 장비를 가지고 가서 돼지를 쫓아내주지. 그런데 요란, 그놈은 암놈일까, 수놈일까?"

"잘 모르겠어. 사실 난 돼지를 자세히 본 적이 없어."

"몇 마리나 되지?"

"음…… 적어도 두 마리 이상이라고 생각해."

"얼마나 크지? 무게는 얼마나 나갈까?"

"하, 정말로 유심히 보지 않아서 자세히는 몰라. 크기는 이 정도고 무게는 한 삼백 이상?"

요란은 두 팔을 양쪽으로 가득 벌려 상상할 수 있는 돼지의 사이즈를 그려내 보였다.

"뭐야, 그러면 굉장히 큰 놈이잖아?"

사람들이 모두 놀랐다. 마리가 벌떡 일어나더니 불안한 표정으로 M에게 달려왔다.

"M, 그만둬. 너무 크잖아. 잡아먹힐지도 몰라."

"무슨 소리, 돼지는 사람을 잡아먹지 않아."

M은 마리를 무시하고 요란에게 더 이야기해보라고 했다.

"하지만 잘 모르겠어. 어디에 숨어 있다가 갑자기 나타나는지. 내가 본 것으로는, 털빛이 검고 온몸이 축축하게 젖어 있고 끊임없이 뭔가 쩝쩝거리는 소리를 내고 있었던 것으로 기억해. 그리고 솔직히 너무 덩치가 커서 무서웠기 때문에 가까이 가서 보지 않았던 거야. 돼지는 금방 사라져버리고."

"걱정할 필요 없어. 그런데 희태도 알고 있어?"

"알고 있긴 하지만, 난방 문제까지는 아직 몰라."

M은 자신만만한 미소를 지었다.

"돼지를 사냥하는 것은 전문가의 일이야. 너희들도 알겠지만 난 그런 일이 처음이 아니거든. 아마도 내가 해치울 수 있을 거야."

생일 아침 파티가 끝났다.

섹스리스 커플

요란이 희태를 처음 만났을 때 희태는 공장의 기숙사에 머물면서 밤에는 책을 읽거나 가끔 술을 마시러 바에 가거나 하면서 얼굴이 반반한 여공들 중에 데이트할 상대가 있나 찾고 있었다. 희태는 첫번째 결혼이 실패로 끝난 후 계속해서 혼자였고 요란은 남자친구와 헤어진 지 육 개월이나 지났기 때문에 새로운 남자를 만날 수 있는 기회를 찾고 있었다. 그래서 그들은 쉽게 가까워졌다. 희태는 대개 비트겐슈타인이나 러셀을 읽고 번역하는 것이 취미였다. 어떻게 하는 것이 가장 의미가 잘 통하면서도 간결한 문장이 될까 오랫동안 고심하곤 했다. 단지 취미일 뿐인데! 그의 전처와는 비트겐슈타인 클럽에서 만났다고 했다. 클럽은 나이든 지방대학 학생과 일자리를 잃은 몽상가, 에스페란토어 강사와 뭔가 근사한 것을 배워보고 싶어하는 변두리 학교의 여학생들로 항상 붐비는 편이었다. 그의 전처는 그곳의 교사였고 그들은 밤늦도록 김빠진 맥주를 앞에 두고 비트겐슈타인의 문장 하나하나를 번역하며, 보다 적절하고 정당한 길을 찾기 위해 토론하고 또 토론하고 했다는 것이다. 요란은 취미로서의 철학 클럽이나 번역 행위에 전혀 관심이 없었다. 생각해볼 것도 없이 지루한 일임에 분명했다. 그러나 요란은 곧 희태가 M의 책도 읽고 있다는 것을 알았다. 요란은 희태가 내심으로는 M의 책을 좋아하고 있으며 M이 가지고 있는 대중적인 매력도 미덕이라고 생각한다는 것을 알았다. 그들은 즐겁게 대화를 나누고 마침내 요란은 희태를 M에게 소개해서 자연스럽게 그들은 친구가 되었다.

희태는 이마에 주름이 있고 키는 컸으나 자세가 구부정하여 실제보다 나이들어 보였다. 손가락은 휘었고 팔에는 불탄 자국이 있었다. 그는 한때 마술을 배우려 했고 그 일 도중에 알코올램프로 화상을 입은 자국이라고 들었다. 어쨌든 요란은 희태를 성적인 매력 때문에 선택한 것은 아니었다. 사실 희태는 섹스어필하기에는 지나치게 어두운 편이었다. 그들이 처음으로 함께 잠자리에 들었을 때 불을 끈 방안에 가만히 서 있는 희태의 몸은 어둠 그 자체보다도 더 어두웠다. 희태는 팔로 자신의 몸을 감싸듯이 꽤 오랜 시간 안고 있었고 요란은 의자에 앉아 맨발의 발바닥을 긁으면서 생각에 잠겼다.

"좋아?" 하고 희태가 물었다.

"좋아" 하고 요란이 반사적으로 대답했다. 그러나 무엇이 좋다는 것인지 전혀 알 수가 없었다. 희태는 겨우 자기 자신의 몸을 번데기처럼 감싸안고 있을 뿐이니 말이다. 요란은 자신이 느끼는 감정의 정체를 파악하기 위해 애썼다. 그것은 놀랍게도 증오감이 아니라 그 정반대에 있는 무엇이었다. 요란은 언제나 가까이 다가오는 남자들에게 갈망과 함께 증오를 느꼈다. 그것은 이제 너무나 익숙한 일이 되어버린 습벽 같은 고통이다. 남자와 같이 저녁을 먹는다. 비싼 레스토랑에서 근사한 연주를 들으면서 술을 마신다. 그리고 당연한 수순으로 남자가 그녀의 집에 들르기를 원한다. 그들은 커피를 마시거나 벽장이나 지하실의 구조에 대해서 이야기한다. 그리고 그들은 눈빛을 교환하고 껴안고 다정하게 입을 맞춘다. 남자가 그녀의 옷―전부 혹은 일부―이 벗겨지기를 원한다. 대개 그런 것이다. 이미 남자가 그녀의 벽장에 대해서 이야기할 때부터 요란은 맹렬하게 그 남자를 증오하게 되는 것이다. 아니면 지하실의 구조에 대해서 남자가 떠들어댈 때부터인지도 모른다. 처음 방문한 남자들은 거의 모두가 요란의 집 지하실에 흥미를 가졌다. 그것은 전쟁 이전에 지어진 상태 그대로였는데 거의 집 일층 전체의 크기와 맞먹을 정도로 넓었다. 게다가 구조도 복잡해서, 지하 벙커처럼 좁다란 통로와 여러 갈래의 복도에 또 원래는 여러 개의 방으로 나뉘어 있기도 한 것이다. 비록 지금은 낡은 소파나 처치 곤란한 초록빛 카펫이나 장롱처럼 부피 큰 물건을 넣어두는 용도로밖에 쓰지 않지만 허물어진 나무벽을 들추어내면 검은 흙먼지 저편에서 깊은 허공처럼 입을 벌리고 있는 또다른 방의 입구가 나타나는 경험을 할 수 있다. 물론 그녀의 지하실이 투탕카멘의 무덤처럼 비밀의 공간은 아니다. 그렇게 갑작스럽게 나타난 텅 빈 방으로 들어가보면, 곰팡내나는 습한 공기가 불쾌하게 코로 밀려들어오고 겨우 사람이 하나 들어갈 만한 공간에 잡동사니와 쥐똥이 흩어진데다가 홍수 때 허물어진 흙벽이 보일 뿐이다. 그러나 사내아이들은 대개 그런 장소를 좋아했다. 정복자를 기다리고 있는 듯이 보이는 장소 말이다. 요란은 그들에게 지하실은 그냥 아무것도 없이 텅 빈 창고일 뿐이며 그곳을 헬스 시설로 만들거나 당구실 혹은 음악실로 만들 생각이 없다는 설명을 여러 번 반복해야만 했다. 요란의 집은 이미 방이 일곱 개나 되니 더이상 시간과 돈을 들일 이유가 없는 것이다. 그때쯤이면 요란은 입술 아래서부터 시작해서 쓴 물처럼 고이기 시작하는 상대에 대한 이유 없는 갑작스러운 증오감에 당황하게 된다. 그 증오감은 너무나 집요해 심지어 살의를 느낀 적도 있다. 불과 반시간 전만 해도 그 남자들은 친밀하고 매력적이어서 같이 자도 좋다고 생각할 정도였다. 그러나 언제나 요란은 자신의 방에 들어와서 마구 셔츠를 벗으면서 근시에다가 성냥개비 같은 팔다리를 가진 주제에 지하실이 어떻고 전쟁이 어떻고 호치민이나 로멜 장군이 어떻고 떠들어대는 남자들이 싫었다.

이미 성욕은 깊고 어두운 우물 저 밑바닥으로 가라앉아버렸다. 요란에게는 그것이 더욱 다행스러운 일이었다. 성욕의 충족을 위해서 남자들의 몸에서 나는 냄새와 무례하고 폭력적인 언행과 둔감하게 함부로 내는 소음과 결정적인 순간에 마음의 밑바닥을 치는 증오감마저도 견뎌내지 않으면 안 되었던 것이다. 모든 것은 요란에게 슬픔이었다. 요란은 희태가 좋았다. 그러나 성욕은 분명히 다른 문제다. 그동안 충분히 겪어오지 않았던가. 그 순간에 요란에게 필요한 것은 바로 위안이었다. 요란에게서 조금 떨어져 영원히 다가오지 않을 것처럼, 마치 서서히 사라지기로 작정한 것처럼 서 있는 어두운 희태의 몸은 요란에게서 성욕과 증오감을 동시에 앗아갔다. 그토록 치열하고 가증스러운 것들 말이다. 그리고 그것을 대신하는 감정의 에너지가 저 아래로부터 차오르는 것을 느꼈다. 그것은 굳이 묘사하자면 더할 수 없는 위안을 제공하는, 마치 외계로부터 오는 듯한 아주 어두운 빛이라고 할 수 있었다. 섭씨 일천 도가 넘는 빛, 그러나 화상으로 위협하지 않으며 아무것도 보이지 않는. 그는 요란에게 상처를 주지 않기 위해서 일부러 멀리 있는 금성인처럼 보였다. 요란은 알 수 없는 힘에 의해서 흥분했지만 육체적인 것은 전혀 아니었다.

그들은 처음의 두 번을 제외하고는 서로 합의에 의해서 성관계를 가지지 않았다. 흔히 말하는 섹스리스 커플이 된 것이다. 그러나 그것 때문에 어느 한 편이 욕구불만에 시달린다거

나 충족감을 느끼지 못한다거나 마음이 냉담해진다거나 권
태로워한다거나 불안해한다거나 하는 점도 없었다. 심지어는
필요하다면 그 사실을 다른 사람들에게 알리기도 했는데, 그
점으로 인해 구설에 오르는 것을 두려워하지도 않았다. 그들
은 행복했고 마음의 안정을 얻었다. 또다시 새로운 상대를 찾
기 위해 영원히 서성이지 않아도 된다는 안심 말이다.

"그와 헤어진다면 나는 아마 다시 한번 고아가 된 기분일
거야."

언젠가 요란은 오랜 친구인 미타에게 털어놓았다. 그러나
미타는 현실적인 여자였다. 미타는 희태가 전처와의 관계를
완전히 정리하지 못하고 방황하고 있는 것 같아 마음에 걸린
다고 충고했다. 그러나 요란에게 그따위 말은 뭘 모르는 통
방울 같은 소리일 뿐이다. 요란과 희태가 느끼고 있는 이 깊
은 유대의 감정을 전혀 알지 못해서 하는 말인 것이다.

"그것은 뭐라고 말하기 어려워. 그의 전처는 신경쇠약인
가 뭔가 하는 병이어서 오랜 요양이 필요한 거야. 더구나 아
이도 기르고 있잖아. 난 아무렇지도 않아. 우리가 비록 남들
과 좀 다르다면 다를 수 있지만 말이야, 우리들 스스로에게
는 더없이 좋은 느낌이야. 난 이 상태가 가능하면 오래 유지
되기를 바라고 있어."

이미 세 명의 남자와 동거 경험이 있는 미타는 요란이 세상물정 모르는 어린아이에 지나지 않는다고 생각하고 있었다. 부드러운 음식을 먹고 순면 옷을 입고 자라고 부모의 돈으로 사립대학을 나오고 게다가 교외에 있는 멋진 집을 상속받고 옷장에는 실크 블라우스가 가득한 그런 어린아이 말이다. 그런 아이에게는 이 세상의 현실적인 모든 충고란 다 코웃음쳐지게 앙상하면서 왜소하고 불쾌한 것들일 뿐이다. 그러니 미타의 말이 귀에 들어오지 않는 것도 당연하다.

벽장문

요란은 서른 살이 되던 해 어린 시절에 살던 집을 상속받았다. 집은 교외에 있었고 한국전쟁 이전에 지어져 오래되었으나 해마다 보수를 해서 낡았다는 느낌은 들지 않았다. 원래는 뜰이 더 넓고 단층이었으나 지금은 마당 한가운데에 축대가 들어서고 이층을 지어올린 모습이었다. 그래서 집의 반쪽은 늘 어두웠고 축대를 따라서 야생 담쟁이와 검푸른 이끼가 피어났다. 위층은 아래층보다 이십 년 이상 뒤에 지어졌고 이미 그때는 건축의 유행이나 다른 것들이 집이 처음 지어지던 당시와 너무 많이 달라져 아주 기묘하게 아래층과 불균형을 이루고 있었다. 하얀색으로 칠한 창틀이며 장미 화분 모양을 한 베란다의 장식이며 물동이를 들고 있는 여인들의 모양을 한 문손잡이며 마루에 깐 터무니없는 색의 카펫까지 모두 흔히 말하는 상식적인 조화와는 거리가 멀었다. 그에 비해서 아래층은 식민지 시대의 오래된 극장이나 관공서의 축소된 모형을 보는 듯했다. 거무스름하게 변한 견고한 돌벽과 두텁고 완강한 문들과 아주 장식이 없는 크지 않은 창틀까지. 요란은 이 집에서 여섯 살이 될 때까지 살았다. 그때 요란을 돌봐준 사람이 어머니였는지 다른 아주머니였는지는 기억나지 않았다. 원래 이 집은 독신으로 세상을 떠난 요란의 부유한 아주머니의 소유였다. 요란에게는 한 손으로 다 꼽을 수 없을 정도로 많은, 결혼하지 않은 부유한 아주머니들이 있었다. 요란의 집안은 구한말 시절부터 매우 부유했고 집안의 여자들에게 상당한 재산이 돌아가도록 한 가계의 규약이 지켜지고 있었기 때문에 그 시대로서는 상당히 독특하게도 여자들이 전통에 따르지 않고 살 수 있었다. 그 규약을 만든 사람은 구한말 한국을 잠시 방문했던 영국인 탐험가의 딸로, 그녀는 요란의 고조할머니가 된다. 그러므로 요란의 집안에서는 외국인과의 결혼을 제외한다면 여자들이 독신으로 지내는 것이 오래전부터 일반적인 일이었다. 요란과 사촌 자매들이 이 집을 비롯해서 다른 재산을 아버지가 아닌 아주머니들로부터 상속받는 것은, 따라서 전혀 이상한 일도 아니고, 어린 시절부터 약속된 것이나 마찬가지인 셈이다. 집의 원래 소유주였던 아주머니도 아주 어린 시절에 이곳에 살았고 어느 날 아주머니의 아주머니로부터 이 집을 물려받았다. 집은 어린 요란이 도시에서 학교를 다니게 된 뒤 다른 친척이 와서 살다가 그들도 외국으로 떠나서 몇 년 동안은 비어 있었다. 요란이 반드시 이 집에서 살아야 할 필요는 없었다. 어쨌든 불편할 테니 말이다. 그러나 요란은 이곳에서 살기로 결심했다. 어린 시절의 기억은 아무것도 떠오르지 않았다. 같이 살던 여자가 어머니였는지 다른 아주머니들 중의 한 명이었는지도 도무지 기억해낼 수 없었다. 그 당시 이곳은 도시계획에 편입되지 못한 시골이었다. 집 근처 어딘가에 우물도 있었으며 수돗물이 나오는 집은 몇 집 되지 않았다.

아래층에서 이층으로 올라가는 층계 중간에 벽장이 자리잡고 있다는 것이 특별한 점이었다. 보통의 경우라면 거울이나 고무나무 화분이나, 안주인이 멋을 내는 사람이면 콘솔이 자리잡고 있다. 요란이 이곳에 살 때 이런 형태의 벽장이 있었는지 기억나지 않았다. 혹은 어린아이에게는 위험하므로

집돼지 사냥   233

잠가놓았는지도 모르는 일이다. 벽장에는 황갈색 페인트칠이 된 낡은 문짝이 달려 있었다. 문은 매우 커서 벽 전체를 거의 덮고 있었다. 내부는 견고하고 보기보다 넓었다. 어른이 네 사람은 들어갈 수 있는 넓이였다. 처음 발견했을 때 벽장 안에는 아무것도 없었다. 내부의 벽을 두드려보면 둔중한 울림이 전해졌다. 완전한 고체의 덩어리에서 나오는 소리가 아닌, 어딘가의 숨겨진 허공에서 터져나오는 울림이었다. 벽장에 들어가 문을 안에서 닫으면 아무것도 보이지 않는다. 그 안에서 벽을 두드려보면 삼 초나 사 초 정도의 시간이 흐른 다음에 아주 멀리서 북소리처럼 희미하게 연속적인 어떤 울림이 느껴지는 것이다. 벽에 귀를 가져다대고 손바닥이나 주먹으로 벽을 쿵쿵 하고 치면 잠시 동안 영문을 알 수 없는 불안한 침묵이 흐른 다음, 으으으, 하고 메아리 같은 것이 저멀리 아래쪽에서 시작되고 그 소리는 이윽고 여러 개의 잔 줄기가 점차 모여 합쳐서 흐르는 이른봄 강물의 절규처럼 점점 도도하게 커지면서 가까이 올라오는 것이 느껴진다. 날씨나 상황에 따라서 북소리 같기도 하고 신음소리 같기도 하며, 세찬 바람이나 물소리처럼 들리기도 하고 어떨 때는 소리라고 하기에도 애매하고 단순한 공기의 진동이라고 하기에도 의심스러운 그런 것이다. 희태를 데리고 와서 요란은 그에게

234

그 소리를 들려주었다.

"어때?"

요란은 희태가 신기해하며 벽에 귀를 딱 붙이고 서서 주먹으로 벽을 쿵쿵 두드리고 있는 것을 보면서 재미있다는 듯이 물었다.

"지옥의 난장이 나라에서 들려오는 소음 같지 않아?"

"음, 대장간의 불꽃이 타면서 이글거리는 소리처럼 들리는데."

희태는 말했다.

"아니면 이건 지하실에서 들려오는 소리 같아. 땅속 깊은 곳의 암석이 지진이 일어나기 전에 요동치면서 흔들리는 것 같잖아. 이 집에서 가장 깊은 곳이 지하실 아니겠어? 지하실의 숨겨진 방에서 유령들이 울부짖는 것일지도 모르지."

"무슨 엉뚱한 소리야. 그건 동화 같은 생각이야. 숨겨진 방 같은 것은 없어."

요란은 어이없어했다.

"그런데 그게 맞는다면, 어째서 지하실의 진동이 여기서 느껴지는 것일까? 다른 곳에서는 들리지 않는데."

"그것보다 무슨 생각으로 이런 곳에다 벽장 따위를 만들었는지 신기한 일이야."

요란은 쿡쿡 웃었다. 그리고 그들은 밖으로 나가기 위해서 벽장문을 밀었으나 이상하게도 벽장문은 아무런 잠금장치를 하지 않았는데 열리지 않았다.

"이상하다. 좀더 세게 해봐. 문이 열리지 않을 리가 없잖아."

벽장문은 오래전에 만들어진 것이어서 자동으로 잠기는 장치가 있다거나 특수한 센서가 있다거나 하는 것은 아니었다. 단지 밖에서 열쇠로 잠글 수 있게 되어 있었는데 실제로 열쇠 따위는 갖고 있지도 않았다. 비어 있는 벽장이 아닌가. 아무래도 무엇인가 이상이 생긴 듯했다. 결국 희태는 문을 부수기로 결심했다. 그가 하나 둘 셋 하면서 문에 몸을 날렸을 때 벽장문은 어이없게도 간단히 떨어져나가버리고 그 충격으로 희태의 몸은 충계를 계속 굴러서 아래층 주방 앞까지 굴러가버리고 말았다. 벽장문은 결국 잠겨 있는 것이 아니었다. 희태는 몸을 있는 힘껏 충계 아래로 날린 꼴이 되고 말았던 것이다. 녹슨 열쇠구멍의 무엇인가 사소한 오차가 순간적으로 문이 열리는 것을 방해했던 것 같았다. 다행히 희태는 크게 다친 곳은 없었지만 그 일로 벽장문은 완전히 망가져버렸다.

층계를 올라갈 때마다 입을 쩍 벌리고 있는 벽장을 마주

본다는 것은 좀 오싹한 일이었기 때문에 그 일이 있은 후 요란은 서둘러서 벽장문을 수리하기로 했다. 사실 집은 너무 오래되었고 몇 년간이나 비어 있었기 때문에 수리가 많이 필요했다. 문이란 문은 모조리 여닫을 때 삐걱삐걱 소리가 나고 창문 틈새마다 비가 새어드는 것은 예사고 철근은 모조리 녹슬었고 배수 파이프는 물이 샜다. 작동하지 않는 전등 스위치가 두 개나 되고 아래층은 전선이 매우 낡아 누전의 위험이 있었다. 요란은 주로 이층에서 생활하기 때문에 오래되어 낡은 아래층의 문제들은 서서히 고쳐나가리라 생각했지만 벽장문의 경우는 심각하게 느껴졌다. 요란의 생각에 벽장문이란 단지 사이즈가 맞는 두 개의 나무판을 가져와 경첩으로 벽에 고정시키고 메탈 소재의 손잡이를 드라이버로 박아넣으면 완성되는 간단한 것이었다.

"그럼, 간단한 일이지. 그런데 색은 무엇으로 정했어?"

M이 큰 소리로 이렇게 물을 때까지 요란은 벽장문의 색에 대해서는 생각하지 못하고 있었다.

"색이라니?"

요란은 멍하니 되물었다.

"벽장문을 다시 만든다고 했잖아. 그렇다면 그 문의 색을 무엇으로 할 것인지 결정했느냐고 묻고 있는 거야."

M은 참을성 있게 설명했다.

"몰라…… 그런 것은 생각하지 못했어. 그런데…… 벽장의 문이란 대개 나무로 만들어지는 것 아냐? 그러니 나무색이 아닐까?"

요란은 머리칼을 쓸어올리면서 냉담하게 대답했는데, 어쩐지 멍해지고 놀림을 당한다는 생각이 들어서였다.

"나무도 여러 가지지. 요란 너의 집 벽은 흰색이었던가? 충계는? 그리고 유리창은? 천장은? 전등갓은 핑크색이었나? 조화를 생각해야 할 것 아냐. 그런 것을 아직 생각조차 하지 않았단 말이야? 어떻게 그럴 수가 있지? 당장 내일이라도 제재소 사람이 와서 벽장문을 무슨 색으로 할 건가요? 하고 묻는다면 아직 생각하지 않았으니 아무것으로나 해주세요, 원재료의 색 그대로 말이죠, 하고 말할 셈이야? 오, 그랬다가는 당장 끔찍한 일이 일어나고 말걸. 싸구려 니스를 칠한 호박색 벽장문이 보란듯이 들어올 거라고. 특별한 생각이 떠오르지 않았다면 왜 디자이너에게 물어볼 생각을 안 했지?"

M은 일단 한번 마음을 먹으면 무서운 속도로 일을 추진해야만 직성이 풀리는 사람이었다. 자신의 일이든 남의 일이든 그랬다. 가구 디자이너와 실내디자인 사무실에 전화를 걸어 어드바이스를 구하고 대강의 비용을 묻고 그리고 어떤 스

타일로 할 것인지, 인도 스타일인지 이태리 스타일인지 지중
해풍인지 타일랜드 스타일인지 아니면 유행하는 미니멀리즘
스타일인지 요란에게 이것저것 물어댔다.

"유행하는 스타일을 원하는 것이 아니에요. 무슨 거창한
스타일을 원하는 것도 아니고요. 난 그냥 단순한 벽장문을
원하는 것이죠. 튼튼하고 잠금장치도 고장나지 않고 사람이
안에 갇혀도 위험하지 않은 그런 것이죠."

"그렇다면 전자 카드키를 원합니까? 비용이 추가돼요. 넘
버 기능이 추가되면 더 들겠는데요. 그리고 문에는 부조로
장식을 넣으면 어떨까요. 우리는 아주 뛰어난 모형들을 많이
가지고 있죠. 프로메테우스의 고난이나 백조와 레다 같은 그
림이 인기가 많습니다."

디자인 사무실과 얘기하는 것은 같은 자리를 뱅뱅 도는 것
처럼 진전이 없었다. 디자인 따위는 아무래도 상관없으니 어
서 벽장문이 만들어졌으면 좋겠다고 요란은 간절하게 바라
게 되었다. 뻥 뚫린 벽장에서는 한밤중에도 괴괴한 바람소리
나 신음소리 비슷한 것이 날 때가 있었다. 오래된 집이 외부
와의 공기압이나 온도의 차이로 충격을 받을 때마다 벽장은
부르르 떠는 듯했다. 문이 없는 벽장은 입을 크게 벌리고 고
통을 토하는 환자와 같았다. 전화로 몇 번이나 재촉을 한 다

음에 간신히 벽장문은 완성되었다. 그리고 그것은, 어쩌면
당연한 거지만, 요란이 상상하던 것과는 아주 다른 모양이었
고 비용도 만만치 않았다. 우선 벽장문은 금속으로 만들어
진 것이었다. 아무런 장식도 없는 금속 문은 거울처럼 사람
의 모양이 비쳐 보였으며 나무로 만든 정교한 손잡이가 달려
있었다. 손잡이의 모양은 구부린 국자 모양이었고 감촉이 부
드러웠다. 요란은 자신이 분명히 나무로 만든 문에 금속으로
만든 손잡이, 라고 표현했던 것을 기억해내었다. 디자이너는
이것을 착각했나보다. 그리고 가능하면 간단하고 단정하며
지나치지 않은 것으로 주문했는데 요란의 생각으로는 거울
처럼 매끄러운 층계참의 벽장문은 그다지 간단한 것이 아니
었다. 자동 잠금장치 같은 것은 없었고 대신 안에서도 문을
잠그거나 열 수 있게 해놓았다. 그리고 벽장 안에 조명을 설
치했다. 양쪽 문이 맞닿는 자리에 작은 무늬가 새겨져 있었
다. 반인반수 부조인데 일그러진 표정으로 고통스러운 듯이
몸을 뒤틀고 있었다. 날카로운 창끝이 반인반수의 등에 내리
꽂히는 중이었다. 창을 찌르는 사람의 모습은 보이지 않았
다. 반인반수는 짐승의 머리와 인간의 육체를 가졌다. 벽장
문을 열면 그것은 두 조각으로 깨어졌다가 문을 닫으면 날카
로운 금속성의 소리와 함께 하나로 합쳐졌다.

집돼지 사냥

　벨이 울려 나가보니 M이었다. 아직 해가 뜨기도 전 싸늘하고 습기 찬 새벽이었다. 검고 어두운 구름이 지면 가까이 깔려 있고 마지막 별들이 흐릿하게 반짝였다. M은 깜깜할 때 집을 떠나온 것이 분명했다. M이 타고 온 그랜드 체로키가 요란의 집 앞에 세워져 있고 M은 차 뒷부분에서 뭔가를 열심히 끄집어내는 중이었다. 요란은 잠옷 위에 스웨터를 걸치고 털양말을 신고 털목도리를 둘둘 두른 상태였다. 한겨울의 새벽공기는 깜짝 놀랄 만큼 차가웠다. 현관문을 열 때 손이 쩍쩍 달라붙을 정도였다.

　"이렇게 빨리 왔어?"

　요란이 하품을 참으면서 물었다.

　"이른아침에 온다고 말했잖아. 돼지 사냥은 원래 새벽에 하는 거라고."

　M이 차에서 꺼낸 것은 커다란 방수 트렁크와 마닐라삼 밧줄, 말의 목이라도 비틀 수 있을 만큼 커다란 펜치와 타월, 손전등과 방취 스프레이 한 박스, 사냥용 나이프 세트, 알 수 없는 상표가 붙은 갈색 유리병들, 아이스박스와 카메라, 분말 방부제라고 쓰인 상자와 마지막으로 욕조만큼 커다란 빈 플

라스틱 박스였다. 요란은 영문을 모른 채 M이 그 짐짝들을 집안으로 운반하는 것을 보고만 있었다.

"뭐하는 거지? 조금이라도 도와주면 좋잖아. 서둘러야 한다고. 돼지는 말이야, 주로 밤에 이동한다는 것이 상식이니까. 해가 뜨면 집으로 돌아가버릴 것이 분명해."

"이것 봐, M."

요란은 실내용 슬리퍼 차림이었다. 요란은 M이 돼지를 사냥하러 오겠다는 말을 들었던 것이 언제였나 기억해내려고 애썼다. 날짜를 약속한 것은 생각난다. 그것이 오늘이었던가. 요란은 돼지에 대해서 M에게 충분히 설명하지 않았다. 단지 그것은 몇 마리의 돼지이고, 지하실에 나타나 배관공을 놀라게 해서 배관공이 수리를 거부했다는 것이 전부였다. 여전히 난방은 작동되지 않았다. 하지만 돼지는 봄이 되어 들장미 덩굴에 잎이 나고 어린 나무줄기에 물이 촉촉하게 오르고 늪지대에 들쥐와 개구리가 꿈틀거리기 시작하여 자연상태에서도 먹이를 충분히 구할 수 있게 되면 더이상 집안에 나타나지는 않을 것이다. 그때 가서 집을 고쳐도 상관없었다. 물론 추위는 처음에 견디기 힘들었지만, 전기스토브를 틀고 가스로 더운물을 약간씩 데워서 쓰다보니 아주 못 견딜 정도는 아니었다. 불편했지만 요란은 기다릴 생각이었다. 요란은 주로 이층에서 생활하고 지하실로는 좀처럼 내려가지 않았다. 그러므로 돼지들과는 좀처럼 마주칠 일이 없는 것이다. 사실대로 말하자면, 요란은 아직 한 번도 돼지의 모습을 정확히 본 일이 없었다.

요란이 이곳에서 처음 본 것은 거무스름한 거대한 짐승 두 마리가 낮은 소나무숲 사이로 사라지는 광경이었다. 짐승들은 서두르지도 않았고 조심하려고도 하지 않은 채 굉장한 소음을 내면서 끼룩거리고 있었다. 요란이 그들을 본 것은 아주 짧은 순간이었다. 그러나 그들의 몸집이 생각보다 몹시 크며 털이 짧고 지방질이 많은 집돼지 종류라는 것은 알 수 있었다. 두번째는 희태와 함께였다. 본 것이 아니고 그냥 들은 것이다. 그들은 침실에 잠들어 있었는데 이층 복도에서 이상한 소리가 나는 바람에 요란은 잠이 깼다. 처음에는 희태가 화장실에 다녀오는 것이라 생각했다. 그러나 곧 희태가 옆에 그대로 누워 있으며 이미 잠이 깬 채 신중한 표정으로(비록 어두웠지만 분명히 그렇게 느꼈다) 귀기울이고 있는 것을 알았다. 그들은 둘 다 도둑이 들었다고 생각했다. 그러나 곧 물이 스며든 고무풍선에 바람이 빠지듯이 끼이욱! 하는 소리가 들려왔다. 요란은 푹 웃음을 내지르고 이불을 머리끝까지 뒤집어썼다.

"신경쓸 거 없어. 돼지야."

"돼지라니?"

희태가 물었다. 그는 그때까지 요란의 집에 돼지가 나온다는 것을 모르고 있었다. 곧이어 매우 육중한 물체가 층계를 쿵쿵거리며 내려가는 소리가 들렸다. 비교적 딱딱한 굽이 있는 발이 나무를 깐 층계를 밟는 금속성의 소리가 들리고 곧이어 철벅거리는 습기 찬 피부가 벽을 스치며 얼룩을 만들어놓는 듯한 소리가 들린다. 짐승은 뀌여억 뀌여억 하는 소음을 끊임없이 내며 힘겹게 층계를 내려가고 있다. 뀌여억 뀌여억 하고 거칠게 뿜어져나오는 비명 사이로 첩첩첩 꾸억 첩첩첩 꾸억 하는 좀더 작은 소리도 들려왔다. 아마도 짐승은 두 마리 이상인 듯했다. 요란은 희태를 안심시키기 위해서 그의 머리를 안고 쓰다듬었다.

"해 없는 짐승이야. 먹을 것을 찾지 못해서, 그래서 여기서 돌아다니는 거야."

희태는 오랫동안 잠을 못 이루었다. 그러나 희태는 이불 아래서 요란의 손을 꼭 잡았고 요란은 금방 다시 잠이 들었다. 그러나 다음날 아침 그들이 눈을 떴을 때 집안 어디에도 돼지 오물은 없었다. 페인트칠한 벽은 깨끗했고 똥이나 오줌도 보이지 않았다. 마치 두 사람이 동시에 같은 꿈을 꾸었다고 생각될 정도였다. 침실문의 손잡이는 매끈했고 걸죽한 짐승의 침 같은 것은 묻어 있지 않았다. 지하실로 통하는 문은 얌전히 닫혀 있었고(그 문은 원래 잠금장치가 없었다) 아래층의 낡은 카펫에도 무거운 네발짐승의 발자국이나 눌리거나 스친 자국은 보이지 않았다. 요란은 달걀과 베이컨을 굽고 희태는 빵을 꺼내 썰었다. 언제나 있는 흔한 아침은 아니었다. 희태는 요란의 집에서 살지 않았고 아침을 먹는 일은 더욱 드물었기 때문이다. 희태가 엔지니어로 일하는 공장은 요란의 집에서 급행열차를 타고 두 시간이나 걸리는 곳에 있었다. 그래서 그들은 같이 사는 문제는 좀더 보류하기로 했다. 요란은 시내의 비즈니스호텔인 '로사'의 장기 투숙객이었다. 그들은 대개는 로사호텔에서 주말을 보냈다. 요란의 집은 그러므로 희태에게는 낯선 장소였던 것이다. 그날은 희태가 전날 출장 관계로 오후까지 출근하면 되는 날이었다. 요란은 두껍게 썬 빵에 달걀과 베이컨을 듬뿍 넣고 병에 든 머스터드소스를 듬뿍 뿌렸다. 가스불에서는 양송이수프가 기분좋게 끓고 있었다.

"요란, 왜 집돼지를 키우는 거지? 고양이나 이구아나나 토끼도 아니고 돼지라니 너무 크지 않아? 시끄럽기도 하고 말이지."

희태는 요란이 만든 샌드위치를 베어먹으면서 물었다.

"기르다니?"

요란은 이마를 찡그리고 잠시 생각에 잠겼다. 희태는 아마도 모든 것을 처음부터 끝까지 완벽하게 오해하고 있는 것이 틀림없다.

"희태, 나는 돼지를 기르고 있지 않아."

"그렇다면 왜 돼지가 집안을 돌아다니는 거지?"

희태는 더욱 이해할 수 없다는 표정을 지었다.

"그건 그냥 야생 돼지일 거야. 숲에서 먹이가 없어 내려온 돼지 말이지."

"이해할 수 없어."

"희태, 바퀴벌레나 지렁이와 다르지 않아."

희태는 요란의 완강한 이 말에 입을 다물더니 샌드위치를 나머지 한 조각까지 다 먹어치울 때까지 별다른 말이 없었다. 어쨌든 희태는 이곳에 올 일이 거의 없는 것이다.

세번째는 지하실에서였다. 정확히 하자면 배관공이 집채만한 돼지를 보았다고 소리를 지르는 것을 들었을 뿐이다.

"정말이라니까요. 사람의 세 배는 되어 보이는데요. 지하실의 흙벽 사이로 사라졌어요. 아, 굉장한 냄새군요! 이 냄새에 질식해서 죽겠습니다. 저 거대한 오물덩어리를 좀 보십쇼!"

배관공이 가리킨 곳에는 풀잎과 과일 찌꺼기가 채 소화되지 않은 짐승의 대변덩어리가 지하실 여기저기에 흩어져 있었다. 오래된 음식물 쓰레기통을 뒤집어엎은 것처럼 독하고 시큼한 구린내가 풍겼다. 크고 작은 발자국들이 돌아다닌 흔적이 있고 못 쓰게 된 가구들이나 오래된 책더미들은 축축한 분비물로 얼룩져 있었다. 낡은 수도 파이프에서 새어나온 물기가 지하실 흙바닥을 축축하게 만들어놓아서 안 그래도 이미 지하실 바닥은 진흙처럼 축축한 상태였다.

"게다가 말입니다, 내 손을 물었어요. 믿어지십니까? 난 손해배상을 청구하겠어요. 콱 하고 뒤에서 다가와 내 손을 물었는데 내가 볼트를 휘두르자 번개처럼 피하더니 사라졌어요. 얼마나 날쌘지 보기와는 다릅니다. 보세요, 이 이빨 자국을! 하마터면 피가 날 뻔했잖아요! 내가 당신이라면 지하실을 막아버리겠어요. 돼지들이 숲에서 여기까지 굴을 파놓은 것이 분명하니까요. 그들은 자유롭게 이 집을 돌아다닐 겁니다. 일단 여기서 먹을 것을 찾았을 테니, 겨울 내내 들락거릴 것이 분명해요. 충고 하나 할까요? 개를 기르세요. 사냥개를 두 마리 이상 기르고 밤낮으로 집을 감시하게 하세요.

장담하지만 그러지 않으면 돼지들이 이 집을 쑥대밭으로 만드는 데는 오래 걸리지 않을 겁니다."

배관공은 이밖에도 다 기억하지도 못할 말들을 늘어놓고 사라졌다. 지하실의 배관은 점검해볼 생각도 하지 않고 말이다. 요란은 배관공의 기세에 눌려 수리 건에 대해서는 아무런 말도 하지 못했다. 그 지역의 배관공들은 모두 단합이라도 한 것처럼 보였다. 요란이 전화를 하면 모두 약속한 듯이 말하곤 했다. "숲에서 기어나온 집돼지를 기르시죠? 시청에서 사육 허가를 받았나요? 얌전한 동물이고 사람을 해치지 않는다는 그런 말은 필요가 없죠. 사육 허가를 받으려면 돼지우리와 입마개와 환기장치가 필요하죠. 지하실에서 길러도 좋다는 승인도 필요해요. 그래야 만일의 사고 때 보험금을 탈 수가 있거든요. 돼지에게 물리거나 하는 것 말이죠. 게다가 저희 블루 마르타 조합은 위험하다고 판단되는 장소에서의 작업은 거부할 수 있도록 권리를 부여하고 있는걸요."

한밤에 갑자기 복도의 모퉁이를 돌 때 거대하고 냄새나는 집돼지와 마주치지 않을까 하는 두려움이 요란에게 없는 것은 아니었다. 불쾌한 동물이라고 생각하는 것은 다르지 않았다. 배관공이나 희태나 M처럼 말이다. 요란은 점점 아래층의 큰 주방에서 식사를 만들어 먹는 횟수가 줄었다. 이층에 있는 간이주방에서 냉동 밥을 데워먹거나 카레 요리를 만들어 먹고 서둘러 잠자리에 들었다. 지하실에 숨겨진 물건을 찾으러 내려간다든지 어두운 구석이 많은 아래층을 서성인다든지 하는 일은 하지 않게 되었다. 침실문을 닫고 나면 한밤에 평균 한 번 정도는 돼지가 집안을 돌아다니는 소리가 들렸다 (소리를 들었을 뿐이다). 그것은 첩첩, 하면서 현관 바닥의 리놀륨이나 장화 밑창의 우레탄 고무를 빨아먹는 소리였다. 왜 사람들은 집돼지가 아무런 위협이 되지 못한다는 것을 모를까. 잠들기 전에 잠깐 동안 요란은 그렇게 생각했다. 그러나 아침에 쓰레기통이 뒤집어져 퉁퉁 불은 국수와 두부 찌꺼기가 흩어진 것을 보게 되는 것은 불쾌한 경험이었다. 난방이 안 되어서 발이 시린 것도 불쾌감의 이유 중 하나였다. 그러나 요란은 결코 자신의 집을 찾아온 집돼지를 죽이기를 원하지는 않았다.

"이것 봐, M."
요란은 침을 꿀꺽 삼키고 다시 한번 M을 불렀다.
"이건 마치 야생 돼지 사냥이라도 한판 벌이는 것 같잖아."
"왜, 그러면 안 되나? 네가 원하는 것도 그거잖아."
M은 태연하게 말을 받았다.

"나는 엽사 자격증이 있어. 이런 돼지 사냥은 지겹도록 해 봤다고. 흔한 유럽산 멧돼지가 아니라 정말로 집채만한 야생 돼지들이지. 너는 잘 모르는 모양인데 토지를 침식시키고 숲 속 보호종인 작은 동물들의 둥지를 망가뜨리고 귀중한 곡식 을 먹어치우는 돼지들은 인도적인 차원에서도 사냥의 대상 이야. 신대륙에서는 이미 모두 그렇게들 하고 있지. 돼지들 이 농작물과 화전민들의 개간지에 얼마나 많은 피해를 주는 지, 넌 아마 상상도 못할 거야. 그렇지만 일단은 이 짐들을 집 안으로 옮기는 것은 거들어주었으면 하는데."

"저어, M."

요란은 M의 기세에 눌려 카메라 가방과 유리병들을 집안 으로 옮기면서 M이 무엇인가에 대해서 단단히 잘못 알고 있 는 것을 설명해주어야겠다고 생각했다.

"뭘 잘못 알고 있는 모양인데, 이 집에 나타나는 것은 집돼 지 종류야. 사나운 야생 돼지가 아니라고. 사람을 해치지 않 아. 화전민들의 개간지 따위도 이 주변에는 없어. 그리고 너 설마 집안에서 엽총을 쏠 생각은 아니겠지?"

"물론이지. 내 사냥총을 썼다가는 이런 낡은 집은 서까래 가 무너질지도 몰라. 그리고 화약 냄새가 사라지는 데는 시간 이 오래 걸린단 말이야. 돼지를 잡는 데는 개를 풀어서 모는 방법도 있고 야생 돼지용 덫을 쓸 수도 있어. 내가 가지고 있는 건 뉴질랜드에서나 쓰는 건데 무시무시하게 생긴 거야."

"개라고?"

요란은 얼굴빛이 금방 회색이 되었다. 날카로운 이빨을 갈면서 짐승의 목줄기를 죽을 때까지 물고 늘어지는 수렵용 하운드 종이 연상되어서였다.

"놀랄 것 없어. 집안에서 어떻게 개를 쓴다고 그래. 내가 한 방에 돼지를 죽여주는 자비로운 무기를 가지고 왔으니 안심해도 좋아."

집안으로 들어온 M은 먼지와 흙투성이인 장화를 털고 장갑을 벗고 두 손을 비볐다.

"어, 정말 냉기가 흐르는데. 따뜻한 차 한 잔 정도는 기대했는데 그런 것이 있을까 회의스러워."

"그나마 온기가 있는 곳은 침실뿐이야. 더운물은 금방 준비되니까 차를 끓여줄게. 어서 이층으로 올라가."

"돼지는 어디에 있지?"

이층으로 올라가면서 M이 물었다.

"나도 몰라."

요란이 고개를 저었다.

"배관공이 지하실에서 보았고 희태와 난 침실에서 소리를 들었어. 그리고 해질녘에 집 앞 숲으로 사라지는 뒷모습을 보았어."

"뒷모습이 어떻게 생겼지?"

"특별한 것은 없었어. 매우 크고 거무스름하고 다리가 짧고 두 마리가 기우뚱거리듯이 걷고 있었어."

층계참에 있는 벽장의 거대한 금속성 문에 M과 요란의 모습이 물속에 잠긴 유령처럼 흔들리며 비쳤다가 사라졌다. M은 그 모습을 보며 희죽 웃었다.

"근사한 벽장문 디자인이야. 요란, 그렇지 않아?"

요란은 가스불에 물을 데우고 도자기에 담긴 찻잎을 꺼내 주전자에 넣었다. M은 전기스토브 가까이 앉아 두꺼운 재킷과 모자를 벗었다. 그리고 가지고 올라온 커다란 방수 트렁크를 열었다. 그 안에서 나온 것은 기계장치가 되어 있는 활이었다. 스포츠용으로 사용하는 것보다 좀더 크고 활의 촉이 날카롭고 단단해 보였다.

"석궁이잖아."

요란은 차를 가지고 오다가 그것을 보았다.

"맞아. 석궁이야. 그렇지만 네가 흔히 알고 있는 그런 석궁이 아냐. 이건 아주 죽인다고. 활촉의 길이가 이 인치도 넘고 특수 강철로 만든 거지. 털가죽이 두껍고 피부가 단단하면서

252

출혈이 쉽지 않은 몸집이 큰 포유류도 죽일 수 있도록 만들어진 거야. 코끼리라면 몰라도 돼지나 하마 정도야."

석궁은 검은 금속형의 몸체로 되어 있었고 흔히 볼 수 있는 것보다 훨씬 더 컸으며 활을 겨냥할 수 있는 기계장치가 정교하게 되어 있었다. 몸체는 금방 기름칠한 듯이 반들반들 윤이 났고 날카로운 활촉은 사정거리는 짧으나 살상 효과가 뛰어나도록 설계되어 있었다. 즉, 좀 무거워도 피부를 찢고 살가죽을 후벼파서 내장에 치명적인 상처를 입히고 과다한 출혈을 유발하기에 쉽도록 특수한 촉을 썼으며 전자동 장전 장치에 반 다스의 화살이 연발 가능하도록 한 것이다. M은 뜨거운 차를 홀홀 마시며 두 눈 사이에 석궁을 가져다대고 겨냥해보고 있었다.

"걱정할 것 없어, 요란."

M은 차를 마시는 둥 마는 둥 하고 자리에서 일어섰다.

"내 생각에는 아마도 돼지는 이 근처 숲에서 살다가 먹이가 모자라서 집으로 내려온 것으로 보여. 그러니 먹이로 유인하면 어떨까. 그리고 요란, 너의 집에서 가장 축축하고 진흙 바닥이 있고 벌레 유충이나 작은 동물들이 발견되는 곳이 어디지?"

둘은 마주보고 동시에 말했다.

"지하실."

M은 만족스러운 듯이 두 손을 비비며 일어섰다.

"그렇군. 그럴 거라고 생각했어. 지하실에 분명히 습기와 진흙 바닥이 있을 거야. 지금 당장 내려가보는 것이 어때? 돼지는 주로 밤이나 새벽에 먹이를 찾아 이동하지. 어둡고 차가운 공기를 좋아하거든. 다른 육식동물들도 피할 수 있고 말이야. 낮에는 진흙 구덩이나 굴에서 낮잠이나 자는 거지. 여분의 활통을 좀 들어주겠어? 그리고 그 가방을 가져다줘. 사냥용 펜치가 들어 있어. 돼지 가죽을 가능한 한 빨리 벗겨내서 수축되기 전에 태닝 용액 처리를 해야 근사한 박제가 나올 수 있거든. 진짜처럼 보이느냐 마느냐 하는 것은 순전히 가죽의 무두질에 달려 있는 거야. 두고봐. 내가 놈을 잡아서 멋진 전시물을 만들어버리겠어."

M은 석궁과 활통을 들고 요란은 그의 사냥가방을 들고 지하실로 내려갔다. 요란은 M이 돼지의 박제를 만들려고 하는 것이 마음에 들지 않았다. 돼지란, 더구나 집돼지란 어디에서나 볼 수 있는 흔한 짐승이어서 압도적인 뿔을 가진 야크 사슴의 머리나 잘라낸 곰 발바닥으로 만든 재떨이처럼 박제 상품이 될 수 없는 것이다. 그런 것도 돈이 될 수는 있을 것이다. M은 돈이 되는 일이라면 무엇이든지 할 수 있을 것이다.

그러나 M은 위험이나 불편을 무릅쓰고 밀렵을 해야 할 정도로 가난하지는 않다. 그렇다면 무엇인가? 그는 타고난 무자비한 모험가인가?

"저기, M."

지하실로 내려가는 문을 기세 좋게 미는 M의 뒤를 주춤거리며 따라가면서 요란이 불렀다. 습기 찬 바람이 훅 불어오면서 지린내와 곰팡내가 뭉텅이로 달려올라왔다.

"왜?"

"저 욕조는 뭐에 쓰는 거야?"

"욕조라니?"

"저기 현관에 놓인 것 말이지."

"아아, 저것."

M이 크게 웃음을 터뜨렸다. M은 몸집이 크고 동작이 시원시원해서 그의 모든 행동은 필요 이상으로 자신감이 넘쳐 보였다.

"저것은 욕조가 아냐. 사냥감을 담는 용기지. 돼지가 죽은 다음에는 말이야, 최대한 빨리 수렵용 펜치와 나이프를 이용해서 가죽을 벗겨내고 피를 뺀 다음 고기를 저기 옮겨 담아서 운반하는 거야. 아아 요란, 조금도 겁먹을 필요는 없어. 내가 다 할 테니까. 그다음에 지하실을 모조리 청소하고 나서 배관공을 부르는 거야. 이번에는 블루 마르타니 뭐니 하는 기묘한 핑계를 대면서 게으름을 부리려고 하지 못할걸."

"그리고 M."

요란은 여전히 불안한 기색이 감추어지지 않는 목소리였다.

"또 뭐야?"

M이 약간 신경질적인 높은 목소리로 물으며 계단을 밟다 말고 뒤를 돌아보았다.

"혹시 돼지가 말이지, 네가 생각하는 것보다 더 힘이 세다 거나 쉽게 죽지 않는다면 어쩔 셈이지?"

요란은 머릿속에 그려지는 잔인한 상상에 남몰래 몸서리 쳤다.

"뭐야, 그런 일은 없어."

M이 가볍게 코웃음쳤다.

"돼지가 죽이기 쉬운 동물은 아니라는 것은 나도 인정해. 돼지의 급소는 목덜미 뒤편이야. 뒤에서 보이는 어깨와 어 깨 사이의 중앙을 한 번에 맞추어서 끝내버려야 해. 그래야 만 상처 입은 돼지가 화나서 날뛰는 것을 막을 수 있어. 돼지 의 가죽은 두껍고 단단해서 출혈을 잘 일으키지 않아. 그래 서 급소를 한 번에 공격하지 못하면 사냥꾼이 위험해질 수 있어. 자, 발밑을 조심해. 꽤 어둡군그래. 전등 스위치는 어디 있는 거지? 그나저나 너도 마리와 다를 것이 없군그래. 마리는 내가 사냥을 하는 것을 몹시 싫어하지. 살상인데다가 위험하다는 거야. 그녀는 내가 돼지에게 잡아먹힐까봐 몹시 겁을 내고 있지. 그게 말이 된다고 생각해?"

그리고 M은 고개를 젖히고 껄껄 웃었다. 요란은 어쩌면 그 말이 사실일지도 모른다는 생각이 들었다. 그러나 M에게 그따위 충고들은 아무런 도움이 되지 못할 것이다. M은 방취 스프레이를 꺼내 지하실의 층계와 자신과 요란의 몸에 뿌렸다. 지하실 아래로 내려가자 음산한 고요함이 두 사람을 감쌌다. 요란이 스위치를 찾아 불을 켜자 실내가 드러났다. 지하실 입구는 좁고 긴 복도였다. 오랜 시간 동안 이 집에서 산 사람들의 잡동사니가 쌓여 있어서 한 사람이 다니기에도 좁은 장소였다. 이런 곳을 그 커다란 돼지가 매일같이 다녔다니 신기한 일이다. 바닥에는 거무죽죽한 물기가 고여 있었다.

"내 생각대로야."

M이 몸을 기울여 바닥의 흙을 조금 떠서 냄새를 맡았다.

"이건 돼지 오물이 섞인 진흙이야. 지나간 지 얼마 되지 않았군그래."

"어디서 돼지를 쏠 건데?"

요란은 M이 들고 있는 석궁을 보면서 물었다.

"돼지가 달아나지 못할 막다른 곳에 숨어 있으면 좋을 텐데."

그들은 모퉁이를 돌았다. 작은 창고 정도 크기의 지하방이 나타났다. 그곳의 전등은 더욱 어두워서 바닥이나 벽의 흙이 모두 검어 보였다. 곰팡이가 핀 수도 파이프가 일부 노출되어 있었다. 그 주변으로 소리도 없이 물기가 흙에 스며드는 냄새가 났다. 그리고 코를 찌르는 듯한 오물 냄새는 더욱 강해졌다. 지하실에는, 일단 비교적 완전한 형태로 남아 있는 것으로, 두 개의 방이 있었다. 가구와 쓰지 않는 물건들을 쌓아놓은 이 방은 좁고 더러웠지만 전등도 있고 튼튼하게 남아 있는 데 반해서 또다른 하나의 방은 북쪽 흙벽이 무너져내리고 있는데다가 십수 년 전에 서쪽 벽을 다시 만드는 수리를 한 흔적이 있으나 그것이 완벽하지 않아서 목조 지지물이 뒤틀려 있었다. 쥐와 다른 짐승들이 굴을 파거나 자연적으로 흙이 무너져내려 모양이 이상해진 곳도 그 방이었다. 그곳에는 철제 캐비닛과 금고가 있었다. 요란은 그 방에 거의 들어간 적도 없었다. 그러나 어디에나 돼지 오물이 묻어 있으리라는 것은, 보이지는 않아도 코를 찌르는 냄새만으로 충분히 알 수 있었다. 그러니 발밑을 빠르게 지나다니는 쥐들 정도는 그다지 문제라는 생각도 들지 않았다.

258

"쉿! 조용히."

그때 M이 입에 손을 가져다대고 몸을 웅크리면서 말했다.

"잘 들어봐, 무슨 소리가 들리지 않았어?"

"난 잘 모르겠는데."

요란은 얼떨떨해져서 귀를 기울였으나 들리는 것은 발밑을 흐르는 듯한 깊은 물소리 같은 바람소리뿐이었다.

"흙을 파는 듯한 소리가 들렸다가 사라졌어. 이리 와봐."

M이 찾아간 곳은 쓰지 않고 있는 지하실의 또다른 방이었다. 요란은 그 방에 들어가기 싫어서 M의 뒤에서 목을 빼고 방안을 들여다보려고 했으나 몹시 어두워서 아무것도 보이지 않았다. M이 사냥가방에서 손전등을 꺼내 켰다.

"이것 봐."

M이 가리킨 것은 철제 캐비닛을 쌓아놓은 뒤편이었다. 벽으로 막혀 있어야 할 그곳은 뻥 뚫려 있었다. 누군가, 아마도 짐승이 부드럽고 축축한 흙을 파내어 동굴을 만들어놓은 것처럼 보였다. 원래 무너져내린 벽들은 그대로였으나 누군가 일부러 만들어놓은 듯한, 그런 비슷한 흙무더기가 방 전체에 여기저기 흩어져 있었다. 시큼하게 썩는 냄새가 진동했다.

"이것 좀 봐."

M이 바닥에서 뭔가를 집어올려 요란의 코 가까이에 가져

다댔다. 허공에서 흔들리고 있는 그것은 죽은 쥐였다. 보통 집
쥐의 세 배는 되어 보이는, 거의 새끼 돼지만한 크기의 쥐였는
데 미라처럼 체액이 모두 빠져나가버려 주름진 커다란 회색
의 빈 주머니처럼 보이는 것이 허공에서 흐물거리고 있었다.

"돼지 짓이야."

M이 말했다.

"돼지가 이런 짓을 한단 말이야?"

요란이 의심스럽게 물었다.

"야생 돼지는 새끼 사슴이나 두더쥐 정도는 잡아먹어버리
지. 초식동물이라고 해서 고기를 전혀 먹지 않는다고 생각하
면 그건 오산이야. 오랑우탄이나 하마나 기린도 작은 쥐나
사슴을 잡아먹는 일이 있어. 집돼지라고 해서 다를 것이 없
겠지."

"그럼 이제 어떻게 해야 하지?"

"아마 우리가 오는 기미를 눈치채고 달아났을 거야. 방취
스프레이를 좀더 뿌리고 여기서 기다리고 있으면 다시 나타
나겠지. 돼지들은 반드시 다시 나타나게 되어 있어. 여기만
큼 따뜻하고 먹을 것이 많은 안식처는 겨울 숲에는 없을 테
니까. 난 여기 지하실 입구에서 기다리겠어. 그러니 넌 감자
나 양배추나 사과처럼 돼지가 좋아하는 먹을 것을 가져다줘.

방취 스프레이를 반드시 뿌려야 해. 놈은 후각이 예민하거든. 몇 킬로미터 밖에서도 감자의 냄새를 맡지. 그리고 최대의 약점을 가지고 있는데, 그건 끊임없이 내는 헉헉헉 쩝쩝쩝 하는 소리야. 그러니 놈이 온다면 반드시 알 수가 있지."

요란은 주방으로 가서 바구니 속에서 썩어가고 있는 감자와 냉장고 속에서 말라가고 있는 사과를 허둥지둥 자루에 담아 지하실로 가지고 갔다. 그사이에 손이 시퍼렇게 얼어왔다. M은 부드럽고 두터운 산양가죽 장갑을 끼고 있었다. M은 가방에서 꺼낸 잡지와 소형 트랜지스터라디오, 보온병을 곁에 내려놓고 편하게 자리잡은 다음에 석궁을 무릎에 안았다.

"춥지 않아? 담요라도 가져다줄까?"

요란은 뭔가 위로의 말을 해주어야 할 것 같아서 그렇게 말했다.

"전혀 춥지 않아."

그러나 요란은 추위 때문에 제정신이 아니었다. 추위가 고통이 될 수도 있다는 것을 이번 일을 계기로 알게 되었다. 로사호텔에 머물고 있었다면 이런 일도 없었을 것이다. 로사호텔에는 난방시설이 완벽한 요란의 방이 있고 희태의 공장과도 가까워서 주말이나 퇴근 후에는 자유롭게 만날 수 있다. 쇼핑하기도 쉽고, 도심에, 온통 쾌적할 뿐이다. 극장이나 레스토랑도 마음만 먹으면 언제든지 갈 수 있다. 당연히 도심 어디에도 냄새나는 돼지 따위는 없다. 다음주에는 반드시 로사호텔로 가리라 요란은 생각했다.

로사호텔에 모이는 소설가 M과 그의 친구들

친구들은 모두 요란이 왜 그 집을 팔고 로사호텔에서 아주 살든가 아니면 좀더 편리한 아파트먼트를 얻어서 살지 않는지 궁금해했다. 상속받은 이후부터 그 집은 언제나 골칫덩이인 것처럼 보였으니 말이다. 요란은 가족이 없는 상태에서 오래 살아왔지만 성인이 될 때까지 누군가 항상 곁에서 요란을 보살펴주었고 여러 아주머니들이 생일이면 파티도 열어주었다. 요란은 직업을 갖지 않고도 살아갈 수 있는 사람이었는데, 때로 그 이유로 요란은 고독을 느끼기도 했다. 요란은 영어와 불어를 구사했지만 컴퓨터를 할 줄 모르고 잡지 디자인이나 메이크업에 전혀 흥미를 느끼지 못했다. 요란은 대학시절 잠시 동안 소설 습작을 위한 특강을 들은 적이 있는데 그때 M을 만났다고 들었다. 마리가 수녀생활을 그만둔 뒤에는 M은 거의 항상 사촌누이 마리를 데리고 다녔기 때문에 그의 친구들은 전부 다 마리와도 아는 사이가 되었다. 하지만 요란은 마리를 좋아하지 않았다. 지나치게 헤비 스모커인데다가 남에 대한 험담을 하기 좋아하고 립스틱 색을 센스 없이 고른다는 것이 그 이유였다. 그러나 가장 주된 이유는 M에 대한 애정을 숨기지 않고 노골적으로 드러내서 다른 사람들을 불편하게 한다는 것이다. 처음에 마리에 대해서 동정적이던 오강주도 나중에는 불편함을 드러냈다. 요란은 그것이 오강주가 M을 질투하고 있는 것으로 해석했다. 물론 오강주는 그것을 간단히 부인했고 나도 그렇게 생각지는 않았다.

요란이 로사호텔에 살고 있을 때는 친구들이 M의 집이나 로사호텔로 몰려들곤 했다. 내가 그들을 처음 만났을 때 그들의 삶은 줄거리가 없는 소설과도 같이 느껴졌다. 좋다 나쁘다는 견해가 아닌 느낌 그대로의 표현이다. 아마 그때까지도 나에겐 올가에 대한 인상이 지워지지 않아서 그 영향을 받은 탓도 있겠지만 그들에게는 뭔가 결여된 것이 강하게 느껴졌다. 그것은 운명적 결핍이라기보다는 자의적 생략이라고 표현하는 것이 옳을 것이다. 예를 들자면 올가의 경우(언제나 본의 아니게 올가와 요란의 경우를 비교하게 된다. 요란이 이런 점을 지적한 적은 한 번도 없지만, 나는 행여나 미타의 영향을 받은 요란이 이런 내 무의식적인 습관에 대해서 너무 많이 신경쓰지 않기를 간절히 바랄 뿐이다) 언제나 분명한 것을 좋아했다. 분명하고 행동으로 이어지는 삶의 지침 같은 것 말이다. 근본적 채식주의자이므로 유제품을 먹지 않는다거나 종교적 이념을 따른다는 것이 사유의 영역에만 머문다면 그것은 무지와 악의가 결합된 경우보다 더 나쁜 것이므로 현실과의 타협은 있을 수 없다는 것 등의 생각을 아주 자랑스러워했다. 그러나 그런 생각은 때로 촌뜨기처럼 보일 수도 있다. M과 그 친구들에게라면 말이다. 내 젊은 날은 온통 올가를 향해 열려 있었기 때문에 그녀와 완전히 헤어지고 난 후 나는 상당히 피폐해졌을 것이다. 적어도 요란의 친구들에게 나는 분명히 그렇게 보였다. 요란의 가장 가까운 친구라고 할 수 있는 미타는 몸집이 작고 뾰족한 코를 가진, 안경을 쓴 여자였는데 내가 전처와의 관계를 깨끗하게 정리하지 못하고 우유부단하게 결정을 보류하고 있는 기회주의자라고 단정하고 있었다. 그녀의 남자친구인 항은 말수가 적고 의기소침해 보이는 사람인데 의대를 다니다 중퇴하고 미술을 공부하겠다고 아카데미를 다니다가 애니메이션 일을 했는데 지금은 실직 상태이다. 비록 일거리를 갖고 있을 때조차도 그의 통장 잔고는 언제나 실직 상태와 내용상으로 다를 바는 없었지만 말이다. 그는 마리나 요란과 같은 여자는 노

264

동을 혐오하고 남자나 찾아다니는 머리가 텅 빈 지푸라기 인형 정도로 평가하고 M의 책 따위는 쓰레기라고 생각하고 있는 것이 분명했다. 그러나 워낙 과묵하고 언쟁을 싫어하고 대인관계를 자신 없어하므로 여러 사람들의 화제에는 절대로 끼어들지 않겠다는 듯이 입을 굳게 다물고 있는 편이었다. 미타가 자리에서 일어서면 같이 일어서고 미타가 화장실에 가면 자신도 따라갔다. 저들을 보고 있으면 알 수 없게 눈물이 난다고 요란이 말한 적이 있다. 오강주 역시 M의 소설이 싸구려라고 생각하고 있다고 나에게 고백한 적이 있다. 지나치게 대중적이라는 것이다. 그러나 신문에 이름이 나는 근사한 소설가와 친구라는 사실은 무엇과도 바꿀 수 없이 멋진 것이므로 자신의 생각을 군이 M에게 밝힐 생각은 갖고 있지 않았다. 그가 가지고 있는 친교의 이유는 비교적 분명하고 현실적인 것이고, 그래서 그는 M과의 우정에 가장 적극적인 편이었다.

요란을 처음 사귀던 무렵 로사호텔로 가면 이들을 거의 언제나 만날 수 있었다. 그들 중에는 부유한 사람도 있었고 가난한 사람도 있었고 콧구멍으로 회색 연기를 뿜어대면서 남자를 찾기 위해 눈을 번득이는 마리와 같은 노처녀가 있었는가 하면 남자와의 관계가 주는 지나친 결합력과 감정의 조임 때문에 지쳐 있는 미타도 있었고 낙천적인 M과 가식적인 오강주와 눈치나 감정이 좀 둔한 듯한 요란의 대화가 있었다. 그들은 퍽 오랜 시간 동안 친구로 지내왔지만 당장 내일부터 영원히 만날 수 없게 된다 해도 오늘밤의 작별인사에 뭔가 다른 덧붙임의 말이 있을 것 같지 않은, 그런 친구들이었다. 그들은 서로 사랑하거나 증오하거나 하는 감정이 그다지 중요하지 않아 보이는 유의 관계를 유지하고 있었다. 그렇다고 해서 사무적이라거나 이해관계로 얽혀 있다거나 하지는 않았다. 언제나 만나면 따뜻한 차를 권하고 어려운 일이 생기면 돕고 싶어하고 친절하려고 노력했다. 명분이나 원칙이나 가톨릭교회와 같은 단어를 싫어하고 예술이나 스타일이나 무국적 등의 단어를 좋아했다. 그중에서도 M은 선천적으로 엔터테이너의 기질을 타고난 사람이었다.

요란이 로사호텔을 떠난 것은 겨울이 시작될 무렵이었다. 태어날 때부터 기관지가 좋지 않았던 요란은 도시의 매연과 오염된 겨울 안개가 폐렴에 좋지 않으니 시골생활을 해보라는 의사의 권고를 받아들인 것이다. 요란이 그 집으로 떠난 지 한 달 정도 되었을 때 나는 요란을 방문할 수 있었다. 나는 요란이 좋았다. 이 말은 가능하면 같이 있는 시간이 많았으면 좋겠다는 그런 의미다. 그러나 요란의 그 집은 너무 먼 곳에 있었다. 요란에게도 그랬다. 그녀는 어린 시절의 일을 기억하지 못했다. 그러나 여섯 살 이전의 일을 기억하지 못한다고 해서 한 인간이 살아가는 데 크나큰 불편은 없는 것이다. 그녀에게는 그 집 자체의 기억은 남아 있어도 그 집에서의 삶에 대해서는 기억나는 것이 없는 것이다. 나는 침대에 누운 채 요란의 부드러운 등을 만지면서 침실의 천장을 바라보고 있었다. 천장에는 부조 조각물이 있고 옅은 블루로 칠해져 있었다. "뭔가 생각나는 것이 없어?" 하고 물어보면 요란은 고개를 흔들면서 단지 짧게 "없어" 하고 대답했다. 부옇거나 희미하거나 아른거리거나 가물거리는 것이 아니라 기분이 상쾌할 정도로 기억의 제로, 백지상태이고 생각나는 것은 아무것도 없는 것이다. 우리들이 그런 식의 대화를 나눈 것은 진정코 요란의 어린 시절이 궁금해서라기보다는 단순한 호기심이고 유희였다. 옷을 모두 벗은 채 우리는 한 침대에 들어가 몸이 따끈따끈해질 때까지 껴안고 그동안 있었던 일이나 하고 싶었던 얘기, 갑자기 생각난 듯한 안부인사, 저녁은 무엇을 해먹을까 하는 얘기들을 나누었다. 같이 있어서 유쾌하고 즐거우면서 마음이 편하고 평화로워지는 여자친구를 갖고 있어서 정말 행복하다는 생각이 든다. 그날 갑자기 밤에 잠이 깨었다. 꿈속에서 올가가 나타났던 것이다.

올가가 아무런 예고도 없이 나를 떠나고 이혼을 통보하고 정통 교단에 있다가 파문당한 한 성직자와 결혼하기까지의 일이 무성 슬라이드 영화처럼 조각난 필름으로 꿈속에 나타났다. 마지막으로 나타난 곳은 하늘의 길이었다. 쓸쓸한 겨울 배추밭 가에 나이들고 지친 올가가 서 있었다. 내가 달려가자 그녀가 고개를 돌렸는데 그 얼굴은 요란의 것이었다. 나는 소스라치게 놀라서 잠이 깼다. 요란이 이전에 올가가 그랬듯이 나를 떠난다고 생각했기 때문이다. 그런 생각이 든 것은 그때가 처음이었다. 그리고 지금 현재 요란이 나에게 얼마나 소중한 존재인가 깨달았다. 왜냐하면 나는 꿈속에서 이루 말할 수 없을 정도의 슬픔을 느꼈기 때문이다. 가슴 위에 집채만한 돌을 올려놓고 있는 듯했다. 옆자리에 누운 요란을 확인하고 꿈이었음을 안도하는데 바로 문밖에서 첩첩첩 꺼억 하는 아주 괴상하고 불쾌한 소리가 들렸다. 요란은 그것이 집돼지의 소리니 신경쓸 것 없다고 했다. 도시에서 떨어진 지역이라서 그렇다는 것이다.

로사호텔에서 살고 있을 당시 아마도 6월혁명의 마지막 무렵, 요란은 길을 가다가 일단의 무리로부터 스프레이 세례를 받은 적이 있다. 붉은 스프레이였다. 아직 젊은 여자였던 요란이 어떤 직업도 가지지 않고 호텔에서 살아가는 것에 대한 누군가의 불만이었다. 그 일 이후로 요란은 군중을 두려워하는 경향이 생겼다. 군중이란 개개인으로서는 겁 많고 냉소적이며 빈약한 존재이지만 집단으로서는 구호에 경도되기 쉽고 공격적이 되는, 이중적인 존재이다. 요란이 굳이 이런 불편한 시골집을 팔지 않고 주변에 인적도 없는 여기서 거주하고 있는 것은 그런 도시 군중에 대한 두려움도 한 이유가 될 거라고 나는 짐작한다. 아주 간단한 일, 예를 들자면 시간제 비서 일이라든지 통역이라든지 사무원 같은 일은 요란에게는 비교적 어렵지 않을 것이다. 그러나 요란은 적절하게 사회로 편입할 타이밍을 잃어버려서 이제는 어디서부터 어떻게 끼어들어야 할지 알 수 없다고 말했다. 친구들은 거의 모두 직업을 가지고 있고 요란보다 훨씬 더 부유한 사람도 적극적으로 사회활동을 하고 있다. 이미 그들은 모두 자리를 잡고 앉아서 직업이 없는 사람들을 대신해서 그들의 몫까지 함께 경제활동을 하고 있는 것이다. 이제 요란은 명실상부한 여분의 존재였다. 경제계획이 언제나 잊지 않고 마지막에 배려해주는. 요란은 돈을 버는 것은 노동 자체가 아니라 시스템의 순환이라고 생각하고 있었다. 그리고 자신이 노동을 할 의사가 없는 것이 아니라 이미 그 시스템에 올라탈 때를 놓친 것뿐이라고 간단하게 생각하고 있었다. 마치 실업상태가 길어질수록 새로운 직업을 구하는 것이 점점 더 힘들어지고 명분은 희미해지고 의욕도 사라지는 것과 마찬가지다.

 M은 가족이 없는 요란에게 마치 형제와 같은 존재로 보였다. M은 사교의 폭이 상당히 넓은 사람임에도 불구하고 요란과 그 친구들에게 언제나 많은 시간을 할애했다. M은 요란과 그 친구들과는 매우 다른 부류의 인물이었다. 그가 쓰는 책은 거의 언제나 성공적이었고 예술적인 매력도 있었다. 그는 또 푸주한 출신이라는 자신의 성분을 숨기지 않고 떠들고 다녔다. 글을 쓰기 이전에 그는 그것으로 돈을 모았으며 그래서 사실 꽤 부유하기도 했다. 소설가가 된 다음에도 그는 샌님 같은 문필가의 생활을 경멸해서, 아직도 휴가에는 오스트레일리아로 사냥을 떠나기도 했다. 그는 서른이 넘고서야 글에 대해서 체계적인 공부를 하기 위해 소설 강좌를 들었는데, 강좌를 들은 이유는 무엇인가 배울 것이 있을 거라 기대해서가 아니고 아무것도 새로운 것은 없다는 것을 확인하는 과정이었다는 것이다. 내가 그를 모를 때, 그의 소설은 분명히 매력적이었다. 그는 아무 곳에도 구속되지 않은 것처럼 보였고 그의 자유로운 영혼은 스스로를 표현하는 데 아무런 장애를 알지 못하는 것처럼 보였다. 사실 그는 천재적인 스토리텔러였다. 그러나 내가 그를 실제로 만났을 때는, 그가

여러 가지로 과대평가되고 있다는 인상을 받기도 했다. 그는 성급했고 신경질적이었으며 인간에 대한 깊은 이해보다는 스토리 자체의 매력에 더 깊이 사로잡히는 스타일리스트였던 것이다. 그는 캐주얼한 내용을 심오한 듯이, 그리고 심오한 듯한 내용을 캐주얼하게 포장하는 일에 집중하고 있었다. 그가 사랑하는 일은 스토리를 요리하는 스킬인 셈이다. 그는 심지어 야만인이라든지 소설의 인상파, 무식한 푸주한 등의 혹평을 듣는 것을 즐기기조차 했다. 그가 요란에게서 우리들 사이의 일을 듣고 난 이후, 우리의 일을 소설로 쓰고 싶다고 여러 번 말한 것으로 알고 있다. 요란은 불쾌하게 생각했다. M은 곱슬거리는 짧고 굵은 머리털에 목덜미에서는 항상 땀냄새가 풍겼고 값비싼 두터운 양가죽 코트를 허드레 작업복인 양 걸치고 다니면서 언제나 발목이 긴 검은 장화를 신고 큰 보폭의 걸음으로 돌아다녔다. 그런 그의 모습은 간혹 마치 거대한 돼지 같다는 느낌이 들 때가 있다.

육식

쿡, 하는 소리가 들렸다. 쿵, 하는 울림이 아니고 크고 둔중한 것이 목표물에 명중한 다음 어떠한 진동도 없이 완강하게 버티고 틀어박힌 쿡, 하는 소리. 그리고 삼사 초간의 침묵. 요란이 따뜻한 이불 속에 들어가 몸을 녹이려다가 그만 잠이 들어버린 뒤였다. 그러나 그 잠은 짧고 불안했으며 불규칙한 결절을 가지고 있었다. 지금 사냥이 시작되려 하고 있다는 경계심 때문일 것이다. 요란은 쿡, 하는 소리가 들려오기 전부터, 사실 그것은 정확한 소리라기보다는 단지 어떤 충격에 가까운 것이었지만, 그 소리를 기다리며 잠자리를 설치고 있었는지도 몰랐다. 쿡, 하는 소리는 한 번뿐이었다. 그다음에는 조바심쳐질 정도로 지루한 침묵이 이어졌다. 요란은 이불 속에서 발가락을 꼬물거리며 이제 사냥은 끝났다고 생각했다. M의 석궁이 집돼지를 겨냥해서, 한 번에 쿡, 끝내버렸을 것이다. 집돼지 따위를 죽이는 데 그토록 수선을 피울 일이 없을 것이다. 이제 아마도 M은 금방 죽은 집돼지를 펜치와 나이프를 이용해 가죽을 벗겨내어 태닝 용액에 담그고 피를 빼고 고기를 발라내어 욕조 모양의 용기에 담고 발톱과 이빨을 공들여서 뽑아낸 다음 방부 처리할 것이다. 혼자서는 일이 벅찰 것이니 요란을 부를지도 모른다. 이제 다시는 돼지는 나타나지 않을 것이다. M에게 고맙다는 인사를 해야 할 것이다. 집돼지는 해롭지 않은 짐승처럼 보이지만 그것을 죽인다는 것은 어쨌든 상당히 귀찮은 일임에 틀림없는 것이다. 그렇다, 상당히 귀찮다. 그래서 요란은 돼지가 죽지 않기를 바란 것이리라. 요란은 자신도 모르게 반사적으로 손을 목덜미에 가져다대보았다. 이런 곳에 화살이 쿡, 하고 박히게 되면, 어떤 느낌일까. 요란은 냉기가 흐르는 복도로 나가기가 싫어 이불 속에서 M이 부르는 소리를 기다리기로 했다.

우르르 흙더미가 무너지는 듯한 울림이 시작되었다. 처음에는 미약하고 사소한 것처럼 시작했으나 곧 그 소리는 점점 커지고 무시무시하게 진동했다. 무너지는 소리처럼 들렸으나 곧 다시 고통에 찬 신음소리처럼 들리기도 하고 화가 나서 울부짖는 소리처럼 들리기도 했다. 목구멍 깊은 곳에서 쥐어짜는 듯이 금속성으로 투박하고 소름 끼치게 들렸다. 돼지가 내는 소리라고는 믿기 어렵게 그 고통에는 어떤 서사가 들어 있었다. 요란은 황급히 귀를 막고 울음을 삼켰다. 돼지는 한 번에 죽지 않은 것이다. 단지 기절했거나 죽은 척하고 있었을 뿐이다. M은 그걸 모르고 성급하게 돼지의 털가죽을 벗기려고 펜치를 들이댄 것이다. 그래서 돼지가 화가 난 것이다. 돼지가 날뛰면 M도 곤란할 것이다. 이런 생각을 하고 있는 순간에도 그 소리는 점점 커지고 가깝게 들려서 마치 이 침실 안에서 살육이 일어나고 있는 듯이 느껴졌다. 요란은 도저히 참을 수 없어서 일어나서 슬리퍼를 신고 지하실로 가 M을 도와주어야겠다고 생각했다. M을 돕거나 아니면 돼지라도. 그때 무엇인가 크고 육중한 것이 성급하게 층계를 허둥지둥 뛰어올라오는 것이 느껴졌다. M에게 쫓긴 돼지가 이층으로 올라오는 것이다! 끔찍한 비명은 여전히 계속되고 있었다. 요란은 게으름 피우던 것을 서둘러 물리치고 슬리퍼를 신고 밖으로 나갔다. 문 바로 앞에서 M을 만났다. 다급하게 허둥거리며 계단을 뛰어올라온 것은 돼지가 아니라 M이었다.

"빗맞았어. 놈은, 엄청나게 크고 교활하기 이를 데 없어. 와, 내가 본 것 중에서 최고야! 두 마리가 나타났는데 한 마리는 굴로 도망쳐버렸어. 다른 한 마리는 지금 지하실에 있어. 빗맞았기 때문에 길길이 날뛰고 있지. 좀더 탁 트인 시야가 필요해서 이곳으로 왔어. 그나저나 요란, 이층이 더러워져도 이해해주겠지? 집안에 피를 뿌리는 건 피하고 싶었지만, 돼지를 유인하기에는 이층 계단만한 곳이 없다는 생각이 들어서야."

M은 빠르게 지껄였다. 돼지가 석궁을 빗맞고 길길이 뛰고 있다고 했지만 요란의 눈에 상처 입은 것은 M 자신인 것처럼 보였다. M의 콧잔등은 긴장과 흥분으로 새빨개져 있었는데

땀과 분비물로 번들거렸다. 셔츠 단추는 열어젖혀진 채였으며, 양가죽 코트 주머니에는 장갑이 아무렇게나 쑤셔넣어져 있었으며 한 손으로 누르고 있는 목덜미에는 피가 배어나오고 있었다. 눈동자는 희번덕거리고 콧김을 쑥쑥 소리나게 내뿜고 있었다. 그 소리는 놀라울 정도로 돼지와 다르지 않았다.

"그 새낀, 쥐를 찾아서 잡아먹고 있었어. 따뜻한 지하실 굴로 겨울쥐들이 모여드니 쥐들을 따라서 이곳으로 온 거야. 그러다가 찍찍거리는 쥐새끼를 입에 물고 빠각거리며 뼈를 씹고 있는데 그만 나와 눈이 마주친 거지. 그 냉혹하고 심술궂어 보이는 눈이라니! 제대로 겨냥했어야 하는데 그 눈 때문에 그만 손이 떨려버렸어. 빌어먹을 돼지놈! 이번에는 결코 놓치지 않아. 아래층 지하실 문을 서랍장으로 막아놓고 왔는데 문을 부수고 올라올 기세야."

아래층의 지하실 문 쪽에서 정말로 온몸으로 부딪히는 듯한 쿵쿵, 하는 소리가 들려왔다. 서랍장은 크기는 하지만 거의 비어 있어서 그다지 오랜 시간을 벌어주지는 못할 것이다.

"돼지가 올라오려면 이 계단뿐이야. 어디에 숨어 있다가 겨냥하는 것이 좋을까?"

"M, 이쯤 했으면 경찰에 신고하는 것이 어떨까?"

"말도 안 되는 소리. 그렇다면 돼지 박제는 포기해야 해.

그리고 집으로 들어온 돼지 따위를 죽이는 데 왜 일일이 경찰의 도움을 받아야 하지? 날 믿으라고, 요란. 이번에는 절대로 실수하지 않아. 몰랐어? 난 뉴질랜드 1급 엽사 자격증을 가진 놈이야! 이번에는 뒷목덜미 어깨 사이에 정확히 박아줄 테니까."

큰소리를 쳤지만 M의 목소리는 높낮이가 들쭉날쭉하고 고르지 않았다. M도 불안해하고 있는 것이다. 생각했던 것보다 돼지가 너무 크고 힘이 좋았던 것이다.

"그 상처는 뭐야?"

요란이 걱정스럽게 물었다.

"이거? 별거 아니야. 옥도정기나 좀 바르면 소독될 거야. 그놈이 튀어나온 송곳니로 날 공격했어. 빗나갔으니 망정이지."

"큰일날 뻔했잖아. 붕대로 감아줄까?"

"그럴 필요 없어. 출혈도 거의 없어. 그리고 들어봐, 지금 놈이 올라오고 있는 것 같아."

이윽고 무거운 물건이 스스르 밀리는 소리가 나더니 슉슉거리는 소리가 더욱 분명하고 크게 들렸다. 돼지는 일층 여기저기를 돌아다니고 있는 듯했다. 갑자기 생각난 듯이 바닥을 첩첩거리며 핥는 소리와 부르릉거리며 트럭 같은 콧김을 부는 소리, 육중한 무게를 실은 딱딱한 발굽이 마룻바닥을 달각거리며 돌아다니는 소리, 그리고 무엇보다도 푹 절어 있는 듯한 짐승의 오물 냄새가 가깝게 느껴졌다. 머지않아 냄새를 맡을 것이고 그러면 돼지는 곧 이층으로 올라올 터였다.

"벽장으로 들어가."

요란은 새로운 벽장문을 열면서 소곤거렸다.

"뭐라고?"

"벽장으로 들어가서 이렇게 문을 조금만 열고 있으면 아래층에서 올라오는 것을 정면으로 볼 수 있잖아. 그때 눈과 눈 사이의 정면을 겨냥하면 어떨까. 아니면 돼지가 이층으로 계속 올라갈 때 그 급소라는 곳을 쏠 수도 있고 말이야."

"그렇군. 그 생각을 못했어. 아주 좋은 생각인데. 요란, 능력 있는 사냥꾼이 되겠어."

M은 서둘러서 벽장 안으로 들어갔다. 그리고 문을 일 인치 정도 열었다. 그러면 일층에서 계단으로 올라오는 물체는 한눈에 잡힌다. 석궁을 그 열린 틈새로 겨냥하고 있으면 게임의 나머지는 식은 죽 먹기 아닌가.

"난 이층에 올라가 있겠어."

요란은 입술을 새파랗게 하고 말했다. 하지만 정작 자신은 그다지 추위를 느끼지 못했다. 이층에 올라가서 전기스토브 앞에 웅크리고 싶었지만 지금은 돼지 사냥에 동참하고 M의 상처를 치료해주는 것이 더 급하다.

"좋아. 그리고 아침식사는 뜨거운 사과파이와 커피와 콩죽으로 하고 싶어. 준비해줄 수 있겠지?"

M이 마지막으로 말했다. 세 가지 다 인스턴트라면 요란이 늘 준비해놓고 있는 것이다. 그리고 M은 그걸 잘 알고 있다.

이층 간이주방의 냉장고 앞을 서성이다가 요란은 얼어붙은 손가락을 녹이기 위해 스토브 앞에 가 앉았다. 라디오를 켜자 모차르트의 신포니아 콘체르탄테가 흘러나왔다. 요란은 볼륨을 높였다. 바로 그때 요란은 어어억 하는 낮은 비명 소리를 들은 것 같았으나 정확하지는 않다. 안 돼 안 돼, 저리 가 하는 소리를 들은 것도 같다. 그 사이사이에 맹렬하게 첩첩첩 하는 소리도 들려왔다. 그러나 요란은 꼼짝하지 않고 있었다. 요란은 사냥하는 장면을 보고 싶지 않았던 것이다. 사실은 그것 때문에 괴로웠다. 요란은 구급약 상자에서 반창고와 소독약을 꺼내고 냉장고에서 인스턴트 사과파이와 냉동 죽을 꺼내고 가스에 물을 끓였다. 이유를 알 수 없는 눈물 한 줄기가 마른 뺨 위로 흘러내렸다. 요란은 손바닥으로 눈물을 닦았다. 사과파이와 죽은 레인지에 넣고 데웠다. 요란은 돼지가 나오는 집에는 살 수 있어도 돼지가 죽은 집에서는 살 수 없었다. 그러자 몹시 우울해졌다. 마음이 무거웠다.

무엇인가 쿵 하고 쓰러지는 듯한 소리가 났다. 요란은 라디오의 볼륨을 낮췄다. 그리고 귀기울였다. 창밖으로는 아침해가 뿌연 안개를 뚫고 떠오르는 것이 보였다. 바싹 말라버린 겨울 숲 너머로 붉은 연기가 피어오르듯이 날이 밝고 있었다. 요란은 M을 적극적으로 제지하지 못한 것이 마음에 걸렸다. 요란은 돼지를 진심으로 마음에 걸려 하지 않았다. 왜 그걸 분명히 말하지 못했을까 후회가 되었다. 잠시 후에 요란은 마침내 아래층으로 내려가는 계단으로 조심스럽게 다가갔다.

"M."

아무런 대답이 없었다.

"M, 어디 있어요?"

벽장이 내려다보이는 위치까지 왔을 때 요란은 충격을 받고 우뚝 멈추었다. 벽장문은 완전히 부서져 있었다. 마치 전속력으로 달려오는 열차가 지나가버린 듯한 광경이었다. 요란의 가슴이 젖은 흙더미처럼 무너져내렸다.

"M."

조심스럽게 가까이 다가갔다. 이미 그곳에는 어떤 인기척도 없었다. M은 돼지를 잡아서 지하실로 끌고 간 다음 이미 펜치를 사용하는 중인지도 몰랐다. 요란은 망가진 벽장문에 자신의 모습이 기묘하게 산산조각되어 비치는 것을 보았다. 벽장 안에는 아무도 없었다. 단지 M이 사용하던 석궁이 떨어져 있을 뿐이었다. 요란이 그것을 집어들자 묵직한 금속성의 몸체에서 혈흔이 묻어나왔다. 화살은 여섯 발 모두 발사되었다. 두 개는 벽장 안에서 발견되었다. 벽에 박혀 있었다. 왜 M은 아무 쓸데 없이 벽장 벽에 구멍을 낸 것일까. 핏자국은 벽장 안과 계단에 모두 떨어져 있었다. 아래층까지 길게 이어진 핏자국의 마지막에는 언뜻 가발처럼 보이는, 검고 곱슬거리는 검은 실뭉치 같은 것이 떨어져 있었다. 계단을 다 내려간 요란이 그것을 집었다. 그러자 참을 수 없이 강렬한 비린내가 훅 끼쳤다. 덩어리진 피와 피부 조각이 축 늘어졌다. 머리 뭉치같이 보이는 것은 정말로 사람의 머리 뭉치였다. 다른 사람 아닌 M의 것이었다. 아직도 M의 시큼한 땀냄새가 가시지 않았으며 피투성이의 머리 가죽은 따끈했다. M의 값비싼 양가죽 외투와 장화는 현관의 리놀륨 바닥 앞에 떨어져 있었다. 어느 것이나 사정없이 찢기고 피투성이였다. M은 돼지에게 잡아먹혀버리고 만 것이다. 야생 돼지는 작은 짐승을 잡아먹는다고 했다. 집돼지라고 해서 다르지 않을 것이다.

그러면 사람을 잡아먹는다는 것이 불가능한 일은 아닐 것이다. 분노한 돼지는 이층으로 기세 좋게 올라왔을 것이고 벽장문에 비친 자신의 모습을 보고 다른 돼지라고 생각했을 것이다. 그래서 앞뒤 생각 없이 공격했을 것이다. 그 바람에 M은 석궁을 겨냥할 기회를 놓쳐버렸을 것이고 돼지는 M을 씹어 삼켰을 것이다. 무슨 이유에선지 머리털은 먹지 않고 말이다. 마리의 걱정이 그대로 맞았다. 일급 사냥꾼 M은 어이없게도 집돼지에게 먹혀버린 것이다. 그리고 한동안 집안은 침묵이었다. 요란은 머리끝에서 발끝까지 덜덜 떨고 있었다. 이층의 라디오에서는 아직도 모차르트의 신포니아 콘체르탄테가 끝나지 않았다. 바닥에 떨어진 M의 양가죽 코트 주머니에서 자동차 키가 삐죽 나와 있는 것이 보였다. 요란은 그것을 집어들었다. 그랜드 체로키의 키였다. 요란은 현관문을 닫고 집밖으로 달려나왔다. 큰 숨을 쉬고 차갑고 신선한 공기를 폐 가득히 들이마셨다. 해가 떴으나 공기는 빙하 속에 고개를 처박고 있는 것처럼 차가웠다. 그러나 요란의 이마에는 땀방울이 흘렀다. 요란의 몸에서는 시큼한 땀냄새가 났다.

에필로그

그들은 그 일이 있은 이후 십육 개월을 같이 지내다가 헤어졌다. 요란은 어느 날 저녁 잠옷 위에 스웨터를 걸친 차림으로 희태의 기숙사에 나타났다. 게다가 발에는 실내용 슬리퍼를 신은 채였다. 요란의 얼굴은 때와 눈물로 얼룩이 졌고 심한 기침을 하고 있었다. 그들은 서로 감싸안은 채 오래도록 가만히 있었으며 끊임없이 입맞추고 너를 떠나지 않겠노라고 반복해서 말했다. 극심한 공포와 절망의 기운이 두 사람을 더욱 가깝게 했다. 요란은 다시 로사호텔에서 살게 되었다. 누구도 요란에게 M에 대해서 묻지 못했다. M에 대한 질문을 받으면 요란은 소리없이 울기 시작했고 그러면 요란의 기침이 멈추지 않았기 때문이다. 요란에게 필요한 것은 따뜻한 차와 난방이 잘 된 집과 군중에게서 밀폐된 공간이면 충분했다.

십육 개월 후 그들은 손을 잡고 거리를 걷고 있었다. 그때는 봄 축제중이었다. 요란은 거친 질감의 회색 투피스에 흰 모자를 쓰고 있었다. 그때쯤에는 요란은 많이 건강해져서 보통 사람들처럼 혼자 여행을 다니거나 버스를 타고 시내를 돌아다니거나 백화점이나 극장을 다녀도 기침을 하지 않았다.

바람이 불 때마다 결혼식의 풍경처럼 꽃이 떨어졌다.

"너를 가져서 난 안심이 돼."

요란이 마른 뺨을 돌리고 희태를 향해 미소 지었다.

"언제나 이렇게 있을 거야. 오래오래. 널 보면서 꽃 핀 거리를 걸을 거야. 이렇게 죽을 때까지."

"나도 마찬가지야. 무슨 일이 있어도 너를 떠나지 않아."

"희태, 정말로 너를 좋아해."

요란이 한숨처럼 말했다. 그리고 그들은 군중 속으로 스며들어갔다. 그곳은 퍼레이드가 벌어지는 곳이었다. 무용수들과 분장한 악단과 여고생 고적대의 행렬이 이어졌다. 퍼레이드를 보려고 사람들이 모여들었다. 더 좋은 자리를 차지하기 위해 사람들은 서로 밀치고 앞으로 나가려고 했다. 그들은 천천히 걸으려고 했으나 사람들이 너무 많아 포기했다. 어느새 그들도 사람들에게 떠밀려서 난폭할 정도로 빠른 속도로 앞으로 나가고 있었다. 그러나 그들은 손을 놓지 않았다. 고적대는 빠른 박자로 〈Summer time〉이나 〈Because I love you〉 같은 경쾌한 곡들을 연주하면서 행진했다. 구경꾼들도 팔을 흔들고 고개를 흔들흔들하면서 박자를 맞추었다. 걸음을 옮길수록 사람들의 숫자는 점점 늘어났다. 이제 저녁이 되고 그러면 불꽃놀이가 시작될 예정이기 때문이다.

퍼레이드의 중간쯤에서 그들은 잡고 있던 손을 놓쳤다. 정확히 말하면 요란이 희태의 손을 망설이면서 살짝 놓았다. 손수건을 꺼내려고 했거나 아니면 퍼레이드를 좀더 잘 보기 위해서 앞으로 나가고 싶어했는지도 모른다. 더워서 손에 땀을 닦기 위해서 잠시 동안만 손을 놓으려고 했을 수도 있다. 그러나 그들은 그 손을 다시는 잡을 수가 없었다. 군중들이 점점 늘어나는데다가 그 근처에서 퍼레이드가 두 갈래 방향으로 갈라졌기 때문이다. 사람들도 퍼레이드를 따라서 갈라지고 그 와중에 희태는 요란이 어디로 갔는지 찾을 수가 없게 되었다. 회색 투피스에 흰 모자를 쓴 여자들은 많았다. 그해 봄은 무채색이 유행했다. 희태는 퍼레이드의 끝까지 따라갔다가 요란을 찾지 못하자 그들이 헤어졌던 지점으로 돌아왔다. 그때 이미 해는 기울었고 퍼레이드 군중은 흩어졌다. 희태는 그곳에서 세 시간이나 기다렸지만 요란은 나타나지 않았다. 요란과 비슷해 보이는 여자들은 스무 명도 넘게 지나갔다. 그들은 모두 회색 투피스에 흰 모자를 썼으며 요란과 비슷하게 화장을 했다. 자세히 보면 생김생김이 요란을 닮기까지 했다. 그러나 요란이 아니었다. 그들은 모두 희태에게 냉랭한 무표정을 던지고 지나갔기 때문이다.

요란은 로사호텔에도 다시는 나타나지 않았고 시골에 있

던, 한때 돼지가 나온다고 시끄러웠던 요란의 집은 폐쇄되었다. 이듬해 겨울에 노처녀 마리는 늘 꿈꾸던 대로 부유한 청년 실업가를 만나서 결혼하게 되었는데 결혼 이후에도 어머니와 함께 살 생각이어서 집을 수리하려고 벽돌공을 불렀더니 마침 그 주가 블루 마르타 기념일이라서 일을 못 한다는 통보를 받았다.

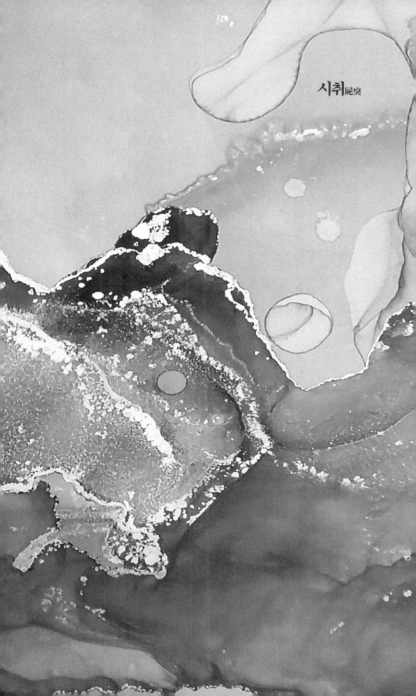

시취屍臭

7월 24일에는 특급열차 탈선과 화재 사고가 났다. 분명하지는 않았지만 혹시 휴가를 끝내고 집으로 돌아가던 P가 그 기차를 타지 않았을까 해서 그가 방송국으로 전화를 걸었던 기억이 난다. 전화는 불통이었다. 언제나 그랬지만 그날 그에겐 타인의 죽음이 자신의 것처럼 매우 가깝게 느껴졌다.

텔레비전에서는 계속해서 사망자의 명단을 내보내고 있었다. 이십대의 여자, 중키에 갈색 원피스, 전신 3도 화상, 사십 세 정도의 남자, 비만형에 대머리, 전신 3도 화상, 오륙 세 정도의 어린아이 둘, 반바지에 흰색 운동화, 전신 3도 화상, 십대 후반의 여자, 선글라스에 밀짚모자, 좌반신 3도 화상에 양다리 절단상. 이런 식이다. 카나리아에게 물과 모이를 주고 새장을 청소하면서 뉴스를 들었다. 시간이 지나고 부상자들의 이름이 밝혀졌지만 P의 이름은 어디에도 나오지 않았다. 하지만 그는 P가 그 열차를 탔을지도 모른다는 집요한 상상에 시달렸다. 병원으로 전화를 하면 (임시로 고용된 것이 분명한) 사람들은 그에게 P의 이름과 키와 몸무게와 인상착의와 무엇을 입고 있었는지, 동행은 있었는지 물어본 후 오랜 시간 메모를 한 다음에 지금은 상황이 복잡하고 정돈되어 있지 않으니 좀더 안정된 후에 사태가 파악되면 알려주겠노라고 친절하게 약속했다. 그러나 아무런 연락도 오지 않았다. 그는 새삼스럽게 P의 이름을 바싹 마른 입술 사이에서 굴리듯이 불러보았다. 병원에 전화를 하면서 그가 P의 이름을 제대로 불러주었는지 시간이 지날수록 의심스러워졌다. P를 세 글자의 이름으로 생각해본 것이 얼마 만인가 모른다. P가 지금 이 시각 죽었을지도 모른다는 생각이 그의 의식을 명료하게 만들었다. P가 죽었다는 것을 그가 알든 모르든 P가 죽었다는 사실에는 변함이 없을 것이다. 또한 그것이 그에게 어떤 영향을 끼치지도 않을 것이다. 삼십 년도 넘는 시간 동안 그들은 단 한 번의 연락도 없이 지냈고 아마 이제 앞으로도 그럴 것이다. 그런 그에게 P의 생사가 무엇이 그리 중요한 문제란 말인가. 이제 죽음은 불행이 아니다. 그것은 이제 빛과 어둠처럼 분명한 경계도 아니고 고통이나 나락이라고 부를 수는 없다. 그러므로 그는 P에 대해서 이제 궁금해할 필요가 없는 것이다.

그는 불빛을 어둡게 한 전등 아래서 몇 안 되는 편지 꾸러미들을 모아놓은 바구니를 뒤적거렸다. P의 편지가 있었다. 글자들이 투명하게 비쳐 보이는 종이에 펜으로 쓴 P의 편지는 짧았다. 그는 이것을 버려야 하리라. 그가 죽은 뒤 누군가 이것을 발견한다면 P나 그에게 불명예가 될지도 모르기 때문이다. 그는 지나치게 결벽성 강한 사람이어서 육십 년 가까이 살아오면서 손끝 한 번 스쳐보지 못했고 오십오 세가 되어서야 간신히 점심식사를 한 번 같이 했을 뿐인 여인 P에 대해서 유난한 경계를 하고 있는지도 모른다. 게다가 몇 안 되는 P의 편지는 짧고 지극히 일상적인 내용이어서 친척 누이나 유료 양로원의 간호사가 보내는 안부편지와 다르지 않았다. 신기할 것도 없는 날씨 얘기며 어느 상점에서 산 케이크가 맛있었다는 얘기, 주말에는 너무나 복잡해져서 큰길가로는 얼씬도 하지 못한다는 얘기들이다. 그러나 P는 마지막 편지의 한 구절에 썼다. 늦은 봄날 마당을 서성이는 개의 눈빛이 이상하게 고독해 보인다고. 그 고독이라는 단어가 그의 마음에 오래도록 걸렸다. P는 그런 단어를 편지에 쓰지 말았

어야 했다. 그에게 말하기에는 적절하지 못한 단어다. 그러
나 그는 바구니 안의 편지를 뒤적거리며 편지를 없애버려야
겠다고 마음만 먹고 있을 뿐이었다. 그에게 고독, 이라는 단
어가 포함된 편지를 써 보낸 P가 죽었다는 것을 그가 알든 모
르든 P가 죽었다는 사실에는 변함이 없을 것이다. 또한 그것
이 그에게 어떤 영향을 끼치지도 않을 것이다. 그의 복잡한
생각과는 무관하게 그의 전화기는 시치미를 떼고 침묵하고
있었다. 병원에서는 어떤 연락도 없었다.

   P에게서 마지막 편지를 받은 것은 일 년도 훨씬 더 전의
일이다. 아니 어쩌면 그보다 더 오래되었을지도 모르겠다.
현기증 때문에 기억을 하지 못하는 것일 수도 있다. 그러므
로 그가 P에게서 언제 마지막 편지를 받았는지, 마지막 전화
가 언제였는지 하는 기억은 정확하지 않을 수도 있다. 그는
몇 년 전부터 부정기적으로 찾아오는 주체할 수 없는 두통과
현기증에 시달리고 있었지만 최근 몇 개월 전부터는 그 빈도
와 강도가 상상도 못할 만큼 치명적이 되어가는 중이다. 두
통은 아무런 전조도 없이 갑작스럽게 그를 덮치고 그를 억누
르고 예감 없는 강렬한 통증으로 다가왔지만 현기증은 조금
달랐다. 그것은 검은 어둠으로 그의 모든 감각기관에 서서히
징후를 나타내기 시작했다. 그는 어느 순간 밝은 태양빛 아

래서도 책을 한 글자도 읽을 수 없다는 사실을 깨닫게 된다. 귀는 어느덧 이명으로 가득차고 입에는 침이 놀랄 만큼 빠른 속도로 고인다. 그사이 몸은 서서히 무감각해지고 목 뒤쪽이 조이는 듯이 굳어온다. 이윽고 머리 한가운데가 쪼개지는 듯이 아프다. 그러면서 그의 눈앞이 하얗게 흐려지며 곧 칠흑처럼 깜깜해진다. 말 그대로 아무것도 보이지 않게 되는 것이다. 이 순간이 되면 그는 위협을 느끼고 벽에 기대거나 소파나 침대에 눕거나 버스나 지하철의 좌석에서 몸을 웅크려야 한다. 그리고 서서히 아주 서서히 그의 발아래 대지가 어느 한 방향으로 회전하는 것을 느끼기 시작한다. 그러면서 구토증이 몰려온다. 구토증은 위장을 도려내는 듯이 맹렬하다. 대지의 회전은 점점 가속이 붙고 마침내는 브레이크가 고장난 세탁기 안에 들어가 있는 것처럼 사고나 감각의 균형을 잡을 수가 없다. 그는 머리가 신이 오른 광대처럼 흔들리는 것을 느낀다. 도저히 가눌 수가 없을 정도다. 미칠 듯한 내장의 비틀림. 그는 침을 뚝뚝 흘리게 된다. 바닥에 머리를 기대고 숨을 헐떡거리고 사지를 부르르 떨게 된다. 머리를 조금이라도 들거나 움직였다가는 미친듯이 돌아가고 있는 대지의 힘에 의해서 그의 몸이 산산이 원심분리될 정도이다. 한 시간에서 두 시간. 그는 머리를 감싸쥐고 계속해서 비명을 참기 위해 혀를 깨물고 식은땀으로 그의 온몸이 흥건히 젖는 것을 느끼며 이 순간이 어서 지나가기를 기다릴 뿐이다. 이러한 일련의 사태에 대해서 그가 아무것도 할 수 없다는 사실은 그를 더욱 절망적으로 만들었다. 서서히 다가오는 검은 현기증의 예감에 아무런 방법도 없이 온몸으로 그 공포와 고통을 겪어내는 것 이외에는. 혈관이 수축되고 균형감각이 상실되고 그의 온몸의 피가 미세한 붉은 가루로 변해 검은 우주공간으로 사라져간다. 그의 의지와는 별개로 그의 내장과 안구가 춤추며 돌아다닌다. 심한 발작이 일어날 때면 그는 거의 사흘 동안 자리에서 일어나지 못하고 지낸 적도 있었다. 처음에 그 현기증의 발작을 당했을 때 그는 이윽고 죽음이 다가온 것이라고 믿었다.

사실, 발작이 아닐지라도 그는 노쇠해가고 있었다. 아침에 일어나 커피를 끓여 잔에 따를 때, 사기잔이 부딪히며 심하게 달그락거리는 소리를 스스로도 느낄 수 있었다. 목욕을 마친 뒤 그의 피부가 거북의 등처럼 조각나는 것이 보였다. 심하게 각질이 생긴 피부는 팔꿈치 안쪽이나 무릎 뒤편부터 갈라지기 시작해 찢어진 살 사이로 벌건 피하조직이 드러났다. 그는 아직 보통 남자의 평균수명에 미치지 않는 나이이기는 하지만 그의 가까운 가계에 장수했다고 할 만한 사람은 없었다. 그의 할아버지와 아버지는 모두 유난스러운 선병질로 사십대를 넘기지 못했고 그의 어머니와 외가 쪽 사촌 형제들은 심장질환을 앓았다. 그러나 젊은 시절 그와 형제들은 비교적 건강한 편이었다. 건강의 기준을 무슨 특별한 병을 앓지 않는 것으로 본다면 분명히 그랬다. 거기다가 그의 경우는 스포츠에 취미와 재능을 보이기도 했다. 실제 그의 형제들은 아직까지 단 한 명만이 순환기 계통의 병으로 죽었을 뿐이다. 그러나 친척들의 부음을 받을 때마다 그는 자신이 지나치게 오래 살고 있다는 수치스러운 생각에 사로잡혔다. 뚜렷하지는 않으나 그는 병들었으며, 분명히 그러하며, 그것이 당연하다는 생각 말이다. 아침에 일어났을 때 입술이 푸르스름하게 변하고 검은 침이 고이는 것하며, 시간이 이상하게 늘어진 채 느릿하고 불규칙적인 속도로 진행되는 것하며, 한밤에 이유 없이 잠을 깨는 일하며, 엉덩이 부분에 진한 핑크빛으로 살덩어리가 뭉치며 올라오는 증상하며, 아침마다 혀가 붓고 검게 딱딱해지는 것하며, 그리고 그 현기증을 생각해볼 때 그가 병들었다는 것은 의심할 바 없는 사실일지도 모른다. 의사에게 찾아가야 하나. 그는 언제나 망설이게 된다. 그는 이미 육신의 에너지를 다 소진해버린 것이다. 허물만 남은 몸으로 수명을 연장한다는 것이 과연 합리적인 일일까, 그는 곰곰 생각해본다. 생명이라는 것은 분명히 어떤 종류의 에너지의 상태를 가리키는 것이다. 전파나 속도나 온도, 진동이나 빛 같은 것으로 나타나고 측정되는 기운 말이다. 그러나 그에게는 지금 어떤 형태의 에너지도 남아 있지 않다. 그가 움직이고 잠자리에서 눈을 뜨고 밥을 씹고 국을 뜨고 쓰레기를 버리고 배설하는 행위들은 이미 지나간 과거의 시간에 자신에게 일어났던 의지와 기억에 대한 관성일 뿐이다. 그것은 그림자이고 남아 있는 성질일 뿐이지 그 자체는 이미 아니다. 오래전부터 아니다. 그 안에 자리잡고 들어 있는 것은 다름 아닌 죽음과 종말일 뿐이다. 그 자신이라는 자아와 존재는 죽음의 껍데기에 불과하다. 그러므로 그는 의사를 찾아가려는 시도는 하지 않는다. 어느 순간부턴가 그는 이미 죽어버린 사람들에게 더욱 친근한 마음을 갖게 되었다. 꿈속에서 그들이 나타나면 실제로 그리운 사람을 만난 듯이 얼굴에 홍조가 피었다. 그에 반해서 세상의 살아 있는 사람들이 점점 멀어져갔다.

P도 어쩌면 그와 비슷한 생각을 하고 있을지도 모른다.

그는 P가 그 열차를 탄 것이 아니고 다른 열차를 탔다는 사실을 방송국이나 병원을 통해서가 아니고 P의 아들인 해균이 그에게 편지를 보냈기 때문에 알게 되었다. 해균의 편지를 받은 것은 열차 사고가 나고 일주일 뒤였다. 해균은 몇 년 전부터 매년 그의 생일 즈음에 그에게 편지를 보내왔다. 해균은 편지의 마지막에 "……어머니는 올해도 남쪽지방으로 여행을 다녀오시고 맛난 복숭아를 많이 드셨다고 합니다. 선생님에게 안부를 전해달라시더군요. 열차 사고가 난 바로 이틀 뒤가 출발인지라 열차회사에 몇 번이나 전화를 해서 시간표가 어떻게 되는지 물어보려 했으나 전화는 늘 불통이었습니다…… 어머니는 아직도 명륜동 집에 혼자 계십니다. 선생님과 바로 이웃해 사셨다는 그 집 말입니다. 불편하실 텐데도 이사하려 하시지 않습니다. 어머니는 당신이 결혼으로 집을 떠나 있었던 시간이 살을 베어낸 것처럼 허허로웠던 순간이고 그 집에 다시 돌아와서야 비로소 마음이 안정되었다고 하십니다. 그래도 여전히 건강하시니 다행입니다. 선생님도 그러하시기를 바랍니다. 저는 지난여름에 아버지와 새어머니가 계시는 필라델피아에 다녀왔습니다. 선생님도 유학시절 한때 계셨던 곳이죠. 독립기념일부터 한 일주일간 그곳에 있었습니다. 선생님은 여행을 싫어하시고 가까운 사람에게 냉정하다고 들었습니다. 지금은 칩거의 생활을 완전히 선택하셨다고 어머니께서 말씀하시더군요. 그러나 저는 앞으로 나가야 할 길이 멀고 할일이 많다는 생각으로 늘 초조합니다. 어머니께서는 젊음도 짐이라고 하시더군요. 선생님의 건강과 평안을 기원합니다"라고 썼다. 그는 날이 선 편지지를 원래대로 접어 봉투에 넣고 편지함에 넣어두었다. 해균이 보내오는 편지는 거의 내용이 비슷비슷했다. 해균은 언제나 어머니를 많이 생각하고 매년 여름휴가는 아버지와 새어머니와 함께 보냈으며, 그가 한 번도 답장을 보내준 적이 없음에도 불구하고 서른 살 되던 해부터 매년 일정한 시기에 편지를 보내오는 것을 잊거나 소홀히 하지 않았다. 그는 해균의 얼굴을 본 적이 없었다. P는 해균이 소년시절에 스케이팅에 재능이 있었다고 말했다. 그들이 같이 식사하고 있을 때였다. 그들이 삼십팔 년 만에 처음으로 만난 날이었다. 그는 P가 그 말을 하면서 유난히 그의 얼굴을 뚫어지게 바라본다고 느꼈다. 불편해져서 그는 흠흠 기침을 했다. 별로 좋은 기분은 아니었다. 명륜동의 옆집에 살면서 그들은 서로에 대해서 자세히 알고 있었다. 적어도 그가 학교 대표 스피드 스케이팅 선수였던 것 정도는 그녀도 잘 알고 있을 것이다. 그런데도 태연하게 그 말을 한다는 것은 고급 옷을 입은 부인네의 행동에 어울리는 것은 아니라고 느꼈다. 그 일 이후 해균이 편지를 보내왔다. 아마도 P가 그렇게 하라고 시켰을 것이다.

밥을 일일이 지어 먹는다는 것은 상당히 번거로운 일이

었다. 일단 마켓에 가서 야채와 고기와 양념거리를 사가지고 와서 다듬어야 하고 직접 요리를 해야 하고 식탁을 차려야 하고 밥을 먹은 다음 설거지도 해야 하고 주방을 청소해야 한다. 그는 두 번의 결혼 이력이 있지만 유학생활을 포함해서 꽤 긴 독신기간을 가졌다. 그래서인지 그는 그 나이의 보통 남자들과 달리 스스로 의식을 해결하는 것에 대해서 아무런 거부감이 없었다. 이 점은 그에게는 상당히 특이한 것이었다. 한국전쟁 직후에도 그의 가족은 그 이전이나 다름없이 운전수와 가정부, 그랜드피아노와 침모와 아이 보는 계집아이를 데리고 살았다. 그러므로 그는 목욕물을 데우거나 방을 청소하거나 운동화를 빨거나 자신의 옷을 정리하거나 이불을 개는 일 따위는 하지 않고 자랐다. 심지어 연필을 깎아본 적도 없고 저학년 때는 책가방을 들어주는 하인이 있었고 추운 겨울이면 방안에서 세수를 했다. 그런 그가 혼자 살게 되자 자신의 공간에 다른 사람이 얼씬하는 것에 대해서 극도의 예민함을 보였다. 그가 첫번째 아내의 존재를 끝내 견딜 수 없었던 것도 비슷한 이유였다. 결혼 이후에 분가한 그는, 공동의 공간에서 친밀한 관계에 놓이게 된 두 사람이 방과 화장실을 같이 쓰고 일거수일투족을 세세히 주시당하는 결혼생활이란 것이 숨이 막혔고, 또 그것을 거부할 정당한 방법이 없다는 생각은 아직 대학생이던 그의 목을 조이는 듯했다. 그의 첫번째 아내에게 특별한 잘못은 없었다. 계획된 것이기는 했지만 그는 도망치듯 유학을 떠났다. 그런 이유로 그는 아직 한 번도 가정부를 고용한 적이 없다.

나이든 남자가 손수 찬거리를 준비하고 바느질을 하고 걸레질을 하는 것이 당사자보다도 주변 사람들을 더욱 질색하게 만드는 일이라는 것 정도는 그 자신도 안다. 그러나 그는 결코 가정부와 한 공간에서 잠시라도 있고 싶지 않고 가정부의 손이 닿은 음식을 먹고 싶지도 않았다. 그와 마찬가지의 기분을 그의 첫번째 아내에게서 받았을 때, 그 자신조차도 슬픔과 충격을 느꼈던 것이다. 그는 타인의 시중을 당연한 것으로 알고 자란 사람이었지만 그 결혼 이후 줄곧 고용인이 없는 생활을 고집해왔다. 왜 그랬는지는 알 수 없다. 그것은 불결감이라기보다는 타존재에 대한 거친 이물감이었다. 결혼 직후에는 아내라는 존재의 시중을 받기가 힘들었다. 그래서 의도적으로 자신의 일을 스스로 챙기다보니 나중에는 아내 이외의 타인도 힘이 들게 되었다. 처음에는 그의 나이도 어리고 결혼이란 중대사를 치른 충격으로 좀 멍해져서 시간이 지나면 해결되리라고 막연히 생각했으나 틀린 생각이었다. 첫번째 아내에 대해서 느꼈던 불편함은 그 이후에도 지속되어서 그는 점점 폐쇄적이 되어갔고 마침내는 다른 누구와 한 이불에서 잠자는 것이라든지 다른 사람과 같은 세면대를 쓰는 것 정도도 견디기 힘들어하는 상태가 되었다. 그는 펜실베이니아에서 오래도록 생각에 잠겨 있었다…… 결국 도저히 유지할 수 없다는 결론이 났다. 처음에 그는 그 원인이 여자에 대한 애정 문제라고 간단히 치부해버렸다. 즉 연애관계가 없는 결혼이었다는 말이다. 그 당시 다른 모든 젊은이들을 열광시켰던 자유연애의 유혹을 그도 느끼고 있었다. 구습에 의한 결혼은 거의 무조건 나쁜 것이고 현대적이지 못하다는 생각에 내성적인 그도 말없이 동조하고 있었던 것이다. 그래서 몇 년 뒤 두번째 결혼을 감행할 수 있었다. 대학 동기였고 연애 기간을 거친 두번째 아내와의 결혼생활은 십이 년이나 지속되었으나 그들은 거의 대부분의 시간을 별거한 상태로 보냈으며 동침한 횟수도 손에 꼽을 만했다. 다시 혼자가 되었을 때, 그는 비로소 새로 태어난 듯이 홀가분해졌다.

P가 그 열차를 타지 않아서 정말 다행이다.

불을 끄고 자리에 눕기 전에 그는 다시 한번 입 밖으로 소리내어 중얼거려보았다. 요즘에는 꼭 잠자는 시간이 아니어도 문득문득 예상치 못한 졸음이 밀려왔다. 그런가 하면 불을 끄기 직전까지 흐르는 침을 닦지 못할 정도로 졸음에 휘말리다가도 불을 끄고 눕는 즉시 수천 가지 생각들이 미친듯이 춤추면서 그의 의식 속으로 비집고 들어오려고 서로 전투를 벌이는 것이다. 너무나 수많은 기억들이 동시에 명료해지기 때문에 차라리 고통스러울 정도이다. 예를 들자면, 열일곱 살 난 그와 P가 기차역에 서 있다. 공기가 싸늘한 겨울 새벽이고 안개 때문에 콜록콜록 기침이 나왔다. P는 검은 스타킹에 검은 구두를 신은 학생복 차림이다. P는 아직 소녀이다. 그가 생각하는 소녀란, 단지 나이가 어린 여자를 말하는 일반적인 명사가 아니라 어떤 특별한 존재만이 획득할 수 있는 고귀한 육체와 정신의 상태를 가리키는 것이었다. 꿈속에서도 차마 그 얼굴을 정면으로 보기가 두려울 정도로 미완의 불안정한 형태를 가진, 쳐다보는 것만으로도 상처를 줄 것만 같이 섬세한, 정말 소녀 말이다. 기차는 보이지 않지만 기적 소리가 짙은 안개 사이로 환청인 양 들려온다. P는 부산에 있는 이모님 댁에서 방학을 보내려고 내려가려고 하는 중이다. 그는 P의 짐을 들어준다는 핑계로 그녀의 곁에 머물고 싶었던 것 같다. 그러나 그들의 일행은 여러 명이다. P의 언니와 여동생과 P의 집에 머물면서 그와 같은 고교를 다니고 있던 P의 사촌과 P의 형부가 그들이다. 그러나 정확하지는 않다. P의 여동생은 유리병에 든 사이다를 마시면서 다른 방향을 바라보고 서 있었다. 손바닥에 끈적끈적한 사이다를 흘려버렸기 때문에 손수건을 찾고 있었다. P의 언니는 임신중이었다. 새벽의 습하고 매캐한 안개가 그녀의 건강에 해롭지 않을까 P의 형부는 신경쓰고 있었다. P의 사촌은 그의 옆에 서서 그가 앞으로 가게 될 공과대학에 대해서 이야기하고 있었다. 한국은 공업 후진국이다. 공과대학에 들어가서 학위를 따려면 미국에 가서 공부할 것을 각오해야 한다. 삼촌인 P의 아버지에게 그것마저 부탁한다는 것은 지나친 신세를 지는 것이 아닐까? P의 사촌은 미래에 대한 걱정이 많았다. 그러나 그는 다른 것을 생각하고 있었다. P는 언제 돌아올까. P가 돌아오면 그는 실내 스케이트 링크에 놀러가자고 말해볼 생각이었다. 물론 P의 사촌과 P의 여동생과 모두 함께이다. 그는 P에게 멋지게 스케이팅하는 모습을 보여줄 수도 있을 것이다. 그의 바람과는 반대로 기차는 너무나 빨리 도착했다. P는 키가 컸고 성숙한 몸매를 하고 있어서 멀리서도 눈에 띄는 소녀였다. 그날 안개 속에서도 마찬가지였다. 눈을 내리깐 P의 옆모습은 지금도 뚜렷하다. 기차가 도착하기도 전에 안개는 점점 더 진해졌다. 일행들의 모습은 안개 사이로 스며들어 각자가 외따로 떨어진 섬처럼 조용히 가라앉아 보였다. 그들은 안개 속에서 마치 아무 상관 없는 낯선 행인들처럼 희미하고 불특정하게 투명할 따름이었다. 그는 거센 상상에 사로잡혔다. 사실 이 배웅은 그 혼자만의 것이다. 그는 P를 위해서 홀로 기차역에 나왔고, 사방에 보이는 것은 안개뿐이다. 그가 P의 존재를 강하게 의식하고 있는 만큼 P도 그러할 것이다. P는 단연코 여성이며, 여성이란(이 부분에서 그는 심하게 얼굴을 붉히지 않았는지 스스로 걱정스러웠다) P와 같이 엄선된 온갖 고귀한 정수를 갖춘 존재를 말하는 것이지, 세속적으로 여자 남자를 말하는 그런 보편성으로서의 여성이란 P에게는 어림없는 말이었다. 그는 P의 사촌과 함께 짐을 자리로 날라다주고 P에게 잘 다녀오라는 무뚝뚝한 짧은 인사를 남긴 다음 기차에서 내렸다. P는 그때 옆모습으로 조금 웃은 것도 같았다. P는 한 달만 머물다 돌아올 예정이었다. 손을 흔들었는지도 모른다. 그날 이후 그들은 삼십팔 년 동안 만나지 못했다.

그가 형제들과 절교한 것은 1989년이었다. 사촌들이 모두 모였다. 그들은 단명한 조상과 (미미하지만) 친일의 경력 때문에 할아버지가 국가에 기부한 땅문제와(사촌들은 그것이 기부가 아닌 권력의 협박에 의한 불법 몰수라고 주장했다) 복잡하게 얽혀 있는 미해결된 유산 문제가 남아 있었다. 그가 두번째 아내와 확실하게 헤어질 수 있었던 계기가 된 1980년과 1986년의 법정 싸움도 모두 유산상속을 둘러싼 갈등이 그 원인이었다. 그가 자신의 생각대로 유산상속을 포기해버리면 아내에게 이혼 위자료를 줄 수 없었기 때문에 그의 아내는 그를 대신해서 소송에 참가했다. 모두들 길고 지루한 소송이 될 것이라고 예상하고 있었기에 아무도 조바심을 내거나 열성을 보이지는 않았다. 그들은 각자의 일에 종사하다가 주말이면 골프 코스를 돌거나 무심한 얼굴로 교회에 갔다. 소송은 변호사 사무실에서 서류로 이루어지고 있었고 그렇다고 변호사에게 전화해서 일의 진전을 묻는 사람도 없었다. 오직 단 한 사람, 그의 아내에게는 돈이 필요했다. 그 점을 잘 알고 있었기에 그는 형제나 사촌들처럼 태연하지도, 아내의 입장이 되어 전전긍긍하지도 못하는 애매하고 어정쩡한 태도를 취할 수밖에 없었다. 그가 두번째 결혼만 하지 않았더라면 그는 유산상속을 완전히 포기할 수 있었을 것이다. 그는 그다지 돈을 많이 쓰지 않을 자신이 있었고 은행에서의 수입과 살아갈 수 있는 연금과 약간의 저축이 있었기 때문이다. 그러나 그의 아내가 강력하게 권리 주장을 했기 때문에—그녀로서는 그럴 수밖에 없었다. 장인이 완전히 파산했던 것이다—그는 조건부로, 라는 단서를 달아 유산상속

포기원을 낼 수밖에 없었다. 그 조건부란 아내에게 주는 위자료이다. 최종 판결이 났을 때 그의 아내는 겨우 푼돈을 받게 되었다고 울먹이고 있었고 그는 일시적인 발작 증세로 지팡이를 짚고 서 있었다. 겨우 사십대였으나 그때부터 그는 건강이 극도로 나빠져서 은행에 나가지 않았다. 체중이 점점 빠지고 흰머리가 갑작스럽게 늘어났다. 관절이 부식되는 듯한 소리가 나고 통증이 잦더니 급기야 온몸이 이상한 각도로 휘었다. 등은 구부정해지고 목은 오른쪽으로 비틀리고 걸음걸이는 휘청휘청 이상해졌다. 빠른 속도로 체액이 빠져나가는 것처럼 그의 몸이 오그라들고 주름잡히고 건조해졌다. 법원을 다녀온 날 집에 와서 그는 잠을 잔 다음 바지를 꺼내서 뜯어진 곳을 꿰매기 시작했다. 눈앞이 가물거리더니 벌들이 날아다니는 것처럼 빛이 어룽거리며 그를 쏘아댔다. 그는 이제 간신히 제 몸 하나 건사할 수 있을 뿐인, 가족 하나 없는 병들고 왜소한 중늙은이일 뿐이었다. 1989년 음력 8월 15일, 그는 형제들과 사촌들에게 이제 다시는 집안의 일에 참석하지 않겠다고 말했다.

비가 온다.

잠에서 깨어난 그가 눈을 떴을 때 창밖의 뜰은 비에 젖고 있었다. 해가 뜨려면 좀더 기다려야 했고 아직 어두운 시간이었다. 그때 그의 머릿속에 최초로 떠오른 것은 병원으로 전화를 해야겠다는 생각이었다. 병원이나 방송국으로 전화해서 P의 안부를 물어야 한다. P가 탄 열차가 탈선했으며, 빠져나오지 못한 P가 불에 타고 있다는 상상에 사로잡혔다. 꿈을 꾼 탓이리라. 그는 성급하게 침대 곁의 전화기를 들면서 다른 손으로 전화기 근처에 놓아둔 메모지를 더듬거리며 찾았다. 그러나 그가 필요한 전화번호를 적어놓은 메모지는 보이지 않았다. 그는 불을 켜고 파자마를 여미고 슬리퍼에 앙상한 맨발을 꿴 다음 메모지를 찾기 위해 일단 안경을 찾아썼다. 그러나 그제야 사실은 전날 그 메모지를 휴지통에 다른 쓰레기들과 함께 버려버린 기억이 났다. 왜 버렸을까? 그는 머리를 감싸쥐고 숨을 헐떡였다. 창밖으로 으르르 천둥치는 소리가 들려왔다. 마당의 붉은 협죽도가 거센 바람에 흔들리는 것이 보였다. 그렇다. 그는 메모지를 버렸고 그것은 P가 무사하다는 해균의 편지를 받았기 때문이었다. 그는 허둥대는 것을 멈추고 점차 마음을 진정시키면서 빗소리에 귀를 기울였다. 아아, 다행이다. 정말 고마워. 그는 입 밖으로 그 말을 낼 뻔했다. 무엇이 고맙다는 것인지 그도 잘 알지는 못했다. 그와 P는 겨우 일 년에 한두 번 편지를 주고받을 뿐이고 아마도 이제 그가 죽는 날까지 다시는 만날 일이 없을 터였다. 사람이 살아 있다는 것과 죽었다는 것의 경계는, 적어도 그의 세계 안에서는 서서히 희미해져가고 있었다. 그러므로 P가 죽는다는 것은 그에게 이제 커다란 충격이 아닌 것이다. 아니어야 하는 것이다. 그처럼 한 발을 죽음의 영역에 들여놓고 사는 사람에게는 사물과 사건을 받아들이는 감각의 형태도 달라지는 법이다. 그의 뺨에 태어날 때부터 있던 갈색 반점이 어느 날부턴가 점점 커지면서, 그 부분의 피부가 두꺼워지고 그 반점 한가운데서 시든 풀포기처럼 회색빛 털이 한 줄기 길게 올라온 것을 발견했을 때의 그 깊고 고요하며 지극히 평화롭기까지 했던 절망처럼.

몇 달 전 아직 여름이 찾아오기 전에 그는 친구 K의 부음을 받았다. K는 평소에 그보다 훨씬 더 건강했고 백 살도 넘게 살 듯이 보이는 사람이었기에 그는 좀 놀랐다. 그러나 K와도 최근엔 만나지 못한 것이 몇 년인지도 몰랐다. K는 중학교 때 처음 만나 고등학교, 대학교까지 같이 다니며 친한 친구로 지냈다. K는 이화동에 살았고 그의 집은 명륜동이었으므로 지금의 조선일보사 뒤편에 있던 학교에서 하교하는 길이 같았다. K는 젊은 시절부터 스포츠맨이었고 하루에 십 킬로미터 이상씩을 반드시 뛴다고 들었다. 과음도 하지 않고 담배는 한 번도 피워본 적이 없을 것이다. 무엇보다 K 자신이 심장 전문의가 아닌가. 그가 아는 한 K는 일생 동안 유난한 스트레스를 가장 덜 받은 사람들 중의 한 명으로 꼽힐 것이다. 낙천적이고 배포가 큰 성격 덕도 있고 순탄하고 럭키했던 그의 인생 항로 덕도 있고 부유하고 화목했던 가정생활 덕도 있을 것이다. 그런 K가 죽었다. 영원히 행복할 것 같던 K가 죽었다. 그는 전보를 한 손에 들고 집안을 서성였다. 죽음이 그를 찾아왔어야 했는데, 우연한 실수로 엉뚱한 K를 데려가버린 듯이 느껴졌다. 그와 K의 중학교는 지금 폐쇄되었다. 그는 차고에서 버려진 채로 있는 박스들을 뒤져 중학교와 고등학교 앨범을 찾아내었다. 1960년과 1963년. 각각 A. 카뮈와 T. 헉슬리가 사망한 해이다. 1960년에는 선거와 혁명이 있었고 1963에는 제3공화국이 출범했다. 물론 그들은 어렸으니 무슨 일이 일어나는가에 대해서는 막연한 두려움뿐이었고 K는 비틀스와 에디트 피아프의 음반을, 그는 엘비스 프레슬리나 레이 찰스의 음반을 사모으는 것에 경쟁적으로 집중하고 있었다. 그 당시 그들이 생각하고 받아들였던 죽음은 결코 구체적이거나 실제적인 것이 아니었다. 비록 친지의 죽음이라 해도 그랬다. 그것은 천상에서 일어나는 것이며 한없이 길고 음울한 예식을 알리는 촛불과 향의 예감이었다. 대개 죽는 것은 노인이며 나이가 아주 많지는 않더라도 병자

의 얼굴빛은 검고 눈동자는 누르스름하여 노인의 것과 다르
지 않았고 불빛은 어둡고 집안의 여인네들은 절에서 기도를
올리고 개는 마루 밑에 들어가고 밤이 되어도 불을 끄지 않
으며 흐느끼는 소리는 밤낮으로 이어지고 모든 죽은 자의 소
지품을 태웠다. 죽음이란 즉 그들에게 바로 몽환적이면서도
규격화된 집단의 예식을 의미하는 것이었다. 그것은 두려우
나 호기심의 대상이고 예술에서 치명적이고 극단적인 아름
다움이 필요할 때 종종 등장하는 것인데 영원하고도 긴 잠이
고 문서에 이름이 기록으로 남는 일이며 존중과 예의를 요구
하는 일이었다. 죽음은 서사적이고 연속적인 것이어서 서서
히 존재 안으로 스며들어온다는 것을 그때 그들은 차마 깨닫
지 못했었다. K는 이제 몇 년만 지나면 은퇴할 수 있으니 그
때를 대비해서 요트를 구입하고 항해술을 배워야겠다고 입
버릇처럼 말하곤 했었다. 말년이 가까워오면서 K는 종종 자
신에게는 진정 자유로웠던 시기가 일생에 한 번도 없었노라
고 주장하곤 했었는데, 그의 입장에서는 전혀 납득할 수 없
는 말이기도 했다. 그에게는 K가 지나치게 자유로워서 권태
스러워 하는 사람으로 보였다. 그는 좀 쌀쌀하게 K의 전화를
끊었다. K의 한탄이 격에 맞지 않거나 아니면 과장되게—엄
살이 아니라—거드름을 피우는 것으로 느껴졌기 때문이었

다. 나이를 먹어갈수록 서로 가깝게 느끼고 말하지 않은 것도 이해해주는 그런 관계가 있는 반면에, 너무 잘 알기 때문에 도리어 서로를 불편하고 서먹하게 느끼게 되는 친구도 있는 법이라면, 그들은 불행히도 후자에 속했다. 아마 그것이 마지막이었으리라, 그들이 서로 통화한 것이.

홀로 죽게 될지도 모른다는 사실이, 아마 거의 확실히 그러하겠지만, 그에게 공포를 가져다주기도 했다. 죽음의 순간은 두렵지 않았지만 닫힌 문 안에서 부패해갈 것이 신경쓰였다. 대학시절 그가 알던 문리대 친구 한 명이 자신은 뜨거운 여름날 여배우와 함께 도망가서 죽고 싶다고 말한 적이 있었다. 아무에게도 발견되지 않는 곳으로 가서 말이다. 그렇듯 한때는 죽음이 퇴폐미를 상징하는 것으로 강하게 인식되었다. 그러나 그와 같은 노인에게는 해당되지 않는 말일 것이다. 이제는 그에게서 나오는 그 어떤 요소라도, 아름다움의 상징과는 확연한 거리가 있음을 그도 잘 알고 있었다. 설사 죽음이라 해도 말이다. 설사 일본 여배우와 함께 죽는다 해도 말이다. 그리고 아마도 그가 죽게 될 공간의 닫힌 문! 폐쇄된 실내! 그가 P와 삼십팔 년 만에 만나 점심식사를 하고 헤어질 때 그가 P를 향해서 몸을 숙여 인사하는 순간 P의 목덜미에서 은은하게 풍기던 향수 냄새를 생각했다. 사향과 여인들의 분냄새를 섞어놓은 듯한 육감적이고 관능적이고 달콤한 향기였다. 그러나 그 향기는 너무 진했다. 그가 언제나 생각하던 여성의 진수 P에게 어울리는 향기가 아니었다. P는 악취에 대한 두려움 때문에 지나치게 많은 향수를 뿌렸던 것이다. 단지 씻고 닦는 것만으로 육체의 부패를 숨길 수 없으므로 그도 천박한 향수에의 유혹을 느끼곤 했기 때문에 그는 슬픈 마음으로 P를 용서했다. 그도 P처럼 열차의 화재 사고로 죽는다면 마음이 편할 것 같았다. 아, 그러면 저 가엾은 카나리아는 어떻게 되나. 그는 둥근 고리 새장에 걸려 있는 카나리아를 측은한 심정으로 바라보다가 특급열차에 카나리아를 데리고 탑승할 수 있는지 열차회사에 물어보리라 생각했다. 굶어죽는다는 것은 상당히 고통스러울 테니 말이다.

식탁에 컵을 놓고 우유를 따르다가 그는 다시 문득 생각이 났다. 맞아, 그렇지. P는 열차 사고로 죽은 것이 아니다. 사고가 난 그 열차를 타지 않은 것이다. 왜 자꾸 착각하게 되는지 알 수 없다. 그러나 이번에는 전혀 감사하는 마음이나 다행이라는 생각이 들지 않았다. 그 스스로가 혼란스러울 따름이었다. P가 죽었다는 것과 살아 있다는 것이 자신에게 과연 무엇이냐. 그리고 열차 사고로 죽는 것과 다른 재난이나 질병으로 죽는 것이 P에게 과연 무엇이냐. 그는 다시 머리가 아파왔다. P가 열차 사고로 죽지 않았다는 것은 그 자신이 이제 잘 알고 있는 터였다. 열차 사고가 있었던 것이 하루 전이었던 것도 같고 일 년쯤 시간이 흐른 것도 같았다. 만일 그렇다면 그 열차를 탔든 타지 않았든 이제 P는 살아 있지 않을지도 모른다. 그러므로 P가 그날 그 열차를 타고 있었나 하는 문제는 무의미한 질문이 될 것이다. '난 좀 쉬어야 해.' 그는 생각했다. '난 휴식이 필요해. 난 쇠약해졌고, 잠시 동안의 산책에도 땀이 흠뻑 흐르고 밤새 미열에 시달린다. 난 지친 거야.' 그는 전날 무엇을 먹었나 생각해보았다. 우유 두 잔에 우유를 탄 홍차와 우유를 넣고 끓인 죽이다. 그리고 연하게 탄 커피 작은 잔으로 한 잔. 삼십팔 년 만에 만난 그와 P는 두부 요리를 먹고 헤어졌다. 그는 지팡이를, P는 양산을 들고 있었다. 나이들었지만 P는 여전히 우아했고 조심성을 잃지 않았고 자신이 죽음의 껍데기에 불과하다는 것을 마치 잊고 있는 것처럼 행동했다. 어떻게 그럴 수가 있을까. 그는 감탄했다. 그러나 마지막 인사의 향수 냄새가 그의 비위를 상하게 한 것이다. 그는 마치 시궁창에서 상한 두부 냄새를 맡았을 때처럼 뒤로 황급히 한 발짝 물러섰다. P는 그러지 말았어야 했다. 그와 P는 사실은 죽음을 은폐하면서 살아가는 시간의 허물에 불과하다. P를 다시는 만나지 않겠다고 그는 생각했다. 삼십팔 년 만에 이렇게 만난 것은 실수였다. 젊은 날, 엄지손가락 뼈를 일부러 부러뜨린 일이 있는데 마치 그때와 같은 아픔이 몰려왔다. 그가 표정이 일그러지지 않도록 노력했기 때문에 P는 아무것도 눈치채지 못하고 헤어지면서 말했다. 해균에게 편지를 쓰도록 하겠다, 해균도 당신에 대해서 많이 들어서 낯설게 여기지 않는다, 고 말이다.

아침이 되었으나 날은 밝아지지 않았다. 비 때문이다. 그는 아침 산책을 가지 않기로 했다. 비가 오는 날 우산을 쓰고 비옷을 입고 지팡이까지 짚고서 터덜거리며 걷는 풍경은 생각만 해도 쓸쓸했다. 거기까지 생각한 그는 문득 흠칫했다. 쓸쓸하다는 단어는 적절한 표현이 아니었다. 그것은 세상에 대해서 주체의 의지와 애정을 가지고 있을 때 허용되는 단어였다. 마치 P가 편지에 썼던, '개의 눈빛이 고독해 보인다'는 것과 마찬가지다. 그럴 만한 입장이나 자격이 아닐 때 남용되는 표현들은 불쾌함을 자아내는 무례한 행위라고 그는 생각했다. 그 불쾌와 무례가 비록 대상이 없는 것이라 할지라도 그렇다. 결론부터 말하자면 그는 쓸쓸할 수 없고 P는 그를 향해서는 고독하다는 단어를 사용해서는 안 되는 것이다. 그것은 자기검열에 비추어볼 때 영역을 넘어서는 외람된 단어이기 때문이다. 쓸쓸하다는 감정은 그에겐 잘못 흘린 눈물처럼 과잉되거나 부조리하거나 철면피한 것일 뿐이다. 왜냐하면 그는 이미 죽음의 예비자이고 그의 욕망의 잔여분은 그가 그의 죽음에게 기꺼이 존재를 내어준 이래 이미 그의 것이 아니기 때문이다. P가 그를 향해서 고독하다는 단어를 내뱉은 것은 어쩔 수 없는 P의 욕망의 발현이다. 마치 살아 있는 것처럼 행동하고자 하는 욕망, 죽음이 아름다우리라는 욕망. 세속적이고 이기적인 이유에서 P가 그 욕망을 숨기거나 억제하지 못했다면 P는 참으로 저급한 영혼을 가진 것이다. P는 우아하고 아름다웠으나 지금 지혜롭지는 못하다. P는 젊은 시절의 그가 미숙하게 판단한 것보다는 우둔한 여성이어서, 아직 깨닫지 못하고 있는 것이다. 그들이 접어든, 오직 시취의 시간을.

카나리아에게 물과 모이를 주고 새장을 청소한 다음 우유죽 반 그릇을 앞에 놓고 검소한 식탁에 앉았을 때 전화벨이 울렸다. 그의 전화는 거의 울릴 일이 없다. 벨이 울리면 백 퍼센트 잘못 걸린 전화라고 해도 틀린 말은 아니다. 그는 전화벨 소리를 무시하고 식사를 시작했다. 새장에서 카나리아가 울었다. 영리한 새여서 그가 식사를 시작할 때면 언제나 피리 소리를 내주는 것이다.

"병원입니다."

자동응답기에 녹음되고 있는 목소리는 병원의 임시 직원인 전화 비서의 목소리였다. 그는 우유죽을 반쯤 뜨다 말고 응답기를 바라보았다.

　"선생님이 문의하신 환자에 관한 것입니다. 오십대 여자, 신원미상의 사망자가 있습니다. 화상이 심해서, 얼굴을 알아볼 수가 없는데 아직도 신원이 확인되지 않고 있습니다. 그래서 저희가 전화로 문의가 들어온 내용을 종합한 결과, 선생님께서 말씀하신 내용이 사망자와 가장 근사하다는 것을 알아냈습니다. 선생님께서 말씀하신 여자분의 신체적인 특징, 불에 타기는 했지만 옷차림이나 반지나 목걸이 등이 사망자의 것과 유사합니다. 철도회사와 역 어디에도 이 사망자에 대한 서류나 정보는 없으니 저희로서는 선생님의 진술이 유일한 자료가 될 듯합니다. 그래서 말씀인데요, 병원에 나오셔서 확인을 좀 해주셨으면 좋겠습니다. 가능하다면 오늘 중에 나오셨으면 합니다. 지금 이곳의 상황은 좋지 않습니다. 아주 좋지 않아요. 저희로서도 한시라도 빨리 이 일을 끝내고 싶습니다. 신원이 확인되지 않는 사망자에게 많은 시간을 쓸 수는 없습니다. 사망자는 핸드백도 소지품도 아무것도 없습니다. 저희는 선생님에게 여러 번 전화드릴 상황도 되지 못합니다. 그러므로 오늘 나오시지 않는다면 사망자가 선생님이 찾는 분이 아닌 것으로 알고 처리할 수밖에 없습니다.
그럼……"

P가 죽었다. 얼굴에 화상을 입고 머리에는 재를 뒤집어쓴 채. 어떠한 기록이나 서류도 없이. 그는 죽을 뜨던 스푼을 접시에 툭 떨어뜨렸다. '아아, 고마워. 다행이다. 다행이다.' 그는 마음속으로 중얼거렸다. 병원으로 전화할 때 그는 P의 인상착의에 대해서, 그들이 삼십팔 년 만에 만나 점심식사를 같이 한 그날의 의상과 반지와 목걸이에 대해서 설명해준 것이다. 그에게 다른 모습의 P란 잘 상상이 가지 않기 때문이다. 그러나 그에게 P란 존재가 언제나―일생 동안―불변이었듯이, P의 반지와 목걸이와 엷은 여름 블라우스와 조심스러운 손수건도 마찬가지다. 의심의 여지가 없었다. 닫힌 문! 폐쇄된 실내! 그런 것들로부터 해방이다. 더이상 적절한 말을 찾으려 애쓸 필요도 없다. 불안한 경계의 나날은 지나갔다. 그는 이제 P에 대해서 걱정하지 않아도 되는 것이다. P의 생사나 P가 자신을 어떻게 생각하는지에 대해 혹시 부주의하게 말하지 않을까, P에게서 편지가 올까, P가 그 열차를 탔을까, 하는 걱정들. 이제는 P가 죽었는가 살았는가를 안다는 것이 과연 그에게 어떤 의미가 있는가, 라는 근본적인 질문조차 스스로에게 던질 필요가 없게 되었다. 그러나 그러기 위해서

그는 정녕 병원에 가야 하는가? 그는 시신을 확인하는 작업 같은 것은 정말이지 하기 싫었다. 한 번도 해본 적은 없지만 어떤 일인지 상상할 수는 있으니까. 그러나 필요한 절차라고 한다면 눈을 질끈 감고 해치워버려야 하지 않는가. 그는 의자에서 일어서려고 하다가 눈앞이 하얗게 바래져오는 것을 느끼고 숨을 삼키며 주저앉았다. 어쩔 수 없는 지독한 슬픔이 그를 점령했다. 그는 처음부터 P에 대해서 아무것도 몰랐어야 했다. 삼십팔 년 동안 그랬듯이 어디 있는지 모른 채 계속해서 그렇게 살았어야 했다. 지금 그가 겪는 슬픔은 그날의 점심식사에 대한 값비싼 대가였다. 그러므로 당연히 받아들여야 하는 그의 몫이리라. 그는 울컥거리는 소리가 치미는 목을 잡고 눈을 감은 채 가만히 앉아 있었다. 뜨겁고 비릿한 핏덩어리 같은 것이 젖은 종이처럼 가늘고 얇아진 혈관을 타고 터질 듯한 긴장으로 역류하고 있는 것을 알 수 있었다. 그렇게 시간이 갔다.

　서서히 그가 깨어났다. 그의 의식은 선명해지고 시야가 분명해졌다. 내장의 불쾌감도 정상으로 돌아왔다. 배어나온 식은땀이 식고 피가 순환하기 시작했다. P는 그 열차에 타지 않았다. 그는 완전히 기억해냈다. 그는 천천히 자리에서 일어나 방안으로 들어갔다. 편지 바구니를 뒤져 해균의 편지를 찾으려고 했다. 그러나 그가 의식하지는 못하고 있었지만 그의 동작은 정상이 아니었다. 손놀림이 지나치게 느리고 정교하지 못했기에 그는 몇 번이나 바구니를 뒤집고 편지들을 흩어놓았으며 눈앞에 보이는 큰 글자도 읽지 못하고 지나쳤다. 그의 손가락은 심하게 떨리고 팔은 부러진 것처럼 몸체와 따로 흔들거렸다. 그러나 그 자신은 아무것도 느끼지 못했다. 그는 지극히 평화롭고 정상적이었으며 심지어는 유쾌하기까지 했다. P는 그 열차에 타지 않았다. 해균이 분명히 그렇게 썼다. 그가 자꾸 혼동하고 있다는 것은 그도 인정했다. P가 죽은 것이 그에게 더 다행으로 여겨지는지, 아니면 그 열차를 타지 않은 P가 무사한 것이 다행인지 그 구분조차도 이제 무의미해졌다. 그에게 죽음이란 과연 무엇인가. 죽음의 껍데기에 불과한 그에게. 죽음을 통해서만 인식하게 되는 P도 마찬가지다. 그의 의식 속에서는 P 또한 그와 같은 체계하에서만 존재할 수 있는 것이다. P의 삶이나 죽음, P의 고통이나 안락은 실제가 아니라 이제 그의 인식상에서만 의미가 있었다. 그가 P를 몰랐다면, 이 세상 태어나서 지금까지 한 번도 만난 일이 없이 완전히 모르는 사람으로 지냈다면, P는 실제로 세상에 태어나지도 않았던 것, 존재하지도 않았던 것이다. 그렇게 무의미했을 것이다. 아니 무의미 이상으로 무의미했으리

라. 혹은 실제로 열차 사고가 일어난 것과는 별개로 그가 열차 사고에 관한 뉴스를 보지 못했다면, 그는 죽는 날까지 P의 생사 여부에 대한 고민 없이 그녀를 기억하고 인식했을 것이다. 그렇다면, 이제 앞으로 결코 만날 일도 없는 P가 그 열차를 탔는가, 아닌가 하는 문제는 사실 끈질기게 매달릴 필요도 없고, 애초에 질문 자체가 부조리한 것이 아닌가? 또한 죽음이란 그 경계가 모호한 것이어서 기뻐할 일도 슬퍼할 일도 아니며 살아 있는 듯 죽어 있으며(그의 경우) 죽어 있는 듯 살아 있기도(열차에 탔다고 가정한 P의 경우) 하리라. 그러므로 단지 기호로 표현될 뿐인 삶과 죽음의 표피적인 결과에 그리 연연할 일은 더욱 아닐 것이다. 마침내 그는 간신히 해균의 편지를 찾아내어 다시 한번 그 내용을 확인하고자 읽기 시작했다.

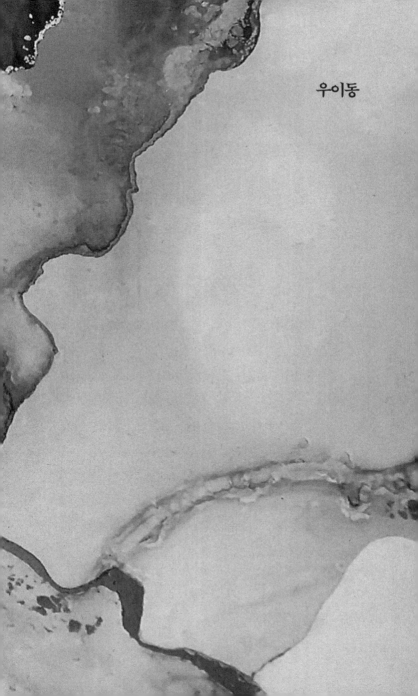

우이동

무더운 여름 아침이었다. 이른 시간인데도 벌써 해는 높이 솟았다. 좁디좁은 골목길 쓰레기통과 문짝이 잘 맞지 않는 축축한 변소에서 풍기는 악취도 따라서 피어오른다. 주먹만한 파리떼가 와글거리며 요란스럽다가 느닷없이 사방으로 흩어졌다. 햇빛이 눈이 부셔 무지갯빛으로 번득이는 허공이 따끔거렸다. 엄희만의 눈에서 눈물이 배어나왔다.

"오늘도 푹푹 찌겠구나, 무슨 놈의 아침 햇빛이 칼끝보다 더 독하니, 이놈."

엄희만의 상점은 가난뱅이들이 모여 사는 그 동네에서도 꽤 높은 곳에 위치했다. 이런 높은 곳에 있는 상점은 그의 것이 유일했다. 그래서 그의 상점이 에누리도 없고 외상도 없음에도 불구하고 벌이가 은근히 쏠쏠할 것이라는 소문이 돌았다. 밤이거나 날씨가 좋지 않을 때 아랫동네에 있는 상점까지 뛰어내려간다는 것은 아주 성가신 일이 분명하니까 말이다. 상점은 볼품없고 빈약했다. 일단 상점 안에 들어가면 앞쪽 진열대에 남루한 종이박스에 담긴 시커먼 화장지와 담배와 빨랫비누, 제조회사가 불분명한 넙적한 비스킷과 소다와 사카린을 넣어 만든 빵 등이 놓여 있다. 어둠에 조금 더 눈이 익숙해지면 유리 단지에 담긴 왕사탕과 구석에 놓인 아이스크림 단지도 보일 것이다. 진열대는 먼지투성이고 곳곳에 파리똥과 쥐 발자국이 어지럽다. 선반 위에는 얼마나 오래되었을지 모르는 세제류와 간장과 국수와 라면과 통조림 들이 어지럽게 쌓여 있다. 소주병도 있다. 상점에 딸린 쪽방 탁자 서랍에는 그가 저 아랫동네 약국에서 사다놓은 드링크류와 해열제와 소화제가 있었다. 상점 앞의 손바닥만한 가판대에는 여름이면 꼭지가 떨어져나간 수박 몇 개와 참외 그리고 오이나 당근 같은 물건이 보일 때도 있었다. 그리고 상점만큼이나 어둑하고 침침한 낯빛의 엄희만은 일 년 내내 무릎이 나온 코르덴 바지와 색이 누렇게 바래버린 오래된 셔츠만 입고 있는 것이다.

사람들은 엄희만이 재미없고 사교적이지 못하다고 알고 있었고 그것은 사실이다. 그는 이른아침에 일어나 상점 문을 열고 상점 앞 골목길을 쓸고 큼큼거리면서 다 떨어진 운동화를 신은 발을 몇 번 굴려 그의 상점 주변을 돌아다닌다. 그의 발은 그의 무뚝뚝하고 거친 인상과는 달리 작고 아담했다. 여자 고무신이 어울릴 정도였다. 그는 한가한 시간에도 가만히 있는 법이 없이 상점 근처에 떨어진 마분지나 바람에 날려온 신문지를 주워든다. 그런 것들을 차곡차곡 모아놓고 폐지업자에게 파는 것이다. 그리고 한낮에는 하루종일 촉수 낮은 전등을 켜놓아야 하는 컴컴한 상점 쪽방에서 짧은 낮잠을 자거나 라디오의 다이얼을 이리저리 맞춰서 〈특별 수사본부〉나 〈형사〉 같은 프로그램을 듣곤 했다. 잔돈을 세고 있거나 표지가 떨어져나간 잡지를 뒤적일 때도 있었다. 간혹 대낮에 담배를 사러 오는 직업을 구하지 못한 사내들이나 빨랫비누나 간장을 사러 오는 애를 들쳐업은 여인들이 그에게 말을 붙여보려 하지만 언제나 그는 큼큼거리는 콧소리 이외에는 별말이 없다. 그러나 드물기는 하지만 가끔은 이상할 정도로 흥분해서 얼굴이 벌게진 채 주먹을 높이 치켜들기도 했다.

"일본놈, 그놈들이 죽일 놈이지 사람인가? 지금도 마찬가지야. 일본놈에게 빌붙는 놈들도 다 마찬가지야. 국모를 죽이지 않았나 말이야. 도굴꾼들도 보나마나 그놈들이지. 돈밖에 모르고, 큼큼."

경우가 맞지 않는 이러한 발작적인 분노에 동조하는 사람들도 더러 있기도 했다.

"그건 그렇지. 일본놈이 나쁜 것은 당연하지. 하, 그놈들 독한 거는 지금도 치가 떨리네."

이런 사람들은 대개 죽을 날을 받아놓은 노인들이었다. 저 승꽃이 만개한 얼굴로 산동네 비탈의 계단에 앉아 혹시 엄희 만이 가치담배라도 하나 주지 않을까 하는 기대를 가지고 몇 개 남지 않은 시커먼 이빨을 보이며 비굴하게 히죽 웃곤 했다. 노동능력이 있는 사람들은 남자나 여자나 할 것 없이 상점 앞 계단에 앉아 노닥거릴 시간은 없었기 때문이다. 물론 이 동네에 흔하게 널린 장애인과 폐병 환자, 실업자 들은 예외이다. 그러나 엄희만이 이런 노인들에게 공짜 담배를 한 가치라도 나누어준 적은 없다. 그래서 구두쇠라는 소리를 듣기도 했다.

엄희만의 가족으로는 처와 세 명의 자식들이 있었다. 엄희 만이 일어나서 동네를 돌고 아침밥을 먹으러 상점 뒤편에 있 는 살림집으로 들어가면 마당의 수돗가에서 조각거울을 놓 고 면도를 하고 있던 큰아들 경수가 벌떡 일어선다. 턱의 반 쯤만 면도를 마친 얼굴이다. 마르고 왜소한 체격에 머리털이 유난히 무성하고 검다. 눈방울이 툭 튀어나오고 피부가 희고 입술이 두꺼웠다. 눈동자가 불안하게 왔다갔다한다. 경수는 아버지를 두려워하고 있는 것을 도저히 숨길 수가 없는 그런 장남들 중 한 명이었다.

"지금 일어났니?"

두려워하는 경수와 달리 엄희만의 말투는 평범하고 부드러웠다. 그러나 엄희만의 그 목소리를 듣자마자 경수는 뒤꼭지가 파르르 떨릴 정도로 긴장한다. 그는 "예에에……" 하면서 혀가 안으로 말려들어가는 듯한 소리를 냈다. 그리고 곧 한 숟갈이나 되는 침을 꿀떡 삼켰다.

"진숙이는 뭐하는 거냐. 나와서 어머니를 돕지 않고서."

엄희만은 부엌을 기웃거렸다. 거기 부뚜막에 앉아서 엄희만의 처가 김밥을 싸고 있었다. 물솥을 데우거나 국을 끓이는 연탄 화덕에 달걀부침을 하느라고 허리를 굽히고 있었는데 얼굴이 벌겠다.

"석유풍로 놔두고 왜 또 그 고생이야."

엄희만은 제 처의 하는 모양이 마음에 안 드는지 잔소리를 했다.

"놔둬요. 매일 새벽 출근하느라 피곤한데 일요일에 늦잠이라도 자라고. 그리고 석윳값이 얼만지 알면서 그래요. 요즘 같아서는 무서워서 풍로 못 씁니다."

"그래도 오늘은 그냥 일요일이 아니잖아. 우이동 계곡에 가기로 한 날이니까 그렇지. 일어나야 준비를 할 것 아닌가."

엄희만은 혼잣말처럼 중얼거리고 마당을 서성이며 다시 한번 그의 작은 발을 살펴본다. 혹 흙이라도 묻었을까 낡은 운동화를 털면서.

"아, 아이스박스를 가져가요, 어머니?"

경수가 면도 거품을 턱에 다시 문지르며 묻고 있다. 엄희만의 처는 못 들은 척하며 여전히 김밥을 싼다. 이제 햇빛은 너무 눈이 부셔 그늘을 찾아다녀야 할 정도로 위협적이다. 엄희만의 처는 생각한다. 영양실조인 사람들은 이런 날이 무섭다. 그러나 대체로 없는 사람들에게는 여름이 낫지.

"그래도 없는 사람은 여름이 낫지."

생각이 그대로 말이 되어 무심결에 흘러나왔다.

"느릿하니 굴지 말고 가서 환수나 깨워라."

마당에서 얼굴을 닦는 경수에게 말하는 엄희만의 말투는 이번에는 좀 카랑카랑한 명령조다. 경수는 좁은 마루를 사이에 두고 두 개밖에 없는 방의 한쪽으로 들어간다. 가족들의 대화는 서로 서걱거리면서 조심스럽게 불친절하다. 엄희만의 처는 부뚜막 한편에 놓인 아이스박스에 씻은 참외와 오이를 챙겨넣고 김밥도 넣는다. 그때 진숙이 변소에서 나왔다. 진숙은 엄희만의 외동딸이다. 염광여자상업학교를 나오고 필 무터스라는 무역회사에 다니고 있었다. 회사는 영동에 있었고 진숙은 왕복 세 시간을 콩나물 버스에 매달려 출근했다. 월급은 괜찮은 편이었다. 진숙은 이 집안에서 유일하게 규칙적인 수입을 갖고 있는 존재였다. 진숙은 수돗가에 픽 주저앉아 푸푸거리며 짧은 세수를 마쳤다. 진숙의 피부는 거무스름하고 입술은 두텁고 목은 짧았다. 그녀는 한창나이의 처녀아이였지만 얼굴에 웃음이 없었다.

"환수 운동화를 빨아줘야 하는데."

김밥을 싸면서 엄희만의 처가 중얼거렸다. 진숙은 수건으로 얼굴을 쓱 문지르더니 앉은자리서 손을 뻗어 비눗물에 담겨 있는 환수의 운동화를 잡고 낡은 칫솔에 빨랫비누를 묻혀 쓱쓱 문지르기 시작했다. 엄희만의 처가 한마디 덧붙였다.

"빨랫비누 아껴 써라. 물에 막 불리지 말고."

진숙은 못 들었는지 도통 대꾸가 없다. 얼굴에는 표정도 없다. 진숙이 중학교를 졸업할 때쯤 모호하던 그녀의 장래는 확실히 결정되었다. 진숙은 자신도 오빠나 남동생처럼 대학에 가고 싶었지만 엄희만이 반대했다.

"없는 형편에 셋이나 어찌 공부를 시키나. 여자는 시집가면 남의 집 사람인데. 두말하지 말아라."

그래서 진숙은 상업학교로 진학했다. 그 이후로 진숙은 가족들에게 입을 열지 않았다. 원래 말이 없고 침울한 성격이기도 했지만 아예 입을 닫아버린 것이다. 처음에는 엄희만이 야단을 치기도 했다. 그러나 월급봉투를 꼬박꼬박 가져오는 것을 안 다음부터는 내버려두는 편을 택했다. 말을 하지 않는다는 것만 빼면 진숙은 미련스럽게 고집은 부리지만 황소처럼 순종형인 딸이었기 때문이다.

"환수는 왜 아직도 안 일어나는 거냐. 지금이 몇시인데."

상점 문을 닫으면서 엄희만이 못마땅한 듯 중얼거렸다. 오늘 엄희만의 가족은 우이동으로 소풍을 가기로 한 것이다. 그들 가족은 가족으로 구성된 이후 한 번도 오락이라는 것을 가져본 기억이 없다.

엄희만 부부와 세 아이들, 그들 가족으로서는 기괴하다고 할 수 있는 이번 소풍의 발단은 열흘 전쯤 엄희만의 사촌이 방문하면서 시작됐다. 엄희만의 처는 서로 먹고사는 것이 바빠 그다지 가깝게 지내지도 않던 엄희만의 사촌 형제가 굳이 찾아오자 좀 의아해했다.

"어서 와요. 만리동 서방님. 살림은 다 편안하신가요."

"예, 그럭저럭이죠. 형님은 계신가요?"

"변소 가셨는데요."

엄희만의 사촌이 전해준 이야기는, 그러니까 이런저런 세상 이야기에서 요즘 식용윳값이 비싸다는 이야기, 독일에서 공산당놈들이 마구 우리나라 사람을 납치하고 있으니 그 막내딸이 간호원 간 큰집 누님이 걱정이라는 이야기, 홍수로 고향마을이 거덜났다는 이야기, 또 그 와중에 또다른 사촌 여동생 종화가 며느리 보려다 사기당한 이야기까지 종횡무진했다. 엄희만의 처는 부엌에서 밥을 차리다가 그들의 얘기를 엿듣고는 조금 안도했다. 만리동 사촌은 몇 년 전부터 허리를 다쳐 공사장 일을 못 하게 되자 살림이 어려워져 몇 번인가 엄희만에게 손을 벌린 일이 있기 때문에 엄희만의 처에게는 그닥 반갑지 않은 인물이었다. 그러나 마루에 앉아서 사촌과 대화를 나누던 엄희만은 그 거무튀튀한 미간을 찡그렸다.

"종화가 사기를 당하다니."

"그런 일이 있었수다. 참 하늘도 무심하지, 하늘 아래 그 불쌍한 것을 등쳐먹는 인종이 다 있다니."

"자세히 얘기 좀 해봐라."

"종화 아들 서운이가 장가를 못 갔지 않소."

"그랬지. 올해 몇인가?"

"서른하나요."

"벌써 그렇게 됐나, 가아가?"

"나이도 나이지만 돈이 한푼 있나 땅이 한 뼘 있나 배운 거이 있나 그도 아니라면 몸이라도 성한가. 신세가 서러운지요 몇 년은 매일이 술이더라. 그래서 종화가 보기에 하도 안됐던지 이장에게 공장을 소개받아 서울로 왔는데."

"종화가 서울에 왔다고?"

"그랬지요."

"언제?"

"한두 달쯤 되었소."

"왜 나한테 말 안 했나."

"지도 자리잡으면 연락하려고 했겠지. 폐 안 될라고."

"큼큼, 그래서?"

"영등포에 있는 신발 만드는 공장이라나. 하꼬방 사글세를 얻어 사는데 살림이 죽을 맛이지. 고향에 있으면 누가 먹이더라도 밥이야 굶겠소. 그런데 농촌에 있으면 요즘은 처녀들이 아무도 시집 안 온다고 하니. 버스 차장이나 공장엘 다녀도 서울이 낫다고."

"그렇다고 하데."

"종화도 공장에서 일하고 서운이도 삯을 반만 받기로 하고 공장에서 허드렛일 하고. 고향에서 푼푼이 가지고 있던 돈하고 친척들한테 좀 빌린 돈하고 그렇게 결혼자금으로 쓸라고 모아둔 돈을 사기꾼 처녀한테 사기당했단 말이오."

"저런, 도대체 뭐하는 처년데. 좀 자세히 얘기해보아."

"뭐 진주 처녀라던데 얼굴도 곱상했대. 공장에서 거, 기술자는 아니고 허드렛일하는 여잔데 종화가 처음엔 의심했겠지. 서운이가 다리가 성치 않잖아. 그런데 한 번 결혼에 실패했다더라나 뭐라나. 그러니 원래는 처녀도 아니지 뭐. 그리고 부모상 치르느라 빚이 있대. 그거 다 갚아주면 서운이랑 결혼하겠다고 했다네. 서운이가 그 얼굴을 한 번 보고 남몰래 좋아라 했소. 말도 못 하고 지는 속만 끓이고 있었겠지. 그래서 종화가 평생 남의 밭 삯일하면서 모은 돈을 빚 갚으라 하고 줬는데 그걸 가지고 밤에 줄행랑 놓은 거지."

"저런."

"돈 받기 전에 이미 종화네 사글셋방에 들어와 같이 살았대. 보따리 하나 들고. 그래서 종화는 믿었겠지."

"바보 같은 것. 뭘 믿고 그렇게 돈을 널름 주나."

"평생 시골에서 친척들 그늘에만 살다가, 순진해서 뭘 알겠소. 난생 서울이 처음인데. 드디어 아들 장가보내주나보다 눈물이 질금질금 났을 텐데."

"그래서 지금 종화는?"

"서운이가 식음을 전폐하고 누웠소. 그러다 죽는 게 아닌가 싶더라네. 게다가 당장 종화는 방을 비워줘야 할 형편이요. 사글세 낼 돈도 수중에 없으니. 보기 딱하지요."

"거참 딱하게 됐네. 종화도 몸이 불편해서 일하기가 수월찮을 텐데."

두 사람은 엄희만의 처가 가져다놓은 밥상을 마주하고 말없이 앉아 있었다. 가난하다거나 돈이 없다는 화제는 결코 색다른 것이 아니었다. 유별난 것도 아니었다. 엄희만의 사촌 여동생 종화는 엄희만과 마찬가지로 가난한 소작농의 딸이었는데 여섯 살 때 과자 사달라고 조르다가 성질난 어미에게 떠밀려 끓는 물솥에 머리부터 곤두박질해 얼굴에 화상을 입었다. 당연히 아무도 시집오라는 사람이 없었지만 어찌하여 곰보 홀아비를 만나 정붙이고 사는가 싶더니 남편이란 작자는 어느 심하게 가물던 해 저수지에서 물싸움 벌어진 날 아랫마을 남자에게 삽으로 다리를 맞은 것이 상처가 덧나 곪아들어가더니 죽고 말았다. 서운이에게 기울이는 종화의 정성은 남달랐지만 서운이는 소아마비로 다리를 절었다.

"가난이 죄지, 답이 뭐가 있겠소."

334

그러고 사촌은 돌아갔다. 엄희만은 잘 피우지 않는 담배를 거푸 석 대나 피우고 앉아 있었다. 엄희만의 처가 무릎걸음으로 다가왔다.

　"돈 없어요."

　무슨 소리냐는 듯이 엄희만이 돌아보았다.

　"우리도 여윳돈이 하나도 없다는 말이에요. 생각해봐요. 환수 학원비가 얼마나 비싼 줄 알아요? 돈 있고 힘있는 사람들은 값비싼 과외도 전부 다 시킨다는데 우리 같은 사람이야 돈이 없어 그런 건 못 해도 학원이라도 보내줘야 할 것 아니요. 내년에는 세상없어도 우리 환수 대학에 들어가야 하는데. 진숙이 그 아직 병아리 같은 게 새벽바람에 일어나 만원버스에 시달리고 밤에는 파김치가 돼서 집구석에 기어들어와 양말도 못 벗고 잠들면서 벌어오는 돈이에요. 산동네 코딱지만한 구멍가게에 하루종일 팔아봐야 비누 몇 장 담배 몇 갑인 날도 있는데. 생각해봐요. 우리가 뭐 부잡니까? 막말로 서운이네가 당신 친형제라면 또 몰라요. 아 큰집의 형님은 잘만 삽디다. 미제 커피에 독일제 토스터기라나 뭐라나. 만리동 서방님은 그런 얘기를 왜 여기 와서 하시나 몰라."

　"무슨 소리 하나. 당연히 얘기를 해줘야지. 종화가 남인가. 그리고 내가 언제 뭐라고 했나? 왜 먼저 나서고 그러나 그러기를."

"몰라요. 당신 돈 많으면 몰라도 하여튼 난 암것도 없으니까."

"사람이 그렇게 팍팍하게 굴고 그러나. 말이라도 좀 좋게 해봐."

"내가 지금까지 어떻게 살았는지 당신도 잘 알잖아요. 아, 우리가 이날 이제껏 호강 비슷한 거라도 한 번이나 한 적이 있나요. 요즘 테레비에서 떠듭디다. 해운대, 피서? 난 그런 게 어떻게 생긴 건지도 몰라요. 하다못해 남산에서 남들 다 타는 케이블카를 한번 타본 일이 있나 선풍기 한 대 사지도 않고 이 찌는 날 남들이 다 가는 우이동 계곡에라도 한번 놀러간 일이 있냐고요."

"무슨 불만이 그리 많아. 호강하고 사는 사람들이 몇이나 되나, 이 불경기에."

마침내 엄희만은 화를 버럭 내었다.

"그러니까 내 하는 말 아니에요. 당신 만나서 사느라고 허리띠 졸라맨 게 삼십 년인데, 그동안 한 번도 허투루 돈 써본 적 없고 다 내 자식 내 남편 먹이고 입히고 하느라고 내 입 안에 든 인절미 반쪽도 다시 뱉아놓으면서 살았어요. 그렇게 사는 사람인데 우리한테 또 돈을 내놓으라니. 서방님은 그

336

동안 많이도 손을 벌리고서는."

"언제 돈을 내놓으라고 했나?"

"그 말이 그 말 아니에요."

"그냥 그렇다는 얘기지. 사람하고는."

"국으로 가만히 있으면 큰집 형님이 어떻게 알아 하시겠지. 당신은 나서지 말아요."

엄희만의 처는 엄희만을 만나서 삼십 년 동안 고생하고 살았다고 푸념했지만 엄밀히 말해 그건 사실이 아니다. 그녀역시 찢어지게 가난한 빈농의 일곱 남매 중 맏딸로 굶는 날이 먹는 날보다 더 많은 청춘을 보내다가 시집왔기 때문에 그녀의 인생도 어차피 별 뾰족한 수가 없었다. 그녀가 가난했다면 그것은 약속된 여정이었을 뿐이다. 그녀는 엄희만에게 엄포를 놓기 위해서 과장하고 있는 것이다.

"케이블카를 타본 일이 있나, 선풍기도 없는 집이 요새 어디 있다고. 우이동 계곡에 발이나 한번 담가봤으면."

엄희만이 행여나 사촌누이를 도와주겠다고 나설까봐 지레겁이 난 엄희만의 처는 마음이 조급해져서 평소와 달리 말이 많아졌다. 덕분에 그녀의 입에서는 며칠 동안 케이블카, 선풍기, 우이동이 달려나왔다.

"우이동 계곡에 발도 한번 못 담가보고…… 친형제도 아닌데. 뭐 어쩌라고."

"알았다니까. 그만 좀 해. 이번 일요일날 아침 일찍 우이동
에 휑하니 가서 발 담그고 오면 될 거 아냐."

"발만 담그면 되나. 그럴러면 김밥도 싸야 되고 사이다라
도 몇 병 가져가서 목이나 축여야지. 그게 다 얼만데."

"그까짓 게 돈이 얼마나 든다고 노래를 부르고 그래. 가면
되질 않나."

"가게는 어쩌고요?"

엄희만의 처는 연속극을 보기 위해 흑백 텔레비전 앞으로
다가앉다가 놀라서 물었다.

"하루 정도 문 닫지 뭐."

"당신이 웬일이에요? 혹시 만리동 서방님이 뭐라고 그럽
디까? 서운이네 도와주라고요?"

"말도 안 되는 소리. 내가 뭐 째지게 차려놓고 산다고 사촌
네 월세까지 걱정해야 하나."

그러면서 엄희만은 마당 구석에 침을 탁 뱉었다. 진숙은
퇴근해서 들어오자마자 안방 구석에 자리를 펴고 누워 이불
을 뒤집어쓰고 잠들어 있었다. 방문이고 창문이고 할 것 없
이 모두 열어놓았지만 모기떼만 달라붙을 뿐 부채질을 해도
한밤 더위는 기승을 부렸다. 진숙은 그 와중에도 이불을 뒤

집어쓰고 잠들었다. 다 큰 딸과 한방을 써야 하는 것이 불편해서 엄희만은 대개 상점에 딸린 가겟방에서 잠을 잤다. 대학생인 경수는 밤중에 나와 이를 닦는 습관이 있었다. 마당에 서서 흰 거품을 문 채로 경수가 물었다.

"일요일날 우이동 가는 거예요?"

"그래."

엄희만이 대답했다.

"일요일 아침부터요?"

경수는 좀 걱정스러운 낯빛을 지었다.

"그래, 아침 일찍 다녀와야지. 그래야 조금이라도 덜 붐빌 것 아니냐. 왜? 무슨 약속이라도 있느냐?"

"아뇨, 약속이라뇨. 없어요."

"그러면 왜? 신나지 않나?"

"예, 신나요. 와, 신난다. 근데 왜요?"

"왜긴, 놀러가는 데 무슨 이유가 있니?"

엄희만의 처는 부루퉁해서 아들을 윽박질렀다. 그녀는 좀 불안해졌다. 돈 쓰기를 마누라 죽는 것보다 더 무서워하는 사람이 웬일이지.

"그나저나 환수는 어딜 쏘다니느라 아직도 안 들어오는 거야? 이제 금방 통금인데. 큼큼."

엄희만의 처가 연속극에 넋을 잃고 있을 때 엄희만이 가겟
방으로 나가면서 중얼거렸다. 엄희만의 처는 연속극에 푹 빠
져 있는 척하며 엄희만의 말을 무시했다. 환수는 전날 밤 집
에 들어오지 않았다. 잠결에 진숙이 이를 빠드득 갈면서 돌
아누웠다.

석윳값이 많이 올라서 석유풍로 쓰기가 무섭다는 생각은
엄희만의 처가 엄살부리는 것이 아니었다. 어제 시장에 내려
갔는데 갈치 큰 것 한 마리는 이천원까지 올라갔고 쇠고기는
한 근에 이천오백원, 명태는 오백원이었다. 엄희만의 처는
저녁때 갈치를 굽기로 했던 생각을 바꾸었다. 김밥 만 것을
찬합에 담고 아이스박스에 참외와 수박 반쪽과 사이다를 넣
었다.
"배고파. 밥 안 줘?"
어느새 일어났는지 환수가 엄희만 처의 바로 눈앞에서 두
눈을 뎅글 뜨고 말했다. 환수는 아직 자라다 만 것처럼 비쩍
마르고 얼굴이 아기같이 흰데 키만 멀끔하게 큰 재수생이었
다. 잠이 덜 깬 듯 눈꺼풀이 씰룩거렸다. 머리도 나쁘고 공부
에 열성이 없었으나 엄희만 부부는 대학에 보내려고 안간힘
을 들이고 있는 중이었다. 마음만 먹으면 환수는 붙임성 있

게 굴 줄 알았다. 학원비, 책값, 이발비에 점심값에 버스비와 군것질거리까지, 환수에게 들어가는 돈은 많았지만 환수의 공부는 그다지 나아지지 않았다.

"깜짝이야. 왜 이렇게 늦게 일어난 거야. 얼른 씻고 나갈 준비를 해야지."

"배고픈데 밥은 안 먹어?"

"김밥으로 대충 때워라."

환수는 도마 위의 김밥을 주섬주섬 집어먹더니 셔츠에 팔을 꿰고 구두에 발을 집어넣었다.

"엄마, 나 나가."

"무슨 소리야. 오늘은 약속하지 말라고 했잖아. 우이동에 가기로 한 것 잊었니?"

"아 참, 그랬지."

환수는 신발을 신다 말고 제 이마를 한 번 탁 쳤다.

"에이, 어쩌지. 친구들 만나기로 했는데……"

"공부는 안 하고 매일 친구들이냐."

"일요일이잖아."

"오늘은 안 돼. 아버지가 모처럼 우이동에 가자는데 다른 핑계 댈 생각은 하지 마라."

엄희만의 처는 엄희만이 사라진 상점 안을 흘낏 바라보

며 환수에게 다짐을 두었다. 그사이 진숙이 다 빤 환수의 운동화를 탁탁 털어 장독대에 널어놓고 일어섰다. 허리를 펴는 진숙의 짧은 목덜미에는 이른 오전인데도 땀이 진득하게 배어 있었다.

그토록 서두른다고 서둘렀건만 엄희만의 가족이 집을 나선 것은 오전 열시가 훨씬 넘은 시각이었다. 엄희만의 처는 모처럼의 소풍에 멋을 낸다고 남대문시장에서 산 땡땡이 무늬 새 블라우스를 입고 회색 주름치마를 걸쳤지만 곧 블라우스의 깃이 너무 딱딱해 살을 찌르는데다가 천이 보기보다 덥고 무거워 이런 한여름 날씨에는 전혀 어울리지 않는다는 것을 깨달았다. 그녀의 입술은 비죽 나오고 울상이 되었다. 어미와 함께 양산을 받쳐 쓰고 있는 진숙은 여전히 시무룩하니 말이 없었다. 그러나 진숙은 부모가 물, 하면 물을 갖다대고 오빠나 남동생이 밥, 하면 밥을 차려내는 딸이었다. 그래서 가족들은 아무도 신경쓰지도 걱정하지도 않고 있었다. 엄희만은 여전히 코르덴 바지에 낡은 운동화 차림이었다. 큰길로 내려가는 내내 엄희만도 말이 없었다. 원래 가족들에게 곰살맞게 자상하지 않은 것이야 익숙한 일이지만 엄희만은 좀 당황하고 있는 것이다. 최근 몇 년간 어둑하고 쥐똥 냄새 나는 상점과 그 반경 백 미터 이내를 벗어난 적이 그다지 없었던 까닭이다. 아이스박스를 들고 앞장서서 휘청휘청 걸어내려 가는 경수는 그 걸음이 몹시 불안해 보였다.

"종로에 가서 25번으로 갈아탈 거예요?"

친구를 만나러 가지 못해서 불만인 듯 건들건들 걷고 있던 환수가 엄희만에게 물었다.

"그러든지."

엄희만은 애매하게 대답했다. 그 자신 시내 지리에 밝지 못했기 때문이다. 하지만 우이동은 8번을 타야 하는 것 아닌 가? 그런 표정을 지으면서 처의 얼굴을 보았다.

"아버지는, 요즘 종로가 얼마나 복잡한데. 지하상가 공사 때문에 걷기도 힘들어요. 차라리 8번을 타요. 갈아타려면 좀 걸어야 하지만 그게 더 나아요."

환수가 단정지었다. 엄희만은 눈을 가늘게 뜨고 이마에 흐 르는 땀을 닦았다. 한 손에 양산을 들고 또 한 손에는 김밥이 든 찬합을 든 채 진숙이 땀을 흘리고 서 있었다. 버스 정류장 은 먼지가 풀풀 날리는 비포장도로의 한켠에 있었는데 그늘 이라곤 하나 없었다.

"무슨 놈의 날씨가 이러나 원. 앗, 저기 버스가 온다."

정류장에 서 있는 사람들의 시선이 모두 버스를 향했다. 일요일인데도 버스는 만원이었다. 엄희만의 가족들은 흔들리는 버스에 올라타 손잡이를 잡고 섰다. 버스에서는 라디오의 소음이 요란했다. 환수의 표정이 어두웠다. 환수는 흘끔거리며 가족들의 눈치를 살피더니 슬슬 몸을 움직여 버스 차장의 뒤에 가서 섰다. 엄희만의 가족들은 제각각 몸을 가누는 데 급급해 아무도 환수를 보지 못했다.

사거리까지 버스를 타고 나온 그들은 그곳에서 8번 버스로 갈아타고 우이동으로 향했다. 8번 버스 정류장에는 사람이 많았다. 아마도 나들이 가는 사람들이 많은 탓일 것이다. 엄희만 부부는 자리를 잡아 앉아야 한다는 생각에 초조하게 몸을 움직였다. 아이스박스를 든 경수와 찬합을 든 진숙도 마찬가지였다. 8번 버스는 다행히 비교적 여유가 있었기 때문에 서둘러서 버스에 올라탄 엄희만 부부는 자리에 앉을 수가 있었다. 부피가 큰 아이스박스를 들고 버스를 갈아타느라고 경수는 벌써 피곤해 보였다. 진숙의 찬합에서는 갓 만든 김밥의 뜨끈한 열기가 더운 날씨 탓에 좀처럼 식지 않고 있었다.

"석윳값이 또 오른다네. 식용윳값도. 올겨울에는 연탄이 걱정이다."

진숙의 앞에 앉은 늙수그레한 남자가 아내인 듯한 여자에게 말을 걸고 있었다.

"전 세계적인 파동이라잖아요. 우리라고 별수 있소. 아이

344

들 공부라도 시키려면 덜 입고 덜 먹는 수밖에 다른 것이 없지."

그들의 이야기에 귀기울이던 엄희만의 처는 문득 환수에게 걱정이 미쳤다. 막내 환수. 사랑스럽고 재롱 많은 아이였는데 대학에 떨어져서 가난한 부모의 속을 긁어놓다니. 내년에는 무슨 일이 있어도 대학에 들어가야 한다. 누이의 돈으로 학원 공부를 시키는 것도 일 년으로 족한 것이 아닌가. 요즘은 대학을 나와도 일자리가 없어서 노는 사람들이 부지기수라는데…… 엄희만 처의 마음은 다급해진다. 환수는 노는 것을 좋아한다. 그게 문제다. 하지만 영리한 아이니 제발이지 공부만 좀 열심히 한다면 환수는 경수보다 더 훌륭한 사람이 될 것 같다. 경수는 고등학교 때 하루종일 책상에 붙어 있는 아이였지만 시험성적은 형편없었다. 하나를 가르쳐주면 둘을 까먹는 아이라는 것은 경수를 두고 하는 말일 것이다. 그녀는 엄희만 몰래 경수에게 과외를 시켰다. 눈물콧물 발라가며 수십 년간 남몰래 모은 돈을 턴 것이다. 여자들끼리 몰려다니는 것을 질색하는 남편 덕에 그 흔한 계모임 한 번 가져보지 못한 그녀가 돈을 모았다는 것은 그야말로 눈물을 쥐어짜지 않고서는 불가능한 일이었다. 다른 집 남편처럼 아침이면 출근해서 밤늦게 들어오기를 하나 월급봉투라고

꼬박꼬박 가져다주기를 하나. 아침부터 저녁까지 살림에 일일이 신경쓰면서 반찬값 하나에도 토를 다는 남편을 생각하면 징글맞았다. 나라에서는 고액 과외를 금지하겠다고 공식 선포했지만 경수는 어쨌거나 그렇게 해서 삼류대학이지만 붙지 않았는가. 환수는 시킨다고 만만하게 말을 듣는 성격이 아니니 어떻게든 구슬려야 하는데. 남편은 절대로 몰라야 한다. 경수의 과외비로 얼마가 나갔는지 알면 남편은 기절초풍할 것이다. 진숙의 월급도 동전 한 닢까지 챙기는 남편이 아닌가.

엄희만은 때가 꼬질꼬질하게 오른 버스 유리창에 머리를 기대고 반쯤 잠들어 있었다. 사촌누이 종화와 그는 나란히 붙은 옆집에서 자랐다. 종화의 어미는 그의 숙모였는데 지금 생각하니 아마 가벼운 정신질환을 앓고 있지 않았나 생각이 든다. 보통 때는 멀쩡하다가도 비만 오면 웃통을 벗고 뛰어다닌다는 괴이쩍은 소문이 돌기도 했다. 화상을 입기 전 종화는 온 얼굴에 마른버짐이 뒤집어쓴 것처럼 피었고 피부가 거무스름하고 목이 밭은 소녀였다. 다른 기억은 가물가물하다. 여섯 살이 되기 전부터 종화의 등에는 젖먹이 동생이 업혀 있었다. 종화는 동생을 업은 채로 밥을 먹고 부엌일을 하고 빨래도 하고 잠도 잤다. 화상을 입기 전까지 종화는 엄희

346

만에게 오빠라고 부른 적이 한 번도 없었다. 엄희만도 종화를 유심히 보거나 한 적은 없었다. 학교에서 구구단 외우기 대회가 있던 날 엄희만은 읍내 유리 진열장이 있는 일본인 과자 상점에서 모나카를 얻을 수 있었다. 무슨 횡재인지 모르겠다. 그는 그 대회에서 일등을 했고 일본인 여선생이 그에게 상을 준 것이다. 엄희만은 신이 나서 책보를 둘러메고 집으로 달려가다가 마을 입구에서 종화를 만났다. 종화는 누런 코를 홀쩍이면서 빨래 광주리를 이고 있었다. 역시 등에는 동생을 업었다. 예전 같으면 아무 말 없이 지나칠 일이건만 갑자기 엄희만은 책보 속의 모나카가 생각났다. 처음 가져보는 모나카다. 자랑하고 싶어 참을 수 없었다. 엄희만은 모나카를 꺼내 종화에게 보여줬다.

"봐라, 넌 이런 것 못 먹어봤지?"

종화의 버짐으로 꽉 덮인 얼굴은 아무 반응이 없었다. 이 꼬마는 이게 무엇인지 모른단 말인가. 엄희만은 실망해서 봉지를 뜯고 그 자리에서 모나카를 꺼내 와사삭 씹었다. 찹쌀 껍데기가 입안에서 금방 사르르 녹고 달콤한 팥이 혀에 닿으면서 온몸이 그대로 녹아버릴 듯이 황홀해졌다.

"이게 모나카라는 거야. 이 바보, 과자란 말이야."

그리고 엄희만이 달려가려는데 종화가 뒤에서 엄희만의

책보 끝자락을 잡았다.

"오빠, 나 좀."

뒤돌아보니 종화의 입술이 달싹달싹 움직이고 있었다. 종화의 눈동자는 못으로 박아놓은 것처럼 엄희만이 들고 있는 모나카 봉지에 고정되어 있었다. 무서울 정도였다.

"오빠 나도, 그 과자."

누런 콧물을 훌쩍 들이키면서 종화가 손바닥을 쫙 펼쳤다. 봄이라 해도 개울물은 아직 차갑다. 종화의 손바닥이 벌겋게 얼어 있던 것이 기억났다.

"싫어, 빨랑 저리 비키지 못해."

엄희만은 종화를 뿌리치고 달렸다. 그리고 다음날부터 밤마다 엄희만은 담장 너머 들려오는 종화의 울음소리를 들어야 했다. 울음이라기보다는 비명에 가까웠다. 이불을 뒤집어써도 소용없었다. 부모들이 두런두런 얘기를 나누었다.

"아아가 아파서 저러지. 된장을 붙여도 얼른 낫지를 않는다는데."

"처음에 소주를 부어주었으면 좋았을 텐데. 계집아이가 얼굴에 흉이 졌으니 이제 어찌해야 할라나. 한숨밖에는 더 할 말 없지 뭐."

"아이구 얼마나 아프겠나. 그러게 흉년에 과자 타령은."

엄희만은 꿈꾸듯이 졸다가 버스 유리창에 이마를 부딪히고 눈을 떴다. 진숙이 무표정하게 창밖의 거리를 보고 있었다. 문득 엄희만은 진숙이 종화를 많이 닮았다는 생각이 든다. 밉상인 얼굴하며 짧다란 목하며 튀어나온 입술하며. 길가 개천에서는 아이들이 발가벗은 채 물놀이를 하고 있었다. 길 한쪽에는 길가에 나와 앉은 게딱지 집들이 보였다. 문을 열면 그대로 온 식구들이 솥기 사이 이처럼 바글거리는 것이 들여다보이는 개천가 집 말이다. 골목길에서 물통을 내다 놓고 여인네들이 머리를 감고 있었다. 러닝셔츠 사이로 탄력 없이 출렁이는 가슴살이 비어져나온다. 머리를 감은 여인네가 주변의 눈치를 보는 법도 없이 개천에 요강을 내다비우고 먹다 남은 음식찌꺼기를 버리자 먹이를 찾던 오리떼들이 전부 꽥꽥거리며 한꺼번에 몰려들었다. 물놀이하던 아이 하나가 얕은 개천물에 주저앉아 똥을 싸고 있었다.

"저 더러운 물에서 애들을 놀게 하다니, 쯧쯧."

그 광경을 본 버스 승객 중 누군가 혀를 찼다.

진숙은 사람들이 왜 사는지, 무엇 때문에 사는지 궁금할 때가 많다. 돈, 돈이 전부이다. 돈이 없다면 아무것도 할 수 없어 불행하고 돈이 많다면 뭐든지 할 수 있어 행복한 것이다. 진숙이 일하는 회사 주변에는 신흥 부자들이 많았다. 그들은 심지어 젊은데도 자가용을 타고 다니기도 했다. 골프나 스키를 즐기는 사람들도 흔했다. 그런 삶이 어떤 건지 이들이 도무지 짐작이나 하는지 모르겠다. 진숙은 한심하다는 눈길로 버스 안의 사람들을 도도한 시선으로 둘러보았다. 그녀가 아는 가까운 사람들의 삶이란 하나같이 구질구질하기 짝이 없었다. 빈대나 벼룩과 다를 바가 없다. 쌀밥 배불리 먹고 연탄 냄새 풍기는 뜨끈한 방에서 잠자는 것이 세상 행복의 전부인 줄 아는 그런 삶이었다. 진숙이나 가족들도 마찬가지다. 벌레와 무엇이 다른가. 더욱 기가 막힌 것은 그들은 자신들과 다르게 사는 사람들이 있다는 것을 좀처럼 실감하지도 못하고 있다는 것이다. 그리고 대학생들! 진숙은 다시 한번 더 코웃음을 쳤다. 대학을 나온다고 뭐가 확 달라질 것으로 엄마는 생각하고 있는데, 그건 천만의 만만의 말씀이다. 대학을 나온 영업사원들! 타이를 매는 법도 모르는 촌뜨기 바보들이 상사에게는 비굴하게 굴고 고졸의 여직원들에게는 왕자라도 된 듯이 거만하기 짝이 없다. 하지만 경리 일을 하는 진숙은 그들의 수입이 얼마며 부양가족은 얼마나 되고 빚이 얼마이고 그대로 계속해서 일한다면 십 년 뒤쯤에는 그들의 상황에 어떤 변화가 있을지 손금 꿰듯이 다 안다고 자부할 수 있었다. 결론부터 말하자면 말짱 꽝이다. 말단 영업사원들 중에는 흔히 말하는 좋은 대학을 나온 엘리트급에서부터 지방대학을 나온 사람까지 다양한 분포가 있었다. 야망이 있고 능력이 있는 사람에서부터 정반대의 부류까지 골고루 있는 것이다. 승진이 빠른 사람과 그렇지 못한 사람이 있다. 그러나 모두 혀 빼물고 죽자고 뛰어봤자 오십보백보라는 것이 진숙의 생각이었다. 그들 각자가 부양하고 있는 가족의 수는 칠팔 명이 보통이었다. 대개의 경우 그들은 시골에서 돈이 안 되는 농사일을 하거나 병들어 누워 있는 부모를 부양해야 했다. 게다가 그들의 평균 형제 수는 5.5명이었다. 대부분 아직 학교에 다니는 동생들을 줄줄이 거느리고 있었고 직업이 없는 건달 남동생과 노처녀 누이를 데리고 사는 경우도 많았다. 대학을 갓 졸업한 봉급생활자의 어깨는 더욱 무거웠다. 도시건 시골이건 할 것 없이 모든 가족들이 그 얼굴 하나만 쳐다보고 있는 경우가 많았기 때문이다. 그들의 미래는 신기할 것도 없다. 죽도록 직장에서 혹사당하고 늙은 어미 아비의 암이나 관절염 치료비로 저축의 대부분을 병원에 갖다바치고 처자식 부양도 힘에 겨워 허덕거리면서 이십 년 뒤 거무튀튀하게 간경변에 걸린 얼굴로 입에서는 구취를 풍기며 퇴근 버스에서 내리는 신세가 될 것이다. 봉급이 좀더 많거나 적거나 하는 것은 근본적인 것을 바꾸어주지는 못했다. 문제의 핵심은 재산이었다. 간단하게 말해서 부자로 살지 않는다면 그 인생은 벌레에 다름 아니다. 자신이 벌레라는 것을 전혀 모르는 벌레 말이다. 대학을 나왔다고 해도 뭐가 다른가. 그렇게 본다면 우리는 모두 벌레다. 나도 벌레다. 진숙은 두 눈을 질끈 감았다가 떴다. 덥고 눈이 부시다. 더워서 숨쉬기가 곤란하다. 버스는 끊임없이 흔들리면서 미아리를 지나고 삼양동을 향해 가고 있었다.

주일날 예배에 참석하지 못한다면 지옥불에 떨어질 것이다. 그러나 아버지가 두렵다. 지옥불도 두렵지만 아버지는 더 두렵다. 지옥불은 당장의 문제는 아니지만 아버지는 코앞에 있다. 경수는 버스 손잡이를 잡고 한 손으로는 버스 바닥에 내려놓은 라면 상자만한 아이스박스가 쓰러지지 않게 잡고 있었다. 그는 이 순간 그 자신의 나약함과 우유부단이 죽도록 부끄러웠다. 하지만 언젠가는 반드시 아버지라는 악마와 싸워야 하는 순간이 올 것임을 그는 알고 있었다. 그때 아버지가 신앙을 받아들이지 않으면 아버지는 멸망하는 것이다. 경수는 이를 악물었다. 이 나라는 미국과 달리 대통령이 하나님을 받아들이지 않으므로 반드시 멸망하게 되어 있다. 퍼스트레이디도 그래서 죽지 않았는가. 그녀는 우상을 섬기고 우상의 사원에 기부했다고 한다. 경수가 대학에 들어가서 다행인 점이 있다면 그것은 단 하나, 믿음의 공동체를 만났다는 것이다. 공동체의 가족들은 방주를 마련하기 위해서 돈을 모으고 있다. 재산을 하늘의 창고에 쌓는 것이다. 약속의 시간은 멀지 않았다. 그때까지는 모두가 회개하고 새 사람이 되어야 하는 것이다. 그러지 않으면 지옥불의 운명뿐이다. 경수는 삶의 분명한 목표를 가지고 있고 그것을 행운이라고 생각했다. 목적 없이 부유하는 인생들이 주변에는 얼마나 많은가. 은혜를 알기 전까지 경수의 삶에서 희망이란 없었다. 이 땅에서는 머리가 둔한 장남의 입장이란 것이 어떤지 아무도 이해해주지 않는다. 사람들이란 무섭도록 이기적이다. 행동이 굼뜨고 말을 더듬고 머리 회전이 느리고 땀이 많은 인간을 눈 하나 깜짝하지 않고 짓밟는다. 그러나 머지않았다. 경수는 이마와 귓가의 땀을 주먹으로 훔치며 혼자 씩 웃었다. 머지않았다. 고통은 잠깐이다. 두려움도 잠깐이다. 억눌리고 핍박받은 사람들이 승리하는 날이 온다. 반드시 온다. 그때가 되면 아무도 자신에게 발을 걸어 넘어뜨리고 침 뱉지 못하리라. 아버지조차도 후회하리라.

버스는 이윽고 화계사 입구를 지났다. 알록달록한 모자를 쓰거나 양산을 쓰고 계곡으로 올라가는 사람들의 행렬이 보이기 시작했다. 모두들 등산용 버너를 챙겨들거나 돼지고기와 야채, 생선 통조림들의 찌갯거리를 한 짐 짊어지고 올라가는 것이다. 엄희만은 잠에서 깨어나 졸고 있는 처의 어깨를 툭툭 쳐서 깨웠다.

"밤에 그렇게 자고 또 졸아. 이제 내릴 준비 해야지."

"자, 진숙아, 찬합 받아라. 경수는 그 아이스박스 잘 챙기고. 환수는 어디 앉았나?"

엄희만의 가족들은 모두 버스 안을 휘휘 둘러보며 환수를 찾았다. 그러나 환수의 모습은 어디에도 보이지 않았다. 이제 버스는 종점에 도착해 나들이 온 사람들은 저마다 피크닉용 가방이나 찬합을 들고 내리고 있었다. 이제 조금만 걸어 올라가면 오른편에 계곡이 나타날 것이다. 슬금슬금 걷다가 적당한 자리를 잡아 나무 그늘에 신문지나 비닐자리를 펴면 되는 것이다. 버스에서 내린 엄희만의 가족들은 환수를 찾아 두리번거리고 있었다. 그들의 이마에는 땀방울이 맺히고 얼굴은 벌겋게 달아올랐다. 햇빛 때문에 모두 눈을 가늘게 뜨고 있다. 정작 본격적인 소풍은 시작하기도 전에 지쳐버렸다. 한 시간도 넘게 만원버스에 시달린 탓이다.

"아니, 환수 얘는 어디로 간 거야. 얘 경수야, 너는 도대체 뭐하고 있었니?"

엄희만의 처가 신경질을 냈다.

"아까 8번 버스 타는 정류장에만 해도 분명히 있었는데……"

경수는 자신이 없는 듯이 우물거렸다.

"사람이 너무 많아서 못 탔나……"

"아이구, 그런가보네."

엄희만의 가족들은 당황하기도 하고 기운이 빠지기도 해서 당장 어떻게 해야 할지 결정하지 못하고 햇빛 따가운 버스 종점에 망연히 서 있었다.

"이러고 있으면 뭐하나. 지가 버스를 놓쳤으면 다음 버스로라도 따라오겠지. 뭐 애도 아니고 우이동 계곡이 여기 말고 다른 곳이 있는 것도 아니고. 이러지 말고 우리라도 빨리 올라가자고. 사람들 기세를 보니 빈자리도 없겠다."

엄희만이 가족들을 재촉했다. 그렇다. 환수는 어린애가 아니니 늦게라도 찾아 올 수 있을 것이다. 그들은 다시 천천히 이동하기 시작했다. 무거운 아이스박스, 찬합, 그리고 버너와 야채와 과도 같은 간단한 물건이 든 가방을 저마다 들고 물소리가 세차게 들려오는 계곡길로 접어들었다. 공기 중에 퍼지는 신선한 숲의 향기와 계곡물 냄새에 그들은 어느 정도 활기를 되찾았다. 계곡은 사람들로 이미 빈틈없이 꽉 차 있었다. 알록달록한 수영복을 입은 아이들이 계곡물의 가장 깊고 차가운 곳을 점령했다. 바위 사이, 나무 그늘마다 버너에서 피어오르는 연기가 자욱했고 종이봉지와 빈 통조림 깡통들이 구석구석에 수북이 쌓여 있었다. 사람들은 보이지 않는 곳에서 계곡물에 먹다 남은 찌개 국물을 버리고 비누칠을 해가며 그릇들을 닦았다. 상류로 올라갈수록 물은 깨끗해지고 사람들이 좀 줄었지만 이번에는 계곡이 좁아져 장소가 마땅하지 않았다. 가족들은 땀투성이가 되어 정신이 아득해질 정도로 헤매다가 간신히 손바닥만한 빈 그늘 한 자리를 차지하고 앉을 수 있었다.

"어후, 더운 거. 옷이 쩍쩍 들러붙어서 못 견디겠다, 큼큼."

엄희만은 셔츠를 벗고 양말과 운동화를 벗은 다음 맑고 차가워 보이는 계곡물에 두 발을 담갔다.

"경수야, 너도 이리 와서 발 담가봐라. 물이 얼음이구나."

경수는 조심조심 다가오더니 발끝을 물에 한 번 살짝 담가보고 진저리를 쳤다.

"우와, 물이 정말 차갑다. 어떻게 이럴 수가 있지?"

엄희만의 처와 진숙은 자리를 펴자마자 제대로 쉴 틈도 없이 바로 국거리를 준비하고 김밥을 꺼내 챙기고 아이스박스에서 과일을 꺼내 깎기 시작했다. 엄희만은 차가운 물을 손바닥에 적셔 러닝셔츠를 걷어올린 상체에 가져다 뿌렸다.

"에, 시원하다. 이래서들 오는구만. 그나저나 사람이 너무 많아. 불경기네 하면서 죽는 소리 지르고 야단이면서 속으로는 다들 먹고살 만하구먼. 이렇게 바글거리는 걸 보니. 하마터면 자리도 못 잡을 뻔했잖아. 이봐, 당신도 좋아? 그렇게 노래를 부르더니. 거기서 그러지 말고 물에 좀 들어와봐."

"난 괜찮아요. 이것 차리고 해도 충분한걸 뭐. 점심 먼저 드세요. 파리 앉아요. 김밥 쉬겠네."

"땀 좀 먼저 식히고 나서."

엄희만이 다시 한번 더 찬 계곡물을 손바닥으로 떠 등줄기에 뒤집어쓰려는 찰나, 어디선가 유원지의 소란스러움을 날카롭게 가르는 호루라기 소리가 울렸다.

"어이, 거기!"

호루라기 소리는 계곡 저 위편의 등산로에서 들려오는 것이었다. 그곳에는 정복의 경찰관이 서 있었다. 경찰관은 엄희만을 손가락으로 똑바로 가리키면서 호루라기를 간첩이나 강도라도 나타난 양 찢어져라 불어대고 있었다.

"옷 내려, 옷! 당신, 풍기문란이야! 어디서 웃통을 벗어젖히나!"

경찰관의 호령이었다. 경수가 병아리처럼 놀라서 캐캐캑

기침을 터뜨렸다. 엄희만의 낯빛이 흙빛처럼 시뻘게졌다. 새
파랗게 젊어 보이는 경찰관이 자신에게 반말로 호통을 쳐서
그런 것만은 아니었다. 사람들의 시선이 전부 다 자신에게 쏠
려 있었기 때문이었다. 엄희만은 황급히 러닝셔츠를 내리고
얼굴을 쓸면서 물에서 나와 나무 그늘로 엉금엉금 걸어갔다.

"〈마술 피리〉를 보러 가려고 해."

미혜는 신문에 난 광고를 읽고 있었다. 좁은 방안은 몹시
더운데 방문까지 모두 닫아놓아서 선풍기를 틀어놓고는 있
었지만 땀냄새가 진동했다. 그러나 미혜와 환수는 모두 신경
쓰지 않았다.

"모차르트의 오페라야. 모차르트 정도는 알고 있지?"

환수는 가끔 미혜가 그를 노골적으로 경멸하고 있거나 무
시한다는 생각이 들 때가 많았다. 바로 이런 경우다.

"영국 로열 오페라단이 내한공연한대. 세종문화회관에서.
언제 이런 기회가 또 오겠어? 난 세종문화회관 공연을 본 적
이 없는걸. 〈마술 피리〉에는 내가 좋아하는 아리아가 많아.
특히 밤의 여왕의 아리아는 정말 아름다워. 너도 좋아하니?"

환수는 좌절감에 사로잡혀 바닥에 배를 깔고 누웠다. 미
혜는 그를 사랑하지 않는다. 분명하다. 그렇지 않다면 어떻

게 이 순간에 그런 얘기를 꺼낼 수 있는가. 모차르트 오페라가 어쩌고 밤의 여왕이 어쩌고, 게다가 〈마술 피리〉라니. 그가 알기로 모차르트는 음악가의 이름이다. 그런데 무슨 까닭으로 그런 어린아이 동화 같은 말이 나오는지 모르겠다.

"네가 가끔 이렇게 불쑥불쑥 찾아오곤 하는 것이 신경쓰여."

미혜는 갑자기 생각난 듯이 눈꼬리를 치켜올렸다.

신경쓰여, 라고? 내가 얼마나 힘들게 널 찾아왔는데, 겨우 그런 말을 한단 말인가.

"사람들이 보면 어떻게 해."

미혜는 무릎 사이에 얼굴을 묻었다. 꼭꼭 닫아놓은 창문 위로 한번 더 드리워진 두꺼운 커튼조차도 한여름 오후의 비명 같은 햇살을 모두 막아내지 못했다. 방은 어둡고 공기는 충분히 무거웠지만 마치 빛나는 금을 그은 것처럼 햇빛이 미혜의 몸 위에 선명한 무늬를 그리고 있었다. 선풍기의 모터 돌아가는 소리가 시간이 지나갈수록 느리고 나른해졌다. 이제는 뜨거워진 모터에서 더운 바람이 나오고 있다는 것을 확연히 느낄 수 있었다. 바닥에 쌓인 책들 위로 먼지가 조용히 일렁였다.

학, 하고 미혜는 숨을 몰아쉬었다.

미혜가 자취하는 방은 학교와는 좀 떨어져 있지만 이 동네
의 사람들은 모두 미혜가 어느 고등학교의 수학교사라는 것
정도는 다 알고 있었다. 미혜가 두려워하는 것은 그것이다.
이제는 환수가 그 학교를 졸업한 지도 반년이나 지났지만 미
혜는 검은 교복을 입고 미혜의 방을 찾아오는 환수의 모습이
보이는 듯해서 가위눌리는 기분이 들었다.

　"우리, 이제 헤어져."

　미혜가 마침내 결심한 듯이, 그러나 지극히 가벼운 어조로
말했다.

　"안 돼. 나는 너 없으면 살 수 없어."

　환수는 반대했다. 그는 누운 채 땀으로 촉촉히 젖은 미혜
의 팔을 잡았다.

　"나는 서른한 살이야."

　미혜가 로열 오페라라고 적힌 신문의 글자 위에 손바닥을
대고 환수를 바라보았다. 골목길의 조용조용한 발소리와 함
께 먼 곳에서 라디오 소리가 들려온다. 미혜의 목소리는 지
루한 한낮의 고요 속을 떠다니며 계속되었다.

　"그것은 내가 너와는 다르다는 뜻이야. 이제 이런 일, 계속
한다는 것은 무의미해."

　"너와 떨어져서 살 수 없어."

"사람이란 원래 뭐든지 할 수 있는 존재야. 아직은 잘 모르 겠지만."

미혜는 입술 끝으로 웃었다. 환수는 잘생겼지만 성적은 그 다지 좋지 않고 성격이 충동적인 그녀의 학생이었다. 미혜가 학생과 관계를 가진 것은 환수가 두번째였다. 언젠가 발각된 다면 일자리를 잃게 되리라.

"그렇다면 나, 죽어버릴지도 몰라."

"마음대로 해."

미혜가 코웃음쳤다. 아이들이란 언제나 저런 식으로 말하 곤 하지만 금세 겁을 집어먹고 달아나버리기 일쑤라는 걸 잘 알기 때문이다.

이제 절망이다. 너도 죽여버리겠어. 환수는 마음속으로 생 각했다. 그러면 아아, 나는 아마 감옥에 가겠지. 그러자 알 수 없는 사이에 눈물이 났다. 환수는 주먹으로 쓱 눈물을 닦아 냈다.

"밥을 해줄 테니 이르지만 저녁을 먹고 가."

우는 모습을 보니 조금 불쌍하단 생각이 든 미혜가 상냥 하게 환수의 머리를 어루만졌다. 밥을 하기 위해 미혜는 재 빠르게 옷을 입고 방에 딸린 부엌으로 내려갔다. 미혜가 부 엌으로 통하는 문을 열자 먼 곳에서 아련하게 들리던 라디오

소리가 좀더 또렷해졌다.

'정국 경색을 풀기 위해 빠르면 8, 9일께라도 열릴 것으로
예상됐던 여야 중진 회담은 의제에 관한 여야의 이견과 여당
진영인 공화당과 유정회 간의 입장 차이로 난항을 겪고 있으
며, 이 때문에 내주 중반에 가서야 열릴 것 같습니다. 여야는
102회 임시국회의 파행 운영과 문부식 민주전선주간 구속사
태 등으로 빚어진 정국의 경색을 풀고 9월 정기국회를 대화
를 통해 원만히 운영토록 하자는 데에는 의견을 같이하고 있
으나 의제와 절차 등에 관해서는 여야 간, 그리고 공화 유정
간 상당한 견해 차이를 드러내고 있습니다.'

뉴스였다. 환수는 아주 싫어하는 것이 두 가지 있었는데
하나는 아버지고 다른 하나는 정치뉴스였다. 환수는 방에서
부엌을 내려다보았다. 푸른 타일을 깐 부뚜막에 앉아서 석유
풍로 위에 끓고 있는 생선찌개의 간을 보던, 이제 곧 죽을지
도 모르는 미혜가 그를 향해서 미소를 지었다. 부엌은 방보
다 더운데다 불 곁에 쭈그리고 앉아 있었기 때문에 막 일어
서는 미혜의 뺨에는 땀방울이 흘러내리고 있었다.

문학동네 소설집

홀
©배수아 2021

1판 1쇄 2006년 1월 9일
1판 5쇄 2011년 3월 11일
2판 1쇄 2021년 6월 30일

지은이 배수아
책임편집 강윤정 | 편집 홍유진 이재현 김영수 이희연
디자인 김이정 유현아
마케팅 정민호 이숙재 우상욱 정경주
홍보 김희숙 김상만 함유지 김현지 이소정 이미희 박지원
제작 강신은 김동욱 임현식 | 제작처 한영문화사(인쇄) 경일제책(제본)

펴낸곳 (주)문학동네 | 펴낸이 염현숙
출판등록 1993년 10월 22일 제406-2003-000045호
주소 10881 경기도 파주시 회동길 210
전자우편 editor@munhak.com
대표전화 031) 955-8888 | 팩스 031) 955-8855
문의전화 031) 955-3578(마케팅) 031) 955-2678(편집)
문학동네카페 http://cafe.naver.com/mhdn
트위터 @munhakdongne
북클럽문학동네 http://bookclubmunhak.com

ISBN 978-89-546-8041-7 03810

www.munhak.com